위민 토킹

WOMEN
TALKING

미리엄 테이브스 장편소설
박산호 옮김

위민 토킹

은행나무

마지에게
그 웃음을 기억하며

에릭에게
우리는 여전히 웃음 짓네

2005년에서 2009년 사이에, 볼리비아의 외딴 메노파 신자들의 공동체에(캐나다의 한 지방 이름을 따서 매니토바 공동체라 부른다) 모여 사는 여러 명의 소녀들과 성인 여성들은 아침이면 머리가 멍해진 채 고통을 느끼며 잠이 깼다. 그들의 몸 여기저기에 멍이 들고 피가 흐르고 있었다. 간밤에 폭행을 당한 것이다. 그 폭행은 유령과 악마의 소행으로 치부됐다. 여자들이 지은 죄 때문에 신이나 악마가 내리는 벌이라고 생각한 사람들도 있었고, 괜히 사람들의 관심을 끌고 싶어서 혹은 간통 사실을 감추기 위해 여자들이 거짓말을 한다고 비난하는 사람들도 많았다. 그런가 하면 이 모든 일이 여자들의 터무니없는 상상이라고 믿는 사람들도 있었다.

마침내 이 마을에 사는 남자 여덟 명이 동물용 마취제를 써서 여자들의 의식을 잃게 하고 강간했다는 사실이 드러났다. 2011년 이들은 볼리비아 법정에서 유죄 판결이 나서 중형을 선고받았다. 2013년, 유죄를 선고받은 남자들이 여전히 교도소에 갇혀 있는 와중에도 그와 비슷한 폭행과 다른 성범죄들이 그 마을에서 계속 일어났다. 《위민 토킹》은 이 실제 사건들에 대한 소설적 대응이자 여성의 상상력을 바탕으로 한 행동이다.

미리엄 테이브스

1.

2.

3.

말하는 여성들의 회의록

2009년 6월 6일과 7일
몰로치나 공동체에서 열린 회의 내용을
아우구스트 에프가 기록함.

참석한 사람들

뢰벤가의 여자들
그레타, 최고 연장자
마리케, 그레타의 장녀
메얄, 그레타의 딸
아우체, 마리케의 딸

프리셴가의 여자들
아가타, 최고 연장자
오나, 아가타의 장녀
살로메, 아가타의 딸
나이체, 살로메가 돌보는 조카딸

6월 6일

아우구스트 에프, 회의 전

내 이름은 아우구스트 에프다. 내가 이 여자들의 회의에서 회의록을 작성하는 역할을 맡게 된 이유는 순전히 여자들이 글을 읽고 쓸 줄 몰라서 직접 할 수 없었기 때문이다. 이 기록들은 회의록이고, 나는 회의록 작성자이니(그리고 교사로서 학생들에게 매일 이렇게 하라고 가르치고 있기도 하니까), 제일 윗부분에 날짜와 함께 내 이름도 써야 한다고 생각했다. 이 몰로치나 공동체에 사는 오나 프리센이 내게 회의록을 작성해줄 수 있는지 물었다. 다만 오나는 '회의록'이라고 표현하진 않았고 그저 회의 내용을 기록한 관련 문서를 만들어줄 수 있겠냐고 물었다.

우리는 이 대화를 어제 저녁 그녀의 집과 7개월 전 내가 이 마을로 돌아온 후 거처로 삼은 헛간 사이의 흙길에 서서 나눴다. (헛간은 임시 숙소라고, 몰로치나의 주교인 피터스는 말했다. 그러나 '임시'라는 말의 시간적 개념은 무한히 늘어날 수 있다. 피터스는 전통적인 시간과 날이라는 개념을 따르지 않는 사람이기 때문이다. 우리는 이곳이나 천국에서 영원히 머물 것이고, 그게 우리가 알아야 할 전부다. 이 마을에 있는 집들은 전부 가족들을 위한 것이고, 나는 혼자 사니까 어쩌면 영원히 이 헛간에서 살게 될지도 모른다. 하지만 사실 그건 별로 신경 쓰이지 않는다. 헛간은 감방보다 크고 나와 말 한 마리가 같이 지낼 수 있을 만큼 넉넉한 공간이 있다.)

오나와 나는 이야기를 나누면서 그늘을 피해 다녔다. 그러던 중 한번은 바람에 그녀의 치마가 펄럭여서 옷자락이 내 다리를 슬쩍 스치는 것이 느껴졌다. 그늘이 길어지자 우리는 그것을 피해 햇빛이 비치는 곳으로 계속 옮겼고, 결국 햇빛이 사라졌다. 오나는 웃으면서 저물어가는 해를 향해 주먹을 흔들어 보이며, 해를 배신자, 겁쟁이라고 불렀다. 나는 그녀에게 지구의 반구들에 관해 설명하고 싶은 충동을 애써 참았다. 우리가 어떻게 지구 반대편에 있는 세계와 태양을 공유하고 있는지와, 우주에서 지구를 바라보는 누군가는 하루에 무려 열다섯 번씩 일출과 일몰을 관찰할 수 있다는 것, 태양을 공유하는 방식을 통해 우리가 타인과 모든 것을 공유하고, 모든 것이 모두의 것이라는 사실을 배울 수 있을지도 모른다는 말을 하고 싶었지만 참았다. 그 대신 나는 고개를 끄덕였다. 그래, 태양은 겁쟁이야. 나처럼. (내가 침묵을 지켰던 이유는 우리가 세상 모든 것을 다 공유할 수 있다는 믿음이 너무나 강했던 나머지 불과 얼마 전 감옥에 갇힌 적이 있었기 때문이다.) 안타깝게도 사실 나는 사람의 마음을 끄는 대화 방법을 몰라서 생각을 제대로 표현하지 못하는 고통을 매 순간 겪고 있었다.

오나는 다시 웃었고, 그 웃음소리에 용기가 난 나는 그녀가 보기에 내가 악의 상징인지, 이 마을 사람들이 날 악하다고 생각하는지 묻고 싶었다. 내가 감옥에 갇혔던 적이 있었기 때문이 아니라 오래전, 그러니까 내가 감옥에 갇히기 전에 일어났던 일 때문에 나를 그렇게 생각하느냐고 묻고 싶었다. 하지만 회의록을 작성해달라는 오나의 제안에 그러겠다는 말밖에 하지 못했다. 그럴 수밖에 없었다. 오나 프리센을 위해서라면 나는 무슨 일이든 할 거니까.

나는 오나에게 읽을 수도 없는 여자들의 회의 기록을 왜 남기고 싶은지 물었다. 나르파*에 걸린 오나, 혹은 나처럼 불안 초조해하는(내 이름인 에프는 애스펀, 덜덜 떠는 애스

---

* '신경쇠약'을 의미하는 메노파 공동체 용어. 메노파 공동체에서는 어떤 구성원이 공동체의 규칙을 어기거나 정신적으로 용납할 수 없는 행동을 할 때 그가 나르파(Narfa), 즉 신경쇠약에 걸렸다고 규정하고 그를 집단적으로 무시한다. 하지만 그가 정말로 정신 질환이 있는지는 사실 아무도 신경 쓰거나 확인하지 않는다.

편에서 왔다. 애스펀은 사시나무란 뜻인데 가끔은 여성의 혀라고 불릴 때도 있다. 나뭇잎들이 항상 떨리기 때문이다) 오나는 내 질문에 이렇게 대답했다.

그녀는 아까, 그러니까 오늘 아침 일찍 다람쥐 한 마리와 토끼 한 마리를 봤다. 다람쥐는 토끼를 전속력으로 쫓아가고 있었다. 다람쥐가 토끼와 부딪치려는 순간, 토끼가 곧바로 공중으로 70, 80센티미터 정도 뛰어올랐다. 혼란스러워진(오나는 그렇게 생각했다) 다람쥐는 돌아서서 반대편으로 토끼를 쫓아가려고 했지만, 이번에도 토끼가 허공으로 뛰어올라 충돌 직전에 다람쥐를 피했다.

오나가 해준 이야기이니 잘 듣고 있었지만, 왜 지금 그런 이야기를 하는지, 또 그게 회의록과 무슨 상관이 있는 것인지 이해할 수 없었다.

"그 아이들은 놀고 있었던 거야!" 오나가 말했다.

"그래서?" 내가 물었다.

오나가 설명했다. 원래라면 그 다람쥐와 토끼가 노는 모습을 볼 수 없었을 거였다. 그때는 아주 이른 새벽으로, 오나 혼자 마을을 돌아다니고 있었다. 그녀의 머리는 스카프에 아주 느슨하게 가려져 있었고, 치맛단도 제대로 바느질돼 있지 않아서 사람들이 보기에 수상쩍은 인물, 피터스가 그녀에게 지어준 별명처럼 악마의 딸 같은 모습이었다.

"하지만 넌 그걸 본 거지? 그 은밀한 놀이를?" 내가 그녀에게 물었다.

그렇다고 오나가 대답했다. 그 순간 내 눈에 보였다. 신나게 이야기하는 오나의 눈이 반짝거리는 것을.

*

회의들은 지난 몇 년 동안 지속적으로 몰로치나 공동체 여성들을 괴롭힌 기이한 공격들에 대처하기 위해 아가타 프리센과 그레타 뢰벤이 급하게 연 것이었다. 2005년부터 마을에 사는 거의 모든 소녀와 성인 여성이 강간당했지만, 이는 그들이 저지른 죄 때문에 유령이나 악마가 내린 벌이라고 믿는 사람들이 많았다. 그 공격은 항상 밤에 일어났다. 가족들이 자는 동안, 소녀들과 성인 여자들은 벨라도나*로 만든 농장 동물용 마취제 스프레이를 맞고 의식을 잃었다. 다음 날 아침이면 그들은 온몸에서 고통을 느끼며 머리가 멍해서 비틀거리며 잠이 깼다. 종종 몸에서 피가 흐르고 있었지만 왜 이런 일이 일어났는지 이해할 수 없었다. 그런 공격을 저지른 여덟 명의 악마가 몰로치나 공동체에서 사는

---

* 가짓과 식물.

남자들이었다는 사실이 최근에 밝혀졌다. 그중 다수가 피해 여성들의 형제, 사촌, 삼촌, 조카와 같은 가까운 친척이었다.

그 여덟 명 중 하나는 나도 아주 조금 아는 남자였다. 그와 나는 어렸을 때 같이 놀았다. 그는 모든 식물의 이름을 알고 있었다. 아니면 다 지어냈는지도 모르고. 내가 부르던 그의 별명은 프로아크였다. 우리 언어로 그 말은 '질문'이라는 뜻이었다. 예전에 부모님과 함께 이 공동체를 떠날 때 그 아이에게 작별 인사를 하고 싶었지만, 엄마가 안 된다고 말했던 기억이 있다. 그때 열두 살이었던 그 아이는 두 번째 어금니 때문에 치통을 앓고 있으며 감염성 질병에 걸려 방에서 나오지 못한다고, 엄마는 말했다. 엄마의 말이 진실이었는지는 모른다. 어쨌든 이 공동체를 떠나기 전에 아무도 우리에게 작별 인사를 하지 않았다.

나머지 가해자들은 나보다 훨씬 어려서 내가 이곳을 떠났을 때 태어나지도 않았거나 혹은 갓난아기였거나 아장아장 걸어 다니던 아기들이었어서 기억이 나질 않았다.

몰로치나는 우리 메노파 신자들의 모든 공동체처럼 자체적으로 치안을 유지하고 있다. 범죄 사실이 밝혀진 초기에는 피터스가 범죄자들을 (지금 내가 사는 곳과 비슷한) 헛간에 몇십 년 동안 가둬놓을 계획이었지만, 곧 그들의 목숨이 위험하다는 사실이 분명하게 드러나기 시작했다. 오나의 여동생인 살로메가 큰 낫을 가지고 한 범죄자를 공격했다. 그리고 술에 취해 화가 난 피해자들의 남자 친척들이 또 다른 가해자를 잡아 그의 두 손을 묶어 나뭇가지에 매달았다. 그들은 그를 그렇게 내버려둔 채 옆에 있는 수수밭에서 곯아떨어졌다. 그를 잊어버린 모양이었다. 가해자는 숨졌다. 그 사건이 일어난 후 피터스는 마을의 원로들과 의논해서 경찰을 불러 범죄를 저지른 남자들을 체포해 (짐작건대 그들의 안전을 위해) 도시로 데려가도록 결정했다.

재판을 기다리는 동안, 마을에 남아 있는 남자들은(치매에 걸렸거나 노쇠한 남자들 그리고 굴욕적인 이유로 남아 있는 나를 제외하고) 가해자들이 몰로치나로 돌아올 수 있도록 보석금을 내려고 도시로 갔다. 가해자들이 돌아오면, 몰로치나의 여자들에게는 이들을 용서할 기회가 주어질 것이다. 그래서 모두 다 천국에 갈 수 있도록. 만약 여자들이 그들을 용서하지 않는다면, 이 공동체를 떠나 바깥세상으로 나가야 한다고 피터스는 말했다. 여자들은 바깥세상에 대해 아는 게 하나도 없는데도. 여자들이 그에 대한 대답을 준비해서 정리하기까지 주어진 시간은 고작 이틀이었다.

어제 몰로치나 여자들이 투표를 마쳤으며, 투표용지에는 세 개의 선택지가 있었다고 오나는 말했다.

1. 아무것도 하지 않기

2. 남아서 싸우기

3. 떠나기

각 선택지 옆에는 그 뜻을 나타내는 그림이 그려져 있었다. 여자들은 글을 읽을 수 없으니까. (노트: 나는 여자들이 글을 읽을 수 없다는 사실을 일부러 강조하는 게 아니다. 그저 이런 행동을 할 수밖에 없는 상황을 설명하려는 것이다.)

세상을 떠난 미나 프리센의 딸이자 지금은 이모인 살로메 프리센이 맡아서 키우고 있는 나이체 프리센이(나이체의 아버지 발타자르는 피터스가 몇 년 전에 이 나라의 외딴 남서쪽 지방에 가서 한 살짜리 말 열두 마리를 사 오라고 보냈는데, 아직 돌아오지 않고 있다) 투표용지에 그 그림들을 그렸다.

'아무것도 하지 않기'는 텅 빈 지평선이 그려져 있었다. (이것 역시 떠나는 선택을 묘사한 그림일 수 있지 않나, 하는 생각이 들었지만 말하진 않았다.)

'남아서 싸우기'는 마을 주민 두 명이 피를 흘리며 칼로 결투하는 모습이 그려져 있었다. (다른 여자들은 너무 폭력적으로 보인다고 생각했지만, 어쨌든 그 의미는 분명했다.)

'떠나기'는 말의 엉덩이가 그려져 있었다. (이 그림 역시 다른 사람들이 떠나는 뒷모습을 여자들이 지켜보는 의미가 아닌가 하는 생각이 들었지만, 말하진 않았다.)

투표는 2번과 3번, 즉 피투성이 칼싸움과 말 엉덩이가 같은 득표수를 기록했다. 프리센가의 여자들은 대체로 남아서 싸우길 원했다. 뢰벤가의 여자들은 떠나는 편을 선호했다. 다만 두 진영에 속한 사람들 모두 마음이 흔들리는 모습이 보였다.

아무것도 하지 말고 이 문제는 신에게 맡기자고 하는 여자들도 있었지만, 그들은 오늘 회의에 참석하지 않을 것이다. 아무것도 하지 말자고 하는 여자 중에서 가장 강경한 사람이 스카페이스 얀츠였다. 그녀는 이 공동체의 충직한 일원이자, 접골사로 활동하고 있으며, 거리를 측정하는 데 탁월한 능력을 지닌 사람으로도 유명하다. 전에 그녀는 이 몰로치나 공동체의 일원으로서 자신이 원하는 건 다 가지고 있다고 내게 설명한 적이 있었다. 그녀가 해야 할 일은 오직 자신이 원하는 게 거의 없다는 걸 굳게 믿는 것뿐이라고.

오나는 나에게 살로메 프리센, 즉 만만찮은 인습타파주의자인 그녀가 어제 회의에서 '아무것도 하지 않기'는 사실상 선택이 아니지만, 여자들이 거기에 표를 던질 수 있게 해서 최소한 그들에게도 선택할 권한이 있다고 느끼게 하는 거라고 말했다고 전해주었다. 성격이 싹싹한 골초로 손가락 끝두 개가 노랗게 절어 있으며, 몰래 숨어서 담배를 피우는 듯한 메얄 뢰벤은(메얄은 메노파 신자가 쓰는 저지대 독일어로 '소녀'라는 뜻이다) 살로메의 말을 듣고 고개를 끄덕였다. 하지만 메얄은 살로메 프리센이 뭐가 현실적인 선택인지, 투표용지에 나온 선택지들이 어떤 의미인지 논할 수 있는 지위에 있는 사람은 아니라는 점을 지적하기도 했다. 그 말에 뢰벤가 여자들이 고개를 끄덕였지만, 프리센가의 여자들은 재빨리 손을 내저으며 불쾌한 마음을 드러낸 모양이었다. 이런 유형의 소소한 충돌이 프리센가와 뢰벤가 두 그룹이 벌이는 논쟁의 성격을 잘 보여주고 있다. 하지만 시간이 별로 없었고, 빨리 결정해야 했기 때문에, 몰로치나 여자들은 이 두 가문의 여자들이 대표로 각 선택의 장단점을 논의하는 데 모두 동의했다. 다만 아무것도 하지 않기, 라는 선택은 토론에서 빼기로 했다. 그 안은 몰로치나 여자들 대부분이 '바보 같은' 생각이라고 무시했고, 나머지 두 안 중 어떤 안이 그들에게 적합한지, 그리고 마지막으로 어떻게 그걸 실천할지 의논하기로 했다.

번역자* 노트: 여자들은 저지대 독일어로 말하고 있다. 그것이 그들이 아는 유일한 언어이고, 몰로치나 공동체 사람

---

*   화자 아우구스트가 자신을 칭하는 표현이다.

들이 전부 쓰는 언어이기 때문이다. 다만 몰로치나의 남자아이들은 학교에서 기본적인 영어를 배우고, 성인 남자들은 스페인어도 조금 한다. 우리가 공동체에서 쓰는 언어는 독일어, 네덜란드어, 포메라니아어와 프리지아어가 골고루 섞인, 문자가 없는 중세 언어로 소멸 직전에 있다. 현재 이 언어를 구사하는 사람은 거의 없고, 이 언어를 쓰는 사람들은 다 메노파 신자들이다. 이런 설명을 하는 이유는 회의록을 작성하기 전에 내가 먼저 (머릿속에서 재빨리) 여자들이 하는 저지대 독일어를 영어로 바꿔서 적어야 하기 때문이다.

설명을 하나 더 하자면(역시 여자들의 회의 내용과 상관없지만) 내가 영어를 읽고 쓰고 이해할 수 있게 된 이유를 이 문서 속에 언급해야 할 것 같다. 나는 영국에서 영어를 배웠다. 그곳은 우리 부모님이 당시 몰로치나의 주교인 피터스에게 파문당한 후 이주한 나라다(현재 주교는 피터스의 아들로 이름은 똑같이 피터스다).

나는 영국에서 대학교 4학년 때 신경쇠약에 걸렸고, 어떤 정치적 활동에 참여했다가 퇴학당하고 한동안 감옥에 있었다. 내가 감옥에 있는 동안 어머니가 돌아가셨다. 아버지는 이미 몇 년 전에 사라졌고. 내가 태어난 후 어머니는 자궁을 들어내서 내게는 형제자매도 없다. 요컨대, 영국에 있을 때 내 곁엔 아무도, 아무것도 없었고, 감옥에서 형기를 사는 동안 통신 강좌를 통해 간신히 교사 학위를 땄다. 나는 심각한 경제적 궁핍에 시달리다가 노숙자가 돼서 반쯤 돌아버린 (어쩌면 완전히 돌아버린) 채 자살하기로 마음먹었다.

당시에 집으로 삼은 공원 근처에 있는 공립 도서관에서 내가 할 수 있는 다양한 방법들을 조사하다가 그만 잠이 들었다. 나는 굉장히 오랜 시간 잠들어 있다가 마침내 한 사서가 부드럽게 쿡쿡 찌르는 바람에 일어나게 됐다. 사서는 이제 도서관이 문을 닫기 때문에 그만 나가야 한다고 말했다. 나이가 지긋했던 그 여자 사서는 내가 울고 있던 걸 눈치채고 나의 부스스하고 초라한 행색을 살펴봤다. 그녀는 내게 무슨 일 있냐고 물었다. 나는 사실대로 말했다. 더는 살고 싶지 않다고. 그녀는 내게 저녁을 사주겠다고 제안했고, 도서관에서 길 건너편에 있는 작은 레스토랑에서 저녁을 먹는 동안 내게 고향이 어디인지, 세계 어느 지역에서 왔는지 물었다.

나는 세상에서 멀리 떨어진 채 그만의 자체적인 세계를 건설한 곳에서 왔다고 대답했다. 어떤 면에서 나의 사람들은(그때 '나의 사람들'이라는 말을 빈정대는 투로 길게 발음했다가 바로 수치심이 들어서 말없이 신에게 용서를 빌었던 기억이 난다) 이 세계에 존재하지 않거나, 적어도 그렇게 보여야 한다고 말했다.

그녀는 그렇게 살다 보면 아마 얼마 못 가서 자신이 **정말로** 존재하지 않는다고 믿게 될 거라고 말했다. 아니면 실제로 이 세상에서 육신을 가지고 살아가는 게 고집 부리는 것처럼 느껴질 수도 있고.

나는 그녀가 하는 말이 대체 무슨 뜻인지 이해하지 못했고, 마치 몸에 진드기가 있는 개처럼 내 머리를 사정없이 긁어댔다.

"그러고 그 후엔?" 그녀가 물었다.

"대학에 잠깐 다니다가 감옥에 갔어요." 내가 대답했다.

"아, 대학과 감옥은 어느 정도 겹치는 면이 있지." 그녀가 말했다.

나는 멍청한 미소를 지었다. "세상으로 들어가보려고 했는데 결국 세상에서 제거된 셈이죠."

"마치 존재하지 않기 위해 존재하게 된 것처럼." 그녀는 그 말을 하면서 웃었다.

"신의 뜻에 따르라고 신에게 선택된 것처럼. 맞아요, 나는 존재하지 않기 위해 태어난 거죠." 나는 그녀와 같이 웃으려고 애를 쓰며 말했다.

내가 악을 쓰며 울어대는 신생아로 어머니의 자궁에서 쫓겨난 후, 어머니에게서 신속하게 뜯겨 나간 자궁이 나처럼 혐오스러운 존재가 두 번 다시 태어나지 않도록 유리창 밖으로 던져지는 장면을 상상했다. 그 출산, 그 남자아이, 그의 벌거벗음, 어머니의 수치, 그의 수치, 그들의 수치를 나는 상상했다.

내가 태어난 곳을 설명하는 건 쉽지 않다고 나는 사서에게 말했다.

"**나는 고대의 땅에서 유랑자를 하나 만났지.**"* 사서가 말했다. 들어보니 그녀가 잘 알고 사랑하는 시인의 시를 인용한 것 같았다.

또다시 그녀의 말을 이해하지 못했지만, 나는 고개를 끄덕였다. 나는 원래 몰로치나 공동체에서 태어난 메노파 신자이고, 열두 살 때 부모님이 파문을 당해서 영국으로 이주했다고 설명했다. "그때 아무도 우리에게 작별 인사를 하지 않았어요." 나는 사서에게 말했다(그런 가련한 일을 남에게 말했다는 창피함을 평생 마음에 품고 살아가겠지). 나는 몇 년 동안 우리가 강제로 몰로치나를 떠나야 했다고 믿고 있었다. 그때 내가 우리 옆 공동체인 호르티차의 한 농장에서 배를 훔치다가 잡혔기 때문에 그런 일을 당했다고 믿은 것이다. 영국에서 읽고 쓰는 법을 배웠을 때, 나는 신이 날 빨

---

* 영국 낭만주의 시인 퍼시 셸리(Percy Shelley)가 쓴 '오지만디아스(Ozymandias)'의 첫 행.

리 찾아내 내게 내리는 벌이 끝나도록 커다란 초록색 들판에 돌멩이들을 가지고 내 이름을 썼다. 또한 우리 정원 울타리에 있는 돌멩이들을 주워다가 '고백'이라는 말을 쓰려고 했지만, 나의 엄마인 모니카가 우리 정원과 이웃집 정원 사이에 서 있는 돌담의 돌들이 사라지고 있다는 사실을 알아챘다. 어느 날 엄마는 나를 따라 초록 들판까지 왔다. 흙바닥에 찍힌 좁은 손수레 바퀴 자국들을 따라왔다가 내가 돌담에서 주워 온 돌들로 땅바닥에 커다란 글자를 만들어 신에게 내가 있는 곳을 알리고 신에게 나를 바치는 모습을 목격한 엄마는 나를 땅바닥에 앉히고 끌어안은 채 한동안 아무 말도 하지 않았다. 잠시 후 엄마는 이 돌들을 다시 돌담에 갖다 놔야 한다고 말했다. 나는 신이 날 찾아서 벌을 주신 후에 돌들을 제자리에 갖다 놓으면 안 되느냐고 엄마에게 물었다. 신이 내리실 벌을 기다리다가 너무 지쳐서 빨리 끝내버리고 싶다고. 엄마는 대체 신이 왜 나를 벌을 주려 한다고 생각하느냐고 물었다. 나는 훔친 배와 여자아이들에 대한 내 생각과 내가 그린 그림들과 스포츠에 이겨서 강해지고 싶은 내 욕망에 대해 말했다. 내가 얼마나 허영심과 경쟁심이 강하며 욕망이 큰 아이인지 말했다. 그러자 엄마는 깔깔 웃더니 날 다시 안아준 후 웃어서 미안하다고 사과했다. 엄마는 내가 평범한 사내아이이자 신의 아이라고 했다. 다른 사람들이 뭐라고 하건 신은 사랑이 가득하신 분이지만, 돌담의 돌이 자꾸 없어져서 이웃 사람들이 혼란스러워하니 이 돌들은 다시 제자리에 갖다 놓아야 한다고 말했다.

나는 그 모든 이야기를 사서에게 다 했다.

사서는 엄마가 그때 내게 왜 그런 말을 했는지 이해할 수 있지만, 만약 그녀가 그 자리에 있었다면, 만약 그녀가 내 엄마라면 자기는 다른 말을 했을 것 같다고 했다. 이렇게 말했을 거라고 했다. 나는 평범한 아이가 아니라고, 순수한 아이인 건 맞지만, 잘못한 일이 하나도 없는데도 용서에 대한 마음이 아주 깊은 아이라고 말했을 거라고 했다. "사람들은 대부분 기분 전환 삼아 자신의 과거를 감상적으로 대하지. 그런 식으로 자기가 져야 할 책임에서 벗어나 자유롭게, 행복하게 또는 대단히 행복하진 않더라도 별 고민이나 고통 없이 살아가." 사서는 그렇게 말하고 웃었다. 그녀는 그때 그 초록 들판에 나와 같이 있었더라면 내가 어떤 식으로든 용서받은 느낌이 들 수 있도록 도왔을 거라고 말했다.

"하지만 정확히 뭐에 대해 용서받는다는 거죠? 내가 배를 훔치고, 벌거벗은 여자아이들의 그림을 그린 거요?" 내가 물었다.

"아니, 아니야. 네가 살아 있는 것에 대해 용서받고, 세상에 존재하는 것에 대해 용서받는 거지. 오만한 마음과 계속 살아 있음의 헛됨, 그 우스꽝스러움, 그 악취, 그 부당함에 대해 용서받는 거야." 사서는 이렇게 말하고 덧붙였다. "그게 그때 네가 느낀 감정인 거야. 그게 너의 내면에서 작동하는 논리야. 네가 방금 나에게 그렇게 설명했어."

사서는 내 마음속이 회의와 반신반의와 질문이 믿음과 한데 복잡하게 얽혀 있는 것 같다고 말했다. "그거야말로 풍요로운 삶이자, 세상을 살아가는 근사한 방식이 아니겠니?" 그녀가 말했다.

나는 미소를 지었다. 그리고 머리를 긁적였다. "세상이라." 내가 말했다.

"몰로치나에 대해 뭐가 기억나니?"

"오나요. 오나 프리센." 내가 말했다.

그리고 사서에게 오나에 대해 말하기 시작했다. 나와 동갑이고, 이 회의록을 써달라고 한 사람.

그 사서와 오랜 대화를 나눴다. 사실 내 이야기는 거의 다 오나에 대한 것이었다. 우리가 어떻게 같이 놀았는지, 우리가 어떻게 햇빛이 길어지거나 짧아지는 걸 보면서 계절의 변화를 측정했는지, 우리가 어떻게 처음에 예수 그리스도에게 반항적인 제자로 오해받다가 사후에 영웅으로 칭송받은 이들을 흉내 냈는지, 우리가 어떻게 말을 타고 나무 울타리들을 뛰어넘었는지에 대해(우리는 마치 기사들처럼, 마치 오나의 다람쥐와 토끼처럼 전속력으로 뛰어다녔다), 우리가 어떻게 키스했는지, 어떻게 싸웠는지에 대해 말했다. 사서는 나에게 몰로치나로, 아주 잠깐이라도, 저물어가는 햇살 속에서 상상 놀이를 한 순간뿐이었을지라도, 삶이 내게 의미가 있었던 곳으로 돌아가는 게 어떻겠냐고 제안했다. 현재 주교에게(나의 엄마와 동갑인 아들 피터스) 나를 공동체의 일원으로 다시 받아들여달라고 부탁하라고 했다. (나는 사서에게 이는 피터스에게 우리 부모님이 저지른 죄에 대해 나를 용서해달라고 하는 것이나 다름없다고 말하지 않았다. 그 죄란 지적인 자료들을 보관하고 그것을 사람들에게 퍼뜨린 것이다. 자료란 건 그저 미술 서적 몇 권과 아버지가 시내 학교 뒤에 있는 쓰레기통에서 발견한 그림 사진들에 불과했다. 아버지는 그 그림들을 다른 공동체 일원들과 같이 본 죄밖에 없었다. 아버지는 글을 읽을 수 없으니 거기에 뭐라고 적혀 있는지 몰랐다.) 또한 사서는 몰로치나 사내아이들에게 영어를 가르치겠다고 제안해보라고 했다. 아이들이 공동체 바깥으로 나가서 업무를 처리하려면 꼭 필요한 언어니까. 그리고 내가 다시 한번, 오나 프리센과 친구가 되어야 한다고 말했다.

나는 잃을 게 없는 처지였다. 그래서 그 충고를 마음에 깊이 새겼다.

사서는 남편에게 부탁해서 그가 운영하는 공항 택시 회사에서 내가 기사로 일할 수 있게 해줬다. 나는 유효한 면허증이 없었지만, 거기서 석 달 동안 일해서 몰로치나로 돌아갈 비행기 표를 살 수 있는 돈을 벌었다. 그 석 달 동안 나는 유스호스텔의 다락방에서 잤다. 밤에 머리가 터질 것 같은 기분이 들 때면 의지력을 발휘해 최대한 몸을 움직이지 않고 가만히 누워 있으려고 안간힘을 썼다. 매일 밤 꼼짝도 하지 않고 침대에 누워 있을 때면, 희미한 피아노 소리가 들렸다. 사람의 목소리는 하나도 없이 그저 장중한 화음뿐이었다. 어느 날 아침 호스텔을 청소하며 거기서 숙박도 하는 남자에게 밤에 장중한 화음이 흐르는 피아노 소리를 들어본 적이 있느냐고 물었다. 그는 한 번도 없었다고 대답했다. 마침내 나는 밤마다 머리가 터질 것 같았을 때 들렸던 그 곡이 '오 신실하신 주'라는 찬송가고, 내 장례식에서 울려 퍼지는 음악을 듣고 있었음을 깨달았다.

전에 자신의 아버지가 신고 있던 것과 똑같은(아니면 적어도 비슷한) 굽이 높고 까만 부츠를 신은 피터스는 다시 공동체에 들어오게 해달라는 내 요청을 고려했다. 그리고 마침내 이렇게 말했다. 내가 원로들 앞에서 우리 부모님과 (한 분은 돌아가셨고 또 한 분은 실종됐는데) 의절을 선언하고 교회에서 세례를 받고 숙소와(앞서 언급한 헛간) 하루

세끼 식사를 받는 조건으로 사내아이들에게 간단한 영어와 산수를 가르치는 데 동의하면 받아들이겠다고.

나는 세례도 받고 아이들을 가르치겠지만 부모님과 의절은 하지 않겠다고 말했다. 피터스는 내 대답을 마음에 들어하지 않았지만, 아이들에게 꼭 산수를 가르쳐야 했기 때문에, 아니면 아버지와 너무나 많이 닮은 나를 보고 마음이 흔들려서 내 요구를 들어준 것 같았다.

*

2008년 봄, 내가 이곳에 도착했을 때는 밤에 일어나는 그 의문의 소란들에 대한 암시들, 그저 단편적인 속삭임들만 있었다. 내가 가르치는 학생 중 하나인 코르넬리우스는 '빨랫줄'이라는 제목의 시를 지었다. 그 시에서 그는 엄마의 빨랫줄에 걸려 있는 침대 시트들과 옷들이 목소리를 가져 서로 대화를 나누고 다른 빨랫줄에 걸린 옷들에게 메시지를 보낸다고 묘사했다. 코르넬리우스가 교실에서 그 시를 낭송하자 아이들 모두 웃었다. 우리 마을에 있는 집들은 서로 멀리 떨어져 있었고, 집 안이나 바깥이나 전깃불은 없었다. 밤이면 집들은 작은 무덤이 된다.

그날 오후 내 헛간으로 돌아오는 길에 몰로치나의 빨랫

줄들이 보였다. 여자들의 원피스와 남자들의 작업복과 침대 시트들과 베갯잇들과 수건들이 바람에 휘날리고 있었다. 나는 그 소리에 귀 기울였지만, 그들이 뭐라고 하는지 이해할 수 없었다. 이제 생각해보면, 아마도 그들은 내게 말하는 게 아니라 서로에게 말을 건네고 있었다.

내가 이곳에 돌아온 해에 여자들은 자신이 꾸는 꿈들을 묘사했고, 마침내 모든 퍼즐 조각이 하나의 그림으로 맞아떨어졌다. 그렇게 그들이 함께 하나의 같은 꿈을 꾸고 있었으며, 그건 절대 꿈이 아니었다는 사실을 알게 됐다.

오늘 회의를 하러 모인 프리센가의 여자들과 뢰벤가의 여자들은 3대에 걸쳐 각각 자기 세대의 대표로 왔고, 모두 반복적으로 성폭행을 당한 피해자들이었다. 나는 간단하게 계산해보았다. 2005년부터 2009년 사이에, 삼백 명이 넘는 몰로치나 여자들이 의식을 잃고 자기 침대에서 폭행당했다. 그 폭행은 평균 사나흘 간격으로 일어났다.

마침내 매일 밤 졸린 걸 참으며 억지로 안 자고 깨어 있던 라이슬 노이슈타터가 그녀의 침실 창문을 한 젊은 남자가 비집어 열고 들어오는 순간을 포착했다. 그는 한 손에 벨라도나 스프레이를 들고 있었다. 라이슬과 그녀의 성인 딸이 격투를 벌인 끝에 그를 바닥에 찍어 누르고 끈으로 묶었다. 그날 아침에 피터스가 요청에 따라 그 집에 와 그 젊은 남자와 대면했다. 그는 게르하르트 셸렌베르크였고, 그가 폭행에 가담한 나머지 일곱 명의 이름을 댔다.

여덟 명의 남자들에게 몰로치나 공동체의 여자들이 거의다 성폭행을 당했지만, 대부분은(너무 어려서 이런 과정을이해하지 못하는 여자아이들과 이미 아무것도 하지 않는 편을 선택한 스카페이스 얀츠가 이끄는 여자들을 제외하고)자신의 이름 옆에 X를 그려 어떻게 대응할지 결정하는 이회의에 참석하지 않아도 만족한다는(심지어 뿌듯하다는)의사를 표시했다. 대신 그들은 집안일을 함으로써 그동안공동체가 제대로 돌아갈 수 있도록 힘을 보탤 것이다. 지금은 남자들이 시내에 나갔기 때문에 해야 할 일이 부쩍 늘었고, 하루라도 일을 내버려뒀다간 마을이 난리가 날 것이다.특히 동물들의 젖을 짜고 먹이를 주는 일이 그렇다.

프리센가와 뢰벤가에서 가장 어리고 가장 빠른 아우체와나이체는 하루 일이 다 끝나면 공동체의 다른 여자들에게그날 한 회의 내용을 전하기로 했다.

오늘 아침, 우리는 건초를 모아두는 헛간 다락에 조용히모두 모였고, 이제 나는 오나가 내게 부탁한 일을 하기 위해기다리고 있다.

6월 6일

말하는 여성들의 회의록

우리는 서로의 발을 씻겨주는 것으로 회의를 시작했다. 그러느라 시간이 좀 걸렸다. 우리는 자신의 오른쪽에 있는 사람의 발을 씻겨주었다. 발을 씻기는 의식은 아가타 프리센(오나와 살로메의 엄마)이 제안했다. 그것은 예수님이 자신의 때가 온 걸 알고 최후의 만찬에서 제자들의 발을 씻겨준 것처럼, 서로에 대한 우리의 봉사를 표현하는 적절한 상징적 행위가 될 것이라고 아가타가 말했다.

여기 모여 있는 여덟 명의 여자 중 네 명이 흰 양말에 플라스틱 샌들을 신고 있었고, 두 명은 흰 양말에 흠집이 났지만 튼튼한 가죽 신발을(한 짝은 무지외반증 때문에 옆을 길게 잘라서 벌려놨다) 신고 있었고, 가장 어린 소녀 둘은 찢어진 캔버스 운동화를 신고 있었다. 그 둘도 흰 양말을 신고 있었다. 몰로치나 여자들은 항상 양말을 신는데, 양말 맨 위쪽이 원피스 밑단과 만나야 한다는 규칙이 있는 것 같았다.

이 중에서 가장 어리고 운동화를 신고 있는 아우체와 나이체는 반항적으로 양말을 밑으로 돌돌 말아 내려(유행을 따라서) 발목 주위로 작은 도넛 모양을 만들어놨다. 돌돌 만 양말과 원피스 밑단 사이에 슬쩍 드러난 맨살에는 벌레에 (아마 진딧물과 양충) 물린 자국들이 여기저기 있었다. 소녀들의 노출된 피부에는 밧줄에 묶인 자국이나 긁힌 상처 자국들도 희미하게 보였다. 열여섯 살인 아우체와 나이체는 상대의 발을 씻는 동안 웃음을 참으려고 애쓰면서 서로에게 간지럽다고 속삭이다가, 엄마들과 이모들과 할머니들이 발을 씻긴 후에 엄숙한 목소리로 상대에게 **신의 축복이 있기를**, 이라고 말하는 순간 웃음을 터트릴 뻔했다.

*

뢰벤가에서 최고 연장자인(하지만 그녀는 페너 가문 출신이다) 그레타 뢰벤이 입을 열었다. 자신이 키우는 말인 루스와 셰릴에 대해 말하는 그녀에게서 깊고도 우울한 위엄이 풍겼다. 그레타는 루스(한쪽 눈이 멀어서 항상 셰릴의 왼쪽에 세우고 마차에 연결해야 한다)와 셰릴이 교회로 가는 길에서 뒤릭이 키우는 로트바일러들* 때문에 겁이 날 때 본능적으로 도망치는 모습을 묘사했다.

"우린 그런 일이 일어나는 걸 본 적이 있지." 그레타가 말했다. (이렇게 마치 선언하는 것 같은 짧은 문장을 말한 후에 그레타는 두 팔을 번쩍 들어 올리고 고개를 살짝 숙이면서 이건 사실이야, 내 말에 이의를 제기할 거냐? 하고 말하는 것처럼 두 눈을 희번덕거리는 습관이 있었다.)

그레타는 뒤릭의 멍청한 개들 탓에 깜짝 놀란 말들이 어떻게 해야 할지 결정하려고 회의를 열진 않는다고 설명했다. 그들은 도망친다고. 그렇게 해서 개와 다칠지도 모르는 상황을 피한다고 했다.

프리센가의 최고 연장자인 아가타(뢰벤 가문 출신이지만)는 평소 종종 그런 것처럼 우아하게 웃으며 그레타의 말에 동의했다. "하지만 그레타, 우린 동물이 아니에요." 그녀가 말했다.

아니, 우리는 동물처럼 사냥감으로 지내왔다고, 그러니 우리도 그렇게 대응해야 할 거라고 그레타가 대답했다.

"그럼 우리도 도망치자는 말인가요?" 오나가 물었다.

"아니면 폭행범들을 죽이자는 건가요?" 살로메가 물었다.

(그레타의 큰딸인 마리케가 침묵을 지키고 있다가 가볍게 비웃는 소리를 냈다.)

---

* 독일의 크고 검은 목축 파수용 개.

노트: 전에 언급했듯, 살로메 프리센이 큰 낫으로 가해자들을 공격했고, 피터스와 원로들은 재빨리 그들을 구한 후 경찰을 불러왔다. 몰로치나 공동체 역사상 외부 경찰을 마을에 들인 건 처음이었다. 가해자들은 신변 보호를 받기 위해 도시로 이송됐다.

그 후 살로메는 피터스와 원로들에게 자신의 경솔한 행동에 대해 용서를 청했지만, 여전히 화산 같은 분노를 가까스로 참고 있었다. 그녀의 눈은 결코 조용하지 않았다. 언젠가 할 말이 다 떨어진다 해도, 살로메는 의사소통을 할 수 있고 그녀가 느낀 모든 부당함으로부터 솟아나는 모든 감정을 무서울 정도로 생생하게 표현할 수 있다고 나는 믿는다. 살로메에게는 심안도 없고, 고독에서 우러나오는 환희도 없다. 그녀는 배회하지 않는다. 외로워하지도 않는다. 그녀의 조카딸인 나이체(세상을 떠난 미나의 딸로 성격이 이모보다 좀 더 온순한 편인)는 이모에게서 거리를 뒀다. 나이체는 그림을 그리고 또 그렸다. 아마도 괄괄한 이모가 격분해서 용암처럼 쏟아내는 말들과 균형을 맞추기 위해 종이 위에 견고하고 조용한 선을 계속해서 그리는 모양이었다. (내가 들은 바로는, 나이체는 그림 그리는 재능 외에도 밀가루든, 소금이든, 라드*든 상관없이 어떤 용기에 넣더라도 그 공간을 낭비하지 않을 수 있게 정확한 양을 맞춰서 넣는 기술로 이 마을에서 1등이라고 한다.)

살로메의 폭발에도 아가타는 동요하지 않았다. (그녀는 이미 전도서에 나오는 구절을 인용해서 살로메의 성질을 묘사했다. 하늘 아래 새로운 것은 없고 바람이 북쪽에서 불어오고, 모든 시냇물이 바다로 흘러가고, 등등의 구절이었다. 그 말에 살로메는 자신의 의견을 구닥다리에 재미도 없는 구약의 구절에 끼워 맞추지 말라고 하면서, 여자들이 스스로를 동물, 바람, 바다에 비유하는 것 자체가 말도 안 되는 소리지 않느냐고 반박했다. 우리의 모습을 비춰볼 수 있는 인간의 선례는 없는 거냐고. 그러자 메얄이 담배에 불을 붙이면서 대꾸했다. 그래, 나도 그러면 좋겠는데. 그런 인간이 있어? 어디에?) 아가타는 지금까지 살면서 루스나 셰릴은 아니더라도 다른 말들을 충분히 봤다고, 그레타와 그녀의 말들을 존중하지만, 개나 코요테나 재규어의 공격을 받은 말들은 그 동물과 맞서려고 하거나 그 동물을 밟아 죽이려 했다고 말했다. 그러니까 동물들이 공격자들을 피해 항상 도망가는 건 아니라고 말했다.

그레타는 그 말을 인정하며 자기도 그런 비슷한 예들을 동물에게서 본 적이 있다고 했다. 그레타는 다시 루스와 셰릴

---

* 돼지비계를 정제하여 하얗게 굳힌 것으로 요리에 이용한다.

에 대한 이야기를 시작했지만, 도중에 아가타가 끼어들었다.

아가타는 여자들에게 자기가 아는 한 동물 이야기를 했는데, 거기에도 뒤릭의 로트바일러가 나왔다. 아가타는 낮고 과장된 목소리로 말을 빨리하면서 종종 방백과 불합리한 추론을 그 이야기 속에 끼워 넣었다.

나는 이 모든 이야기를 다 들을 수도, 제대로 따라잡아서 적을 수도 없었지만, 그녀가 표현한 대로 최대한 정확하게 묘사해보려고 한다.

뒤릭은 자기 집 마당에 사는 너구리들을 아주 오랫동안 끔찍이 싫어했는데, 갑자기 가장 뚱뚱한 너구리가 새끼를 여섯 마리나 낳았다. 뒤릭은 더는 참을 수 없게 됐다. 그는 머리카락을 쥐어뜯었고, 집에서 키우는 로트바일러에게 너구리들을 죽이라고 했다. 그래서 개는 너구리들에게 갔고, 엄마 너구리는 깜짝 놀라면서 새끼들을 구해 도망치려 했지만, 그 개가 새끼 셋을 물어 죽이는 바람에 엄마 너구리는 남은 세 마리만 구할 수 있었다. 엄마 너구리는 새끼들을 데리고 뒤릭의 마당을 떠났다. 뒤릭은 굉장히 행복해했다. 그는 인스턴트커피를 마시며 생각했다. 하느님을 찬양하라, 이제 너구리는 없구나. 하지만 며칠 후에 마당을 내다봤더니 새끼 너구리 세 마리가 거기 앉아 있었고, 또 화가 났다. 그는 로트바일러에게 다시 그 너구리들을 죽이라고 시켰다.

하지만 이번에는 그 엄마 너구리가 기다리고 있다가, 개가 자기 새끼들을 향해 달려들자 나무에서 그 개 위로 펄쩍 뛰어내려 목과 배를 콱 물고 온몸의 근육이 팽팽하게 땅겨질 정도로 힘을 준 채 개를 끌고 덤불 속으로 들어갔다. 뒤릭은 너무 화가 나고 너무 슬펐다. 자신의 개를 되찾고 싶었다. 개를 찾으러 덤불 속으로 들어갔지만, 이틀 동안이나 찾아다녔는데도 아무 흔적도 없었다. 그는 엉엉 울었다. 그리고 낙심해서 집으로 돌아왔는데 문 앞에 개의 다리 하나와 개의 머리가 놓여 있었다. 눈동자는 둘 다 파여서 텅 비어 있었다.

아가타의 이야기에 대한 사람들의 반응은 엇갈렸다. 그레타는 두 손을 머리 위로 번쩍 들어 올리며 다른 여자들에게 물었다. "지금 이 이야기를 어떻게 해석해야 하는 거야? 우리 공동체에서 가장 약한 사람들이 공격받게 놔두는 식으로 놈들을 유인해서 죽이자는 거야? 그래서 놈들의 시체를 절단해서 그 부위들을 우리 공동체의 주교인 피터스의 집 앞에 갖다 놓자는 거야?"

이 이야기는 동물이 반격할 수도 도망칠 수도 있다는 점을 증명하는 것이라고 아가타가 말했다. 그러니 우리가 동물인지 아닌지, 우리가 동물 같은 대우를 받았는지 아닌지, 우리가 이 질문들에 대한 답을 알 수 있는지 없는지는 중요하지 않다는 것이다. (아가타는 여기까지 말하고 한껏 숨을 들이마셨다가 내쉰 후에 이어서 말했다.) 어느 쪽이든, 남자들이 곧 마을로 돌아오는 마당에 우리가 동물인지 아닌지를 밝히려고 논쟁하는 건 시간 낭비일 뿐이라는 것이다.

그 말에 마리케 뢰벤이 손을 들었다. 그녀의 왼쪽 집게손가락은 손가락 마디에서 물어뜯겨 나갔다. 그래서 길이가 가운뎃손가락의 절반 정도밖에 안 됐다. 마리케는 자기가 생각하기에 지금 우리가 던져야 할 가장 중요한 질문은 여자들이 동물인지 아닌지가 아니라, 여자들이 그들에게 가해진 범죄에 복수해야 하는지, 라고 말했다. 아니면 천국의 문으로 들어가기 위해 그 남자들을 용서해야 하는지? 그들의 사과를 받아들이든 그렇지 않든, 남자들을 용서하지 않는다면 우리는 강제로 이 공동체를 떠나야 할 것이다. 이런 식으로 파문당하면 우리는 천국에 있는 우리 자리를 빼앗기게 된다. (노트: 사실이다, 내가 알기로 마리케의 이 말은 몰로치나의 규칙에 나와 있다.)

마리케는 자기를 보고 있는 날 보면서 지금 한 말을 제대로 받아쓰고 있느냐고 물었다.

나는 고개를 끄덕였다. "제대로 적고 있어."

만족한 마리케는 다른 사람들에게 휴거에 관해 질문했다. "예수님이 오셨을 때 우리가 몰로치나에 없는 걸 보면 어떻게 생각하시겠어?"

살로메가 경멸하는 목소리로 그녀의 말을 끊어버렸다. 조롱하는 투로 살로메는 설명했다. 만약 예수님이 부활하실 수 있다면, 수천 년을 살아온 예수님이 자신의 지지자들을 찾아 천국으로 데려가기 위해 지상으로 왔다면 분명 여자 몇 명쯤은 쉽게 찾아낼 수 있을 거라고―

그때 그녀의 어머니인 아가타가 손을 내젓는 바람에 살로메는 입을 다물었다. "그 질문은 나중에 다시 이야기하기로 하지." 아가타는 부드럽게 말했다.

마리케는 다락에 있는 사람들을 둘러봤다. 아마 이 주제에 공감해줄 사람, 그녀가 느끼는 두려움을 공유할 사람을 찾으려고 그랬을 것이다. 그러나 모두 그녀를 외면했다.

살로메가 중얼거리고 있었다. "하지만 우리가 동물이라면, 아니면 동물과 같다면, 어쨌든 천국에 들어갈 가능성은 없는 거잖아. (그녀는 여기까지 말하고 일어나서 창가로 갔다.) 동물도 천국에 들어갈 수 있도록 허락을 받지 않는 한 말이야. 하지만 그건 말이 안 돼. 동물은 음식과 노동력을 제공하지만, 천국에선 그런 건 하나도 필요하지 않잖아. 그러니까 결국 메노파 신자 여자들은 천국에 들어갈 수 없어. 우리는 동물의 범주에 들어가고, 천국에선 동물이 필요하지 않으니까, 그곳은 항상 **랄랄랄랄**……." 살로메는 노래를 부르는 것처럼 랄랄랄랄, 하며 말을 마쳤다.

살로메의 언니인 오나 프리센만 빼고 다른 여자들은 그녀를 무시했다. 오나는 빙그레 웃었다. 동생을 격려하는 것처럼, 동생이 한 말에 찬성하는 것처럼. 다만 그것은 살로메의 말에 단호히 종지부를 찍는 미소로 해석할 수도 있었다. 인제 그만 말하라는 조용한 요구인 것이다. (프리센가의 여자들은 동작과 표정만으로 살로메의 입을 다물게 할 수 있는 아주 효과적인 시스템을 개발해냈다.)

이제 오나가 말하기 시작했다. 그녀는 이틀 전 밤에 꿈 꾼 이 생각났다고 했다. 꿈에서 그녀는 집 뒤쪽 땅에서 딱딱한 사탕 하나를 발견했다. 그걸 주워서 부엌으로 가져와, 물에 씻어 먹을 계획이었다. 그런데 사탕을 씻기도 전에 무게가 100킬로 정도 나가는 거대한 돼지와 맞닥뜨렸다. 그녀는 비명을 질렀다. 이 돼지 새끼야, 물러나! 하지만 그 돼지가 그녀를 벽으로 몰아세웠다.

"그건 말도 안 되는 소리야. 몰로치나엔 사탕이 없잖아." 마리케가 말했다.

아가타가 오나에게 몸을 기울여 그녀의 손을 만졌다. "네 꿈 이야긴 나중에 해도 되잖니. 회의가 끝났을 때 말이야." 아가타가 말했다.

여자들 몇 명이 언성을 높이면서 그 남자들을 용서할 수 없다고 주장했다.

"바로 그거야. 하지만 다들 죽으면 천국엔 가고 싶잖아." 마리케가 간결하면서도 다시 확신에 찬 목소리로 말했다.

그 말에 이의를 제기하는 사람은 없었다.

마리케는 그렇다면 스스로 불행한 처지에 빠져들면 안 된다고, 용서와 영생 사이에서 억지로 선택하는 처지에 놓여선 안 된다고 말했다.

"그 처지가 뭔데?" 오나 프리센이 물었다.

"여기 남아서 싸우려는 거지. 그래봤자 우리는 남자들에게 질 것이고, 그러면 반항한 죄, 평화를 지키겠다는 맹세를 깬 죄를 짓게 되고 결국 전보다 더 무력한 존재가 돼서 남자들에게 끝없이 복종하게 될 거야. 게다가 우리는 어쨌든 남자들을 용서해야만 해. 신께 용서를 구하고 천국에 들어와도 된다는 허락을 받으려면 말이야." 마리케가 말했다.

"하지만 억지로 한 용서가 진정한 용서일까?" 오나 프리센이 물었다. 말로는 용서했다고 하면서 마음으로 용서하지 않는다면 그건 용서하지 않는 것보다 더 큰 죄를 짓는 것 아닌가? 용서도 신만이 할 수 있는 범주의 것이 있지 않을까? 아이들에게 가한 폭력에 대한 용서, 너무 잔인해서 부모들은 도저히 용서할 수 없는 죄를 신만이 지혜를 발휘해 용서할 책임을 지겠다고 하는 그런 범주의 용서.

"언니 말은 강간당한 아이의 부모들은 마음에 아주 작은 증오 정도는 품어도 된다고 하느님이 허락한다는 뜻이야? 부모들이 살아가기 위해?" 살로메가 물었다.

"아주 작은 증오? 그거야말로 웃기는 소리군. 그런 작은 증오의 씨앗이 시간이 지날수록 더 커져서ー" 메얄이 말했다.

"그건 웃기는 소리가 아니야. 아주 작은 증오는 살아가는데 필요한 요소야." 살로메가 반박했다.

"살아가는 데? 네 말은 전쟁하자는 뜻이겠지. 네가 죽이려고 덤빌 때 얼마나 생기가 넘치는지 내가 아주 잘 봤거든." 메얄이 말했다.

살로메가 눈동자를 데굴데굴 굴렸다. "전쟁이 아니라 생존이야. 그리고 그건 증오가 아니라ー"

"아, 넌 그걸 '필요 요소'라고 부르는 편을 선호한다는 거잖아." 메얄이 대꾸했다.

"나는 돼지들을 죽여야 할 때 작고 약한 녀석들을 더 세게쳐. 건성으로 난도질을 하면서 돼지들을 고문하기보단 한번에 일격을 날려서 죽이는 게 더 인간적이야. 너의 시스템에서는……." 살로메가 말했다.

"난 지금 돼지 도살에 관한 이야기를 하는 게 아니잖아." 메얄이 말했다.

이렇게 날 선 말이 오가는 동안, 마리케의 딸인 아우체가 서까래에 매달려 마치 인간 추처럼 몸을 흔들다 건초 더미를 발로 차서 지푸라기들이 사방으로 날렸다. 지푸라기 하나가 살로메의 머리에 떨어졌다. 마리케는 고개를 들어서 딸을 보고 얌전히 있으라고 야단쳤다. 지금 서까래에서 삐걱거리는 소리가 나는 게 들리지 않느냐고, 지붕이 무너지길 바라는 거냐고. (아무래도 아우체는 그걸 바라는 것 같지만.)

메얄이 담배 주머니로 손을 뻗었지만, 담배를 말진 않고 그 위에 손을 가볍게 얹었다. 마치 그것이 공회전하는 도주 차량의 변속 장치인 것처럼. 그녀는 필요로 할 때 바로 잡을 수 있게 손을 올려놓은 채, 기다리고 있는 것처럼 보였다.

살로메는 자신의 머리에 지푸라기가 떨어진 걸 모르고 있었다. 그것은 마치 사서가 귀에 꽂는 HB 연필처럼 그녀의 귀 위쪽에 내려앉았다.

짧은 침묵이 흐른 후 그레타는 오나의 질문으로 돌아갔다. "그래, 아마 그런 범주가 있을 거야. 다만 그렇게 신만 하는 용서에 대한 선례는 성경에 나와 있지 않아." 그레타가 천천히 말했다.

잠시 오나 프리센에 대한 짧은 관찰을 여기 적겠다. 오나는 여기 있는 여자들 중에서 유독 눈에 띈다. 언뜻 보기에 아주 원시적인 도구를 가지고 머리를 단단히 묶은 여자들과 달리 느슨하게 풀어서 뒤로 넘겼기 때문이다. 마을 사람들 대부분은 오나가 유순한 성격을 가졌으며 현실 세계에서 제대로 살아갈 수 없을 것이라고 보고 있다(다만 몰로치나에선 그런 논쟁은 별 소용이 없다). 오나는 노처녀다. 그리고 마음대로 말할 수 있는 일종의 자유가 있다. 그녀의 생각과 말은 다들 의미 없는 것으로 간주하기 때문이다. 그렇다고 해도 그녀 역시 반복적으로 성폭행을 당했다. 오나는 남편과 같이 자는 게 아니라 혼자 방에서 잤기 때문에 남자들이 마음 놓고 공격할 수 있는 목표가 됐다. 오나에겐 남편이 없고, 남편을 원하는 것처럼 보이지도 않는다.

좀 전에 그녀는 이렇게 말했다. "우리가 속박에서 벗어나려면 자신이 누구인지 질문을 던져야 해." 그리고 이제 그녀는 이렇게 물었다. "지금 이 순간 우리 여자들이 자신의 우선 사항은 뭔지, 그리고 아이들을 보호하는 것과 천국에 들어가는 것 중에 무엇이 옳은 일인지 묻고 있다는 표현이 정확한 거야?"

메얄이 대답했다. "아니, 그건 정확하지 않아. 그건 지금 여기서 우리가 실제로 하는 토론을 과장한 거지." 그녀의 손은 여전히 담배 주머니 위에 올려져 있었다.

"그러면 우리가 여기서 실제로 토론하고 있는 건 뭔데?" 오나가 물었다.

오나의 엄마인(그리고 메얄의 고모인) 아가타 프리센이

대답했다. "시작도 하기 전에 망치겠구나." 오나는 여동생에게도 그렇듯 엄마에게도 너그러운 딸이기 때문에 이의를 제기하지 않고 그냥 넘어갔다.

그동안 그레타 뢰벤이 눈을 떴다 감았다 하면서 종종 뺨에 눈물이 흘러내렸다고 회의록에 적어야겠다. 그녀는 우는 게 아니라 그저 눈이 건조해지지 않게 하는 거라고 말했다. 나이체 프리센과 아우체 뢰벤은(아우체는 이제 서까래를 잡고 몸을 흔드는 걸 멈췄다) 의자에 앉아 가만 있질 못하고 테이블 밑으로 두 손을 숨긴 채 일종의 손뼉 치는 게임을 건성으로 하고 있었다.

내가 잠시 쉬었다 하자고 제안하자, 여자들이 찬성했다.

아가타 프리센은 모두 흩어지기 전에 찬송가를 하나 부르자고 했고 다른 사람들이 동의했다(나이체와 아우체는 제외하고. 둘은 다 같이 노래를 부른다는 생각에 질색하는 것 같았다). 여자들은 손을 잡고 찬송가를 불렀다. '어두운 밤 쉬 되리니.'

어두운 밤 쉬 되리니
찬 이슬 맺힐 때
일찍 일어나 힘써서 일하라
봄에 꽃이 필 때도

날이 길어지고

해가 찬란할 때도

힘써서 일하라

일할 수 없는 밤

어두운 밤 쉬 되리니

힘써서 일하라

여자들이 계속해서 2절, 3절까지 부르자 나이체와 아우체는 패배를 인정하고 얼굴이 일그러졌다.

그레타가 계속 노래하라고 아우체의 손을 다독였다. 그레타의 손가락 마디들이 마치 혹처럼, 마치 갈라진 사막의 표면에 솟은 언덕처럼 도드라졌다. 그녀가 차고 있는 의치는 입의 크기에 비해 너무 크고 아팠다. 그레타는 의치를 빼서 합판 위에 올려놨다. 그것은 여자들이 공격당했다는 소식을 듣고 구급상자를 들고 몰로치나에 찾아온, 한 선의를 품은 여행자가 그녀에게 준 것이었다.

그레타가 비명을 질렀을 때, 가해자가 그녀의 입을 무시무시한 힘으로 눌러버린 나머지 늙고 약한 그녀의 치아는 거의 다 부서져버렸다. 피터스는 그레타에게 의치를 준 그 여행자를 몰로치나 밖으로 데리고 나갔고, 그 후로 외부인들이 도움을 주러 공동체 안에 들어오지 못하게 했다.

노래가 끝났다. 여자들이 흩어졌다.

*

노트: 아까 오나가 지금 여자들이 아이들을 보호하는 것과 천국에 들어가는 것 중 무엇이 옳은지 토론하고 있지만 둘 다 할 순 없는 거냐고 물었을 때, 살로메는 격노해서 회의장을 나가버렸다. 그때는 시간이 없어서 살로메가 퇴장하게 된 사연을 자세히 적을 수 없었다.

살로메가 나갔을 때 아가타는 부드럽게 웃으면서 자기 딸은 돌아올 거니까 걱정하지 말라고 했다. 살로메가 혼자 울분을 터뜨리게 놔두라고, 그리고 살로메의 자식들인 미프와 아론이 잘 있는지 보고 오게 놔두라고 했다. 그러면 진정될 거라고.

자식들에 관한 한 살로메의 인내심과 너그러움은 끝이 없었지만, 우리 공동체에서 살로메는 투사이자 선동가로서 명성이 자자하다. 그녀는 권위에 순순히 따르지 않고, 종종 아주 사소한 문제로 공동체 사람들과 지치지도 않고 싸운다. 예를 들어 한번은 살로메가 식당에서 쓰는 종을 감추고 어디 숨겼는지 잊어버렸다고 주장한 일이 있었다. 그게 다 하루에 세 번이나 그 '빌어먹을' 종이 땡땡땡 울리는 소리가 너무 싫고, 특히 사라가 필요 이상으로 종을 끝도 없이 치면서 뿌듯해하는 모습이 꼴 보기 싫어서였다. ("내가 언제 밥을 먹어야 하는지 그만 좀 말하라고!" 살로메는 그때 그렇게 소리 질렀다.) 또 한번은 어마어마한 폭우가 쏟아졌을 때 피터스의 빗물 통을 뒤집어놓고 그는 너무나 순결한 사람이니 씻을 물도 필요가 없지 않겠냐고 소리를 지른 적도 있었다. 그렇지 않나요? 그렇지 않냐고요?

그런 전적에도 불구하고 살로메가 파문되지 않는 이유가 나는 궁금했다. 살로메의 그런 소소한 반항을 피터스는 아주 편리한 욕구 발산 수단으로 보는 걸까? 공동체 사람들이 자기 의견을 내세우고 싶은 욕구를 만족시켜주는 일종의 퍼포먼스고, 그런 그녀의 행동을 용인함으로써 피터스는 좀 더 큰 문제들이 생겼을 때 자기 뜻대로 행동할 수 있는 거 아닐까?

추가 노트: 오나가 다락에서 나갈 때 그녀의 꿈 이야기가 마음에 들었다는 말을 가까스로 전할 수 있었다. 돼지가 나오는 꿈 말이다. 오나는 웃었다. 그러고 나서 나는 용기를 내어 그녀에게 한 가지 사실을 말했다.

"너, 돼지는 신체 구조상 하늘을 올려다볼 수 없는 거 알고 있었어?" (그때 오나는 여자들 중에서 마지막으로 다락에서 나가며, 여전히 웃으면서 사다리를 내려가고 있었다.)

그러자 사다리에 매달려 있던 오나가 고개를 들어 나를 올려다봤다.

"이렇게?" 그녀가 말했다.

그 모습을 보자 나는 웃음이 나왔다. 오나는 만족스러워하며 사다리를 마저 내려갔다.

고개를 들어 하늘을 올려다보는 사람은 그녀가 되겠지, 나는 생각했다. 그래서 그녀의 꿈에 나온 돼지가 그녀를 벽에 몰아붙인 것이다. 그러다 이런 생각이 들었다. 어떻게 이럴 수가 있지? 오나가 의식이 있는 상태이건 아니건 간에 돼지의 육체적 한계를 모르는 상황인데 어떻게 오나의 꿈에 대한 내 해석이 정확히 맞아떨어질 수 있지?

내가 영국의 원즈워스 감옥에 있을 때, 같은 감방에 있는 수감자들과 게임을 하곤 했다. '뭐가 더 나아'는 내가 좋아하는 게임의 이름이었다. 네가 곧 죽을 거란 사실을 알게 되면 얼마나 더 살고 싶어? 한 해, 하루, 1분, 아니면 바로 죽고 싶어? 내 답은 이 선택지들 안에 들어 있지 않았다.

감옥에서 나는 동료 수감자들에게 오리 소리를 들으면 (그리고 그 동그랗고 납작한 부리를 보면) 기분이 좋아지면서 위로를 받는다고 말하는 실수를 저질렀다. 그러자 범죄가 일어나고 또 일어났다. 그 후로 나는 머릿속에 떠오르는 대부분의 생각은 입 밖으로 내선 안 된다는 교훈을 배웠다.

*

회의가 다시 열렸다. 그리고 나는 당황해 있었다.

쉬는 시간 동안 밖에 나갔다가 펌프 앞에서 아우체를 만났다. 처음에 우리는 아무 말도 하지 않았다. 아우체는 열심히 펌프질을 해서 통에 물을 받았고 나는 땅바닥만 보고 있었다.

아우체가 물통을 다 채웠을 때 나는 헛기침을 한 뒤 전시에는, 예를 들어 2차대전 당시 이탈리아, 특히 토리노에서 민간인들이 방공호로 숨었다는 말을 꺼냈다. 그리고 덧붙였다. "물론 토리노뿐 아니라 그런 곳이 많았는데, 종종 이 민간인들은 레지스탕스에 가담했다는 이유로 살해됐어."

아우체는 미소를 짓고 고개를 끄덕이며 슬금슬금 뒤로 물러났다.

"그랬다니까." 나도 고개를 끄덕이고 미소를 지으며 말했다. "그 방공호에서는 발전기를 돌리기 위해 자전거를 탈 자원봉사자들이 필요했어." 나는 아까 서까래에 매달려 기운차게 흔들리던 아우체의 모습을 보며 이 사실을 떠올렸고, 자전거를 타서 에너지를 만들어내는 사람들을 상상했다고 말했다. 만약 우리가 방공호에 있었더라면, 그녀는 그 에너지를 만들어낼 완벽한 자원봉사자가 됐을 거라고.

아우체가 나에게 논리적인 질문을 했다. 우리가 그렇게 폐쇄된 공간에 있다면 그녀가 어디서 자전거를 탈 수 있겠냐고.

"아, 그 자전거는 한 자리에 고정돼 있는 거야." 내가 대답했다.

아우체는 미소를 지으며 내 대답을 곰곰이 생각해보는 것처럼 보였다. 그러고 나서 이 물을 어린 말들에게 갖다줘야 한다고 말했다. 하지만 떠나기 전 먼저 물을 한 방울도 흘리지 않은 채 물통을 완벽하게 한 바퀴 돌리는 모습을 내게 보여줬다. 나는 어색하게 웃었다. 아우체는 말들을 향해 달려갔다.

나는 달려가는 그녀의 등 뒤로 피어오른 먼지구름 속에서 멍청하게 손을 흔들었다. 그리고 마치 날아가는 법을 모르는 우스꽝스러운 새처럼 셔츠 자락을 펄럭이며 가만히 서 있었다. 내가 왜 아우체에게 레지스탕스를 언급했고, 시민들이 저항하다 살해됐다는 말을 했을까? 그러다 아우체에게 그녀가 처형될 수도 있다고 암시하는 이야기를 했다는 사실을 문득 깨달았다.

나는 아우체를 쫓아 달려가 두렵게 해서 미안하다고 사과하고 싶었다. 하지만 그런다면 그녀는 더 무서워할 것이다. 어쩌면 내 말은 내가 듣기에 그런 것처럼 그녀가 듣기에도 터무니없을지도 모른다. 그렇게 생각하니 조금 마음이 편해졌다.

살로메가 돌아와 있었고, 이제 그녀의 눈은 두 개의 소행성 같았다. 행성을 파괴하는 소행성. (그녀는 아까 나갔을 때 아이들을 보러 간 게 아닐지도 모른다. 직접 물어보긴 두려웠다.)

회의 1부는 찬송가로 끝냈으니, 2부는 내가 일종의 비유이자 영감을 줄 수 있는 이야기를 들려주는 것으로 시작하면 어떻겠냐고 나는 여자들에게 말했다.

여자들은 동의했다. 다만 내가 말하는 동안 마리케는 얼굴을 찌푸리더니 창가로 가서 밖을 내다봤다.

나는 여자들에게 고맙다고 하고 우리 몰로치나 메노파 신자들이 흑해를 통해 이 땅에 와서 정착하게 된 사실을 그들에게 상기시켰다. 학살이 시작되기 전까지 몇 세기 동안 우리 공동체는 흑해 해안, 오데사 근처에서 행복하고 평화롭게 살고 있었다. 나는 한 가지 사실을 말했다: 흑해의 심층수는 대기 중에서 산소를 받아들이는 표층수와 섞이지 않는다. 그리고 심층수는 산소가 없어 생명이 살 수 없다. 그런 무산소 상태 때문에 심해에는 화석들이 아주 잘 보존돼 있고, 그런 화석들에서 연조직 부분의 형태를 뚜렷하게 볼 수 있다. 하지만 그 생명은 어디에서 오는 걸까? 흑해는 밀물과 썰물이 없어서 항상 고요하고 잔잔하다. 하지만 물속 깊은 곳에 강이 하나 흐르고 있다. 흑해 바닥에 있는 그 신비로운 강에서는 생명이 살 수 있다고 과학자들은 믿고 있다. 하지만 과학자들도 그걸 증명할 길은 없다.

영감을 불러일으키는 이 사실에 대한 여자들의 반응은 아까처럼 엇갈렸는데, 대부분의 반응은 침묵이었다. 이런 이야기를 음미하길 좋아하는 오나 프리센은 나에게 고맙다고 했다. 오나는 발언할 때 항상 숨을 기세 좋게 들이마시는 식으로 말을 끝맺는다. 마치 자신이 방금 한 말을 거두려는 것처럼, 마치 그 말 때문에 스스로 놀란 것처럼 말이다.

우리를 등진 채 창가에 서 있던 마리케가 돌아섰다.

"지금 우리 여자들이 몰로치나를 떠나기보다 여기 남아 있는 게 좋겠다고 말하고 싶은 거야? 흑해의 '표층수'는 공동체 남자들을 나타내고, 그 밑에 있는 '심층수'인 우리 여자들은 남자들이 가하는, 생명이 견디지 못할 혹독하고 가혹한 압력을 받으면서도 어떻게든 여기서 살게 된다는 뜻이야?" 마리케가 내게 물었다.

나는 마리케의 오해에 대해 전적으로 내 잘못이라고 사과했다. 하지만 나는 그저 상황이 절망적으로 보일 때도 삶을 이어나갈 수 있다는 의미를 전하려고 했던 것뿐이라고 말했다.

"그러니까 영감을 주기 위한 의미로 한 이야기예요."

마리케는 내가 번역을 하고 글을 쓸 수 있다는 이유 하나 때문에 이 회의록을 작성해달라고 한 거니까 꼭 영감에 찬 상담을 해야겠다는 의무감을 느끼지 말라고 했다.

살로메가 재빨리 마리케에게 그런 반응은 적절하지 않다고 말했다. 그러자 메얄은 아무도 살로메에게 뭐가 적절하고 뭐가 적절하지 않을지 선언할 특별한 권한을 준 적이 없다고 쏘아붙였다.

"어쩌면 나는 그런 권한을 받았을지도 모르지." 살로메가 말했다.

"누가 줬는데? 피터스? 하느님?" 메얄이 물었다.

"몰로치나의 표면은 마치 흑해의 수면처럼 항상 잔잔하고 고요해. 그 말이 무슨 뜻인지 —" 살로메가 말했다.

"그래서 뭐?" 메얄이 끼어들었다.

오나는 그 불가사의한 흑해 시나리오를 좀 더 깊이 검토해보려고 내게 물었다.

"그런데 연조직이란 게 정확히 뭐야?"

"그건 피부이고 살이자 연결하는 모든 물질이란다. 아마도 뼈나 연골 같은 경조직을 보호하는 그 모든 것들 말이야." 아가타가 대답했다.

"그러면 연조직은 뼈를 만드는 조직 같은 단단한 조직을 보호하는 거네요. 연조직이 좀 더, 이걸 어떻게 표현해야 하나, 회복력이 있다고 해야 하나. 하지만 결국엔 훨씬 빨리 분해돼버리고. **흑해의 신비로운 심층수** 속에서 보존되지 않는 한 말이죠." 마리케는 '흑해의 신비로운 심층수'라는 부분을 마치 연기하는 것처럼 강조해서 말했다. 나를 비웃으려고 일부러 그렇게 말했다는 생각이 들었다.

나는 미소를 지었다. 그리고 내 정수리에 손톱을 대고 꾹 눌렀다. 나는 종종 연조직은 무엇이 아닌지로 정의를 내린다고 말했다.

"그런 것 같아, 하지만—" 아가타가 말했다.

"하지만 어떤 면에선 연조직이 더 강해. 복원력에 있어서 말이야. 끝이 오기 전까지는." 마리케가 다시 끼어들었다.

"흠, 아마도. 하지만—" 아가타가 말했다.

"그건 죽음을 뜻하는 거야? 방금 네가 '끝'이라고 한 거 말이야." 오나가 물었다.

마리케가 손짓했다. "아니 그럼 끝이 죽음이 아니면 대체 뭐겠어?"

"하지만 마리케, 육체적 죽음이 삶의 끝은 아니란다." 그레타가 말했다.

아우체와 나이체는 이제 다른 여자들을 무시한 채 둘만의 대화에 빠져 있었다. 나이체가 고개를 끄덕이고 피식피식 웃으면서, 내가 있는 쪽을 흘끗 바라봤다. 나는 순간 아우체가 아까 펌프 앞에서 나와 나눴던 이야기를 나이체에게 하고 있는 게 아닌가, 하는 생각이 들었다. 나는 다시 바보처럼 소녀들에게 조심스럽게 고개를 끄덕여 보였다. 그들은 바로 나를 외면해버렸다.

"그래서, 만약 공동체가 몸이고, 우리 여자들이 몰로치나의 연조직이라면—" 오나가 말했다.

"아니면 공동체가 흑해고 우리는 그 '신비로운 심층수'일지도. 내가 하려던 말이 그거라니까." 살로메가 말했다.

마리케가 웃으면서 비꼬는 투로 살로메에게 물었다. "너의 그 훌륭한 지혜로 판단하건대 몰로치나 여자들한테 신비로운 점이 뭐가 있는데? 차라리 내가 아침마다 마시는 우유의 표면에 뜬 막이 더 신비로울 것 같은데."

오나는 우유에 뜬 막도 신비롭다고 인정하면서 마리케에게 고개를 끄덕여 보였다. 내가 생각하기엔 우정 혹은 연대의 표시로 그렇게 한 것 같았다. 오나가 워낙 다정한 사람이라 그렇기도 하고. 오나는 내게 영감을 주는 다른 이야기를 또 하고 싶냐고 물었다.

나는 내 정수리를 벅벅 문질렀다. 감옥에서 생긴 유인원의 본능 같은 것이었다. 감옥에서는 그렇게 머리를 문지르면서 사람들이 던진 질문에 어떻게 대답해야 할지 생각할 시간을 벌곤 했다. 예를 들어 이런 질문이었다. "에프, 이 개새끼야, 네 대가리를 박살 낼까 하는데 어때?"

내 모습을 보고 오나가 웃음을 터트렸다.

"응, 있어. 인간은 평생 약 20킬로그램에 달하는 피부가 떨어져 나간대. 그런 식으로 매달 완전히 다른 표피로 대체하는 거지." 내가 말했다.

나이체가 끼어들었다. "흉터는 아니죠? 흉터도 새로운 피부로 대체될 수 있어요?"

"아니. 할 수 없어. 그래서 흉터라고 하는 거잖아, 이 바보야." 아우체가 대답했다. 둘은 낄낄 웃으면서 서로 허공에서 때리는 시늉을 했다.

오나는 사람의 표피가 매달 바뀌는 주기와 매달 자궁 내막이 떨어져 나가는 주기가 일치한다고 조용히 말했다.

"그걸 네가 어떻게 알아?" 마리케가 묻자 오나는 나를 바라보았다. 그 이야기는 아주 오래전 나의 엄마가 열었던 비밀 학교에서 오나에게 해준 말이었다. 실제로 있는 물리적인 장소는 아니었지만, 엄마는 '비밀 학교'라고 부르는 토론을 열었다. 엄마는 소젖을 짜는 동안 소녀들과 토론했다. 우리가 어렸을 때, 내가 부모님과 함께 몰로치나를 떠나기 전 일이었다.

마리케는 나를 노려보면서 오나에게 자궁 내막에 대해 이런 설명을 한 적이 있느냐고 물었다.

"아니, 아우구스트가 아니라 아우구스트 엄마인 모니카가 해준 이야기야." 오나가 말했다.

마리케는 입을 다물었다.

아마 유익한 설명이긴 하겠지만, 이제 그만 넘어가면 안 되겠냐고 살로메가 물었다.

오나는 살로메의 말을 못 들은 것처럼, 만약 내 말이 사실이라면, 위해를 입는 동안 여자들의 몸에 있었던 피부는 이제 사라지고 없고 새로이 채워졌다고 말했다. 그리고 싱긋 미소를 지었다.

오나는 이에 관해 더 이야기하고 싶은 눈치였지만, 살로메가 점점 초조해하면서 화를 벌컥 낼 기세임을 눈치챈 아가타가 재빨리 동물/동물 아님, 용서/용서하지 않음, 영감을 주는 이야기/영감을 주지 않는 이야기, 연조직/경조직, 새 피부/오래된 피부 논쟁은 한쪽으로 치워놓고 당면한 문제에 집중하자고 했다. 여기 남아서 싸울 것인가 아니면 떠날 것인가에 관한 문제 말이다.

여자들은 그 말에 동의했다.

한편 살로메는 자신의 우유 들통을 옆으로 던져버렸다. 계속 흔들거려서 짜증이 났던 것이다. 오나가 일어나서 자기가 깔고 앉았던 통을 살로메에게 내주고, 흔들거리는 통을 가져와 그 위에 앉았다.

다시 자리에 앉은 오나는 좀 전에 말했던 것을 계속 생각했다. 그녀는 아까 마리케가 쓴 '상담'이라는 말 때문에 다른 문제가 생각났다고 말했다. 그녀는 용서에 관해 한 가지더 말해도 되겠냐고 사람들의 허락을 구했다.

여자들은 동의했다. (다만 나이체 프리센은 눈동자를 대굴대굴 굴리면서 고개를 뒤로 젖히고 입을 떡 벌렸다. 재미있군.)

오나가 말했다. "만약 몰로치나의 원로들과 주교 피터스가 우리 여자들이 공격을 받았을 때 의식이 없었다는 이유로여자들에게 상담이 필요하지 않다고 결정한다면, 우리가 뭘용서할 의무가 있는 걸까? 그리고 용서를 할 수는 있나? 일어나지도 않은 일에 대해? 우리가 이해할 수도 없는 일에 대해? 그리고 좀 더 넓은 의미에서는 무슨 뜻이지? 만약 우리가 '세상'을 모른다면, 우리는 세상에 오염되지도 않나? 우리가 갇혀 있는 줄 모른다면 우리는 자유로운 건가?"

십대인 나이체와 아우체는 이제 보디랭귀지를 쓰는 시합을 벌여서 지금 이 상황이 얼마나 지루하고 불편한지 상대보다 더 잘 보여주려고 애를 쓰고 있었다. 예를 들어 아우체는 자신의 입에 소총을 넣어 머리를 날려버리는 척하더니깔고 앉아 있는 우유 들통에 축 늘어지는 흉내를 냈다. 나이체는 어른들에게 구슬프게 애원했다. "그래서 우리 여기 남는 거예요, 아니면 떠나는 거예요?" 그녀는 팔에 얼굴을 기대고 있어서 목소리가 잘 들리지 않았다. 두 손바닥을 활짝 펼쳐 위로 향하도록 들고 있는 모습이 여자들의 대답을 기다리거나, 아니면 그 손바닥에 청산가리 캡슐이 놓이길 기다리는 것 같았다. 스카프를 벗어버려서 두피 한가운데를 따라 길고 좁게 흰 피부가 보였다. 그 노출된 피부를 여자들은 '가르마'라고 불렀다.

그레타 뢰벤이 땅이 꺼지도록 한숨을 쉬었다. 그녀는 우리가 동물은 아닐지 몰라도 동물만도 못한 대접을 받았으며, 사실 몰로치나 동물들이 몰로치나 여자들보다 더 안전하고 더 좋은 대우를 받고 있다고 말했다.

아가타가 시간 문제 때문에 여자들이 동물인지 아닌지에 대한 토론은 일단 제쳐두기로 한 사실을 그레타에게 일깨워 줬다.

아가타의 질책에 그레타는 손사래를 치더니 눈을 감았다. 그리고 합판 위에 올려둔 자신의 의치를 톡톡 쳤다.

마리케가 끼어들었다. "내 생각에 유일한 해결책은 도망치는 거예요."

아, 그 순간 도망친다는 아이디어 때문에 여자들이 난리가 났다!

여자들이 동시에 말하기 시작했고, 계속해서 한꺼번에 말하고 있었다. 그들의 말은 끝나지 않았다.

오나가 날 쳐다봤다. 나는 회의록을 봤다. 오나가 나를 보고 있어서 긴장돼 헛기침을 했고, 여자들은 그걸 내가 조바심치며 그들이 하는 말에 끼어들려는 신호로 해석했다. 그래서 모두 입을 다물었다.

마리케가 날 노려봤다.

나는 마치 목이 간지러운 것처럼, 마치 병에 걸린 것처럼, 마치 연쇄상구균에 감염된 어린 아론처럼 목을 쓰다듬었다. 방해할 생각은 아니었는데. 내 행동이 마리케에게 방해가 됐고, 아마 살로메에게도 그런 것 같았다. 살로메는 다른 이유로 조급해하고 있었다. 마치 갑자기 홍수가 난 것처럼, 마치 발굽이 갈라진 것처럼(이 표현들은 그녀가 중얼거린 것으로, 번역이 잘 안 된다).

이제 살로메는 시비조로 묻고 있었다. "그럼 이제 이런 식으로 우리 딸들에게 자신을 보호하라고 가르칠 거야? 도망치라고?"

메얄 뢰벤이 불쑥 끼어들었다. "도망치는 게 아니라 떠나는 거야. 우린 지금 떠나자는 이야기를 하는 거잖아."

살로메는 메얄의 말은 듣지 못한 것처럼 행동했다.

"도망치자고! 차라리 나는 여기 남아서 놈들의 심장을 다

총으로 쏴버리고 구덩이에 묻고 난 후에 **도망치겠어**. 그리고 꼭 그래야 한다면 신의 분노에 맞서겠어!" 살로메가 말했다.

"살로메, 제발 좀 진정해. 뢰벤가의 여자들은 도망치는 게 아니라 **떠나자**는 말을 한 거야. '도망친다'는 말은 적절하지 않은 말이었어. 잊어버려." 오나가 다정하게 말했다.

그 말을 들은 마리케가 화를 내면서 고개를 흔들었다. 그녀는 비꼬는 투로, 틀린 단어를 써서 미안하다고, 내가 지은 크나큰 죄를 위엄 있고 전지전능한 살로메가 마치 신이라도 된 듯 온 인류를 위해 바로잡으려 한다고 말했다.

살로메는 거세게 항의했다. 그녀는 마리케에게 말을 경솔하게 한다고 맞받아쳤다. '떠난다'는 말과 '도망친다'는 말은 뜻도 쓰임도 완전히 다른 말이라고.

이제 좀 회의에 관심을 두기 시작한 아우체와 나이체는 둘 다 웃음을 참으려고 애쓰고 있었다. 한편 그레타와 아가타는 엄격하면서도 체념한 표정을 짓고 있었다. 그 표정에서 딸들의 이런 격분을 다년간 겪은 엄마들의 마음이 그대로 드러났다. 아가타는 두 손을 맞잡고 엄지 두 개를 계속 돌렸다. 그레타는 자신의 머리를 톡톡 치고 있었다.

오나 프리센은 아련한 표정으로 북쪽으로 난 창문 너머를 보고 있었다. 아마도 렘브란트의 유채 들판을, 언덕을,

그녀가 스스로 만들어낸 경계와 환영을 바라보고 있는 것 같았다.

메얄은 몰래 담배를 말기 시작했다(아까 피우다 남은 것으로, 엄지와 검지 두 손가락으로 쥐어서 우아하게 불을 껐었다).

"음, 아우구스트? 넌 이 상황을 어떻게 생각해? 너에게도 뭔가 의견이 있니?" 아가타가 말했다. 내 옆에 앉아 있는 그녀는 이제 내 어깨에 팔을 올려놨다!

그때 내 머릿속에 떠오른 건 고은이라는 한국 시인의 이야기였다. 나는 여자들에게 그가 어떻게 자살을 네 번이나 시도했는지에 대한 이야기를 들려줬다. 한번은 한쪽 귀에 독약을 부어서 자살하려고 했다. 그는 살아났지만, 한쪽 고막이 망가졌다. 다른 쪽 고막은 정치범으로 고문당했을 때 손상됐다. 한국 전쟁 때에는 강제로 시체들을 등에 업고 날라야 했다. 그 후 그는 10년간 승려로 살았다.

여자들은 논쟁을 멈추고 그 시인에 관한 이야기를 듣고 있었다. 나는 말을 멈췄다.

아가타가 물었다. "그다음엔 어떻게 됐는데?"

"음, 나중에 그는 알코올중독자가 되었고 그것 덕분에 다시 자살 시도를 했을 때 목숨을 구하게 됐죠. 그때는 가방에 커다란 돌과 밧줄을 넣어서 한반도의 본토와 제주 사이에 있는 바다에 빠져 죽으려 했대요."

"거기가 어딘데요?" 아우체가 물었지만, 그녀의 엄마가 조용히 하라고 했다.

"그건 중요하지 않아." 메얄이 말했다.

"음, 그것도 중요해. 하지만 먼저 아우구스트가 이야기를 끝내게 하자고." 살로메가 말했다.

아가타는 내게 이야기를 계속하라고 고개를 끄덕였다.

"고은이 배에 탔는데 거기서 술을 팔고 있었어요. 그는 생각했죠. 죽기 전에 한 병 못 마실 것도 없지? 그래서 한 병 마시고, 또 한 병 마시고, 또 한 병 마시다…… 취해서 잠들었어요. 깨고 보니 배는 부두에 도착해 있었고. 자살할 기회를 놓친 거죠. 그리고 거기서 다른 사람들이 그를 기다리고 있었어요. 전설적인 승려이자 시인인 고은이 이 섬에 온다는 소식을 들었던 거죠. 그들은 고은이 거기서 계속 지내길 바랐어요. 그래서 그렇게 했어요. 거기서 몇 년 동안 행복하게 살았어요." 내가 말했다.

잠시 침묵이 흐른 후에 메얄이 이야기가 끝났냐고 물어서 그렇다고 대답했다.

여자들은 아무 말도 하지 않은 채 앉은 자리에서 발을 질질 끌면서 헛기침을 했다. 나는 떠나는 선택과 도망치는 선택에 대한 논쟁에서 아가타가 내게도 의견이 있냐고 물어서 이런 이야기를 꺼낸 것이라고 중얼거렸다. 난 그저 의미의 의미에 대한 내 감정을 말로 표현하고 싶었을 뿐이다. 기존의 사고방식을 품은 무언가 혹은 누군가를 떠나서 완전히 새로운 사고방식으로 바뀐 채 다른 곳에 도착한다는 것이 어떻게 가능한지에 대해.

"그건 나도 이미 알고 있었어. 모두 다 그렇지 않나?" 메얄이 말했다.

"우린 본능적으로 많은 걸 알고 있어. 하지만 그걸 이렇게 명확하게 표현하니 재미있기도 하고 즐거운데." 오나가 조용히 말했다.

살로메 프리센은 여자들에게 자기는 재미있고 즐거운 걸 할 시간이 없다고 말하며 비꼬는 투로 물었다. "이제 점심때가 됐으니 가서 공동체 노인들에게 음식도 갖다 드려야 하고, 내 막내딸에게 항생제도 먹여야 해서 그만 가봐도 될까?"

살로메의 막내딸인 미프는 남자들에게 두 번 혹은 세 번의 성폭행을 당했고 피터스는 세 살밖에 안 된 미프가 병원에서 치료받는 걸 막았다. 그는 미프를 병원에 데려가면 의사들이 우리 공동체에 대해 험담을 늘어놓을 것이고, 다른 사람들이 그 성폭행에 대해 알게 되는 과정에서 사건이 부풀려져 퍼질 것이라고 말했다. 살로메는 미프를 위한 항생제를 구하려 20킬로미터 가까이 걸어서 옆 공동체에 갔다.

그곳에 이동식 진료소가 잠시 수리하려고 와 있다는 사실을 알고 있었다. (마리케에 따르면 살로메는 자신이 마실 밀주를 구하기 위해 간 것이기도 했다. 마리케는 살로메가 화를 내는 경우에 술병을 입에 대고 마시는 모습을 흉내 내며 살로메가 몰래 술을 마신다는 뜻을 내비쳤다.)

"항생제를 근대즙에 섞어서 주지 않으면 미프가 안 삼키려고 한다니까." 살로메가 말했다.

여자들은 고개를 끄덕이면서 살로메에게 어서 가보라고 했다.

살로메는 나가면서 메얄이 별채 주방에서 수프를 가져오면 자기가 오늘 아침 구운 빵을 가져오겠다고 제안했다. 우리 모두 그 빵과 수프를 점심으로 먹으면서 회의를 계속할 수 있지 않겠냐고 살로메가 말했다. 인스턴트커피도 함께 마시면서.

메얄이 귀찮은 표정으로 어깨를 으쓱했다. 그녀는 살로메의 지시대로 움직이는 걸 끔찍이 싫어했지만 어쨌든 앉은 자리에서 일어났다.

한편 아가타는 꿈쩍도 하지 않고 앉아서 입술을 달싹이고 있었는데 기도하거나 가사를 암송하고 있는 것 같았다. 아마 찬송가 가사일 것이다. 미프는 아가타의 손녀로 그녀의 이름을 따서 작명을 했다(미프는 별명이다). 아가타는 강인

한 여자지만 자신의 어리디어린 손녀가 당한 성폭행의 구체적인 내용을 들을 때마다 마치 고요한 포식 동물로 변해버린 것 같았다.

(자신의 딸이 한 번도 아니고 두세 번이나 성폭행을 당했다는 사실을 알게 된 살로메가 남자들이 갇혀 있는 헛간에 가서 낫을 휘두르며 그들을 다 죽이려 했던 일은 앞서 언급했다. 이 사건 때문에 피터스는 그 남자들의 안전을 보장하기 위해 경찰에 신고해서 그들을 체포해 시내로 데려가도록 해야겠다고 결정하게 됐다. 살로메는 그렇게 감정을 폭발한 사건에 대해 용서를 빌었고 그 남자들에게 용서받았다고 했지만, 피터스를 포함해 그 장면을 목격한 사람은 하나도 없었다. 위의 사실들은 이 회의록과 아무 관계가 없겠지만 노트에 포함할 가치가 있다고 생각한다. 처음부터 가해자들이 시내로 이송되지 않았고 공동체의 다른 남자들이 그들을 다시 공동체로 데려오기 위해 보석금을 내러 따라가지 않았다고 치자. 그랬다면 그 가해자들은 피해자들에게 용서를 받을 수 있었을 것이고 이어서 피해자들이 하느님에게 용서를 받았으면, 이런 회의는 애초에 하지 않았을 테니까 말이다.)

"하느님은 자애로우시고 인정이 많으시며, 화를 잘 내시지 않고, 다정하고 관대하시지." 아가타가 말했다.

아가타가 이 구절을 반복하자, 그레타는 아가타의 손을

잡고 같이 암송했다.

메얄은 다락을 나갔는데, 본인 말로는 별채 주방에 수프를 가지러 간다고 했지만, 내 짐작에 담배를 피우러 나간 것 같았다. 메얄이 조카인 아우체에게 따라오지 말라고 지시하자, 아우체는 내가 굳이 왜 따라가겠냐는 표정으로 얼굴을 찡그렸다. 그러면서 다른 사람들을 쳐다보는 표정이 마치 담배를 피우며 은밀한 사생활이 있는 괴짜 이모를 용서해달라고 하는 것 같았다.

미프와 공동체의 다른 아이들은 지금 네티 게르브란트의 집에서 네티와 젊은 여자들 몇 명이 함께 보살피고 있다. 네티의 남편은 지금 다른 남자들과 같이 시내에 있다. 네티의 쌍둥이 남자 형제인 요한은 재판에 회부된 가해자 여덟 명 중 하나다. 미프는 자신의 작은 몸의 특정 부위들이 왜 이렇게 아픈지 몰랐고, 자기가 성병에 걸렸다는 사실도 전혀 모르고 있었다. 네티도 성폭행을 당했는데, 아마 쌍둥이 형제 요한에게 당했을 가능성이 컸고, 그것 때문에 조산해서 태어난 사내아이가 너무 작아서 그녀의 신발에 들어갈 수 있을 정도였다. 아이는 태어난 지 몇 시간 만에 죽었고 네티는 자신의 침실 벽들에 피를 문질러댔다. 네티는 그 후로 공동체 아이들 말고는 누구와도 말하지 않게 됐다. 그래서 다른 사람들이 일하는 동안 아이들을 맡게 된 것이다.

마리케는 아무래도 네티가 자신의 이름을 멜빈으로 바꾼 것 같다고 생각하고 있었다. 네티가 그렇게 한 이유는 더는 여자이고 싶지 않기 때문이라고. 하지만 아가타와 그레타는 그 말을 믿지 않으려 했다.

나는 잠깐 숨 좀 돌리자고 요청했다.

오나는 호기심 어린 눈빛으로 나를 흘끗 봤다. 아마도 그녀에게는 숨을 돌린다는 개념이 낯설었던 건지도 모른다 (저지대 독일어로도 들어본 적 없는 표현일 것이다). 숨을 참는다는 개념, 원하는 대로 생각을 표현하지 못하는 날카로운 고통, 삶을 담아내는 내러티브, 모든 것들을 하나로 묶고 매듭을 지어서 고정하는 그 실타래의 호흡이 신기해서 그런지도 모른다. 한숨 돌리고, 참았다가, 다시 내쉬면서 호흡한다는 것. 내러티브.

여자들은 내 제안을 받아들였다.

*

나는 회의 장소로 돌아왔다. 혼자뿐이라 여자들을 기다리게 되었다.

밖에 나갔을 때, 트럭에서 흘러나오는 음악 소리를 들었다. 가장 오래된 방송국 채널에 맞춰놓은 라디오에서 마마스 앤 파파스가 부르는 '캘리포니아 드림'이라는 노래가 나오고 있었다. 트럭은 우리 마을을 두르는 큰길에 멈춰 있었고, 나는 거기서 100미터 정도 떨어진 곳에 서 있었다. 아우체와 나이체가 트럭 옆에 서서 노래를 듣고 있었다. 마마스 앤 파파스의 목소리 외의 다른 소리는 거의 들리지 않았다. 그들은 달콤한 화음으로 로스앤젤레스의 안전과 따뜻함과 꿈에 대해 노래했다. 소녀들은 나를 보지 못한 게 확실했다. 그들은 트럭의 운전석 옆에 꼼짝 않고 선 채 고개를 숙이고 있었다. 단서를 찾는 범죄과학 수사관들 혹은 엄숙한 표정으로 무덤 앞에 서 있는 문상객처럼.

노래가 나오기 전, 트럭 운전사는 운전석에 붙여놓은 확성기로 동네 사람들에게 방송했다. 그는 자신이 공식적인 인구조사원이며 공동체 사람들의 수를 모두 세야 하니 다들 집에서 나와달라고 말했다. 방송은 몇 번이나 반복되었지만, 지금 마을엔 거의 여자들만 있었고, 다들 그가 하는 말을 이해하지 못했을뿐더러, 설사 이해했다 해도 집이나 헛간이나 별채 주방이나 어린 가축들이 있는 우리나 닭장이나 세탁실에서 나와 라디오 주파수를 팝송 채널에 맞춰놓은 트럭을 몰고 다니는 남자의 지시대로 인구조사를 받진 않을 것이다.

여자들이 회의 장소로 돌아오길 기다리는 동안 내 머릿속에서 '캘리포니아 드림'이 끝도 없이 맴돌았다. 나는 여자들에게 이 노래 가사를 가르쳐주고, 그들이 마마스 앤 파파스처럼 화음을 맞추고, 가사를 반복해 부르면서 서로를 부르고 화답하는 모습을 상상했다. 여자들이 그 노래를 부르면 즐거워할 거라는 생각이 들었다. **모든 나뭇잎은 갈색이지**…… 나는 텅 빈 다락을 둘러보며, 노래하는 그들의 목소리를 들었다.

우리는 나이도 많고 병약해서 시내에 가지 않은 남자 중 하나인 에른스트 티센의 건초 다락에서 이 회의를 하고 있다. 에른스트는 이제 자기 주변에서 일어나는 대부분의 일을 의식하지 못했고, 여자들이 자신의 다락방을 회의 장소로 쓰고 있다는 사실도 모르고 있다. 그는 자기 자식이 몇이나 되는지, 형제자매들이 살았는지 죽었는지도 잊어버렸다. 그가 절대 잊지 않는 단 하나의 사실은 피터스가 그의 시계를 훔쳤다는 것이다. 에른스트의 아버지는 죽을 때 가보인 시계를 그에게 물려줬다. 여러 자식 중 그가 제일 시간의 본질에 매료되고 집착하고 있다는 사실을 알고 있었기 때문이다. 그런데 피터스가 에른스트에게 그 시계를 양도하라고 주장했다. 몰로치나에서 시간은 끝없이 흐르고, 만약 신이 보시기에 깨끗한 사람이라면 지상에서 그 사람의 삶은 당연히 천국의 삶으로 이어질 것이니 시간이라는 개념과 시계라는 사물 모두 몰로치나 주민들에게 의미가 없다는 이유에

서였다. 몇 달 후 피터스가 그 시계를 자신의 서재에 설치한 사실이 밝혀졌다. 그가 설교를 준비하고 공동체 업무를 보는 바로 그 방에 말이다. 에른스트는 치매에 걸렸지만 도둑 맞은 시계에 대해서는 절대 잊지 않았는데, 마치 그 부당함이 한없이 커져서 그의 마음을 온통 채워버린 것 같았다. 마치 다른 부당함은 다 제외하고 오직 이 하나의 부당함만을 잊으면 안 되는 수호자로 지정된 것처럼. 그래서 그는 피터스를 볼 때마다 항상 언제, 몇 시에 그 시계를 돌려줄 거냐고 물었다.

여자들은 자기 집 부엌 식탁에서 회의하느니 차라리 이 다락에서 만나는 편을 선호했다. 부엌에는 사방으로 아이들이 있고 심지어 여자들 발밑에까지 있을 것이기 때문이었다. 한 집에서 아이를 열다섯씩 낳는 경우가 이곳에서는 아주 흔했다. 아니면 스물다섯이 될 수도 있었다. (몇 달 전 나는 혼자 게임을 한 적이 있었다. 몰로치나를 둘러싼 길을 따라 옥수수밭과 수수밭을 통과해 수 킬로미터에 걸쳐 걸어다니면서, 아이가 보일 때만 숨을 쉬어보기로 한 것이다. 내 호흡은 단 한 번도 흐트러지지 않았다.)

회의 테이블은 건초 더미들 위에 합판을 하나 걸쳐놓은 것이고, 우리가 앉아 있는 의자는 젖을 짜서 받는 들통들이다. 아우체와 나이체는 가끔 교대로 창턱에 앉아 다리를 들어 올려 무릎을 구부리고 있거나, 에른스트의 마구실에서 가져와 곰팡이가 핀 기둥 위에 올려놓은 안장에 앉았다.

오나 프리센은 옆에 빈 사료 들통을 하나 갖다 놨다. 임신 중인데 입덧을 해서다. 오나가 홑몸이 아니란 게 확실해졌을 때, 공동체 여자들 몇 명은 서둘러 오나를 온드레이 페너의 아들인 성실한 율리우스 페너와 짝지어주려고 했다. 하지만 오나는 율리우스가 나르파에 걸린 여자보다 더 나은 여자와 결혼할 자격이 있고, 처녀도 아닌 여자와 결혼한다는 오점이 생길 것이라고 주장했다. 공동체 원로들은 오나가 속죄할 수 없는 몸이며, 나르파 때문에 제대로 된 생각을 할 수 없게 됐다는 결론을 내렸다. 나는 (제대로 된 생각을 할 수 없다는) 원로들의 비판이 아이러니하다고 지적해야 할 것 같은 의무감을 느꼈다. 오나는 자기 의지로 죄를 범한 게 아니니 영원히 지옥에 떨어져야 하는 형벌을 면하게 될 거라고. 오나의 배 속에 있는 아이는 불청객이(원로들은 성폭행 가해자들을 이렇게 완곡하게 표현했다) 남긴 산물로, 태어나면 다른 공동체로 보내서 거기 있는 가족이 자기 아이처럼 키울 것인데, 어쩌면 그 불청객의 가족에게 보내질지도 모른다.

이제 여자들이 돌아오고 있었다. 아우체와 나이체만 빼고.

그 소녀들은 지금 에른스트 티센의 집 진입로 끝에서 근처 호르티차 공동체 사람인 코프 형제를 만나고 있다고 마리케가 설명했다. (나는 이 말이 사실이 아니란 걸 알지만, 그 소녀들이 인구조사원의 트럭에서 나오는 라디오를 듣고 있었다는 사실을 살로메가 알게 되면 소녀들을 혼낼 걸 알고 미리 이렇게 변명을 해주는 게 아닌가 싶었다. 마리케는 소녀들을 감싸주면서 시간을 아끼기도 한 것이다. 살로메는 성격이 아주 복잡하고 모순투성이라 반항적이면서 동시에 보수적이고, 호전적이면서 반체제적이지만 다른 사람들은 규칙을 지켜야 한다고 믿었다.)

여자들은 얼굴을 찌푸렸지만, 두 어린 소녀들 없이 회의를 시작해야 한다는 의견에 동의했다.

살로메가 메얄에게 담배 피웠냐고 묻자 메얄은 그게 너랑 무슨 상관이냐고 대답했다. 두 사람은 별채 주방에서 빵과 수프와 인스턴트커피를 가져와 우리에게 나눠주고 있었다.

그레타와 아가타는 여기 남을 것인지 아니면 떠날 것인지를 오늘 오후에 반드시 결정해야 한다고 말했다.

두 사람이 말을 마치자마자 아우체와 나이체가 다락으로 돌아왔고 아주 재미있는 묘기로 우리를 즐겁게 해주었다. 다락에 올라오기 전 이들은 짐칸에 건초 더미를 가득 실은 사륜 우마차를 창문 밑에 갖다 놓았다. 그런 다음 아우체가 먼저 사다리로 올라와 사람들 앞에서 히스테릭하게 신음하면서 더는 살 수 없다고, 인생이 너무 잔인하다고 하소연하며 몸을 이리저리 흔들면서 신음하다, 창문으로 달려가 그대로 밖으로 곤두박질쳤다.

여자들이 비명을 질렀다. 우리 모두 정신없이 창가로 달려가거나 절뚝이며 다가가서 아래를 내려다보았고 아우체가 건초 더미 위에 차분하게 앉아 있는 모습을 발견했다. 오나는 재미있어하면서 큰 소리로 웃었던 반면 다른 여자들은 고개를 절레절레 흔들면서 하나도 웃기지 않은 척하려고 애를 썼다.

그리고 다들 다시 테이블 앞에 가서 앉았다. 나이체는 코프 형제에게 들은 말을 우리에게 전했다. (알고 보니 소녀들은 정말 코프 형제를 만난 모양이었다, 물론 인구조사원도 만났지만.) 형제의 아버지가 시내에 치즈를 팔러 갔다가 잉게르졸(마리케의 시가 쪽 사람이자 '아무것도 하지 않기'를 선택한 여자의 남편)과 마주쳤다고 한다. 잉게르졸은 몰로치나 남자들과 함께 시내로 갔다가 잠시 법정 밖에 나와 일행들을 보러 가는 듯했다. 그가 코프 형제의 아버지에게 한 말을, 아버지가 다른 아들에게 전했고, 그 사람이 코프 형제에게 다시 말해준 모양이었다. 시내에 간 몰로치나 남자 중 두 명이 계획보다 일찍 마을로 돌아와서 가축을 더 데려갈 모양이라고, 아마 보석금을 더 마련하기 위해 말들을 끌고 가서 시내에서 경매로 팔 것 같다는 소식이었다.

그레타가 두 팔을 위로 번쩍 들었다.

아가타의 눈빛이 날카로워졌지만 (인제 보니 살로메가 엄마에게서 이런 열 추적 미사일 같은 눈빛을 물려받은 걸 알 수 있었다) 아무 말도 하지 않았다.

"얼마나 빨리 돌아온대?" 마리케가 묻자 소녀들은 어깨를 으쓱했다.

"누가 돌아오는 거야?" 마리케가 물었다.

"둘 중 하나는 클라스예요." 나이체가 말했다. (클라스 뢰벤은 마리케의 남편이다.)

마리케는 입속에 있던 가느다란 닭 뼈를 꺼내서 자신의 수프 그릇 옆에 두고, 들릴 듯 말 듯 아주 작은 소리를 냈다.

오나는 내게 큼지막한 갈색 종이를 한 롤 건넸다. 치즈와 고기를 포장할 때 쓰는 종이였다. 별채 주방에서 가져왔다고 했다.

내가 어렸을 때, 나의 엄마 모니카는 그림을 그릴 수 있도록 이런 치즈 포장지를 종종 가져다주곤 했다.

오나는 이 종이에 각각의 선택에 대한 장단점을 적어달라고 했다. 이런 중요한 사항은 큰 종이에 적어야 하니까. "네가 쓴 걸 읽을 수 있는 여자는 하나도 없겠지만, 그걸 여기 다락에 유물로 남겨서 다른 사람들이 발견하게 할 거야." 오나가 말했다.

아우체와 나이체가 서로 눈빛을 주고받았다. 지금 무슨 말을 하는 거야? 왜 저렇게 이상할까? 어떻게 하면 저렇게 안 될 수 있지?

"그래, 발견 좋다." 살로메가 말했다. (언니 마음대로 하라는, 살로메로서는 흔치 않은 다정함이었다.)

아가타는 초조하게 고개를 끄덕이며 빠르게 돌아가는 마차 바퀴처럼 두 손을 빙빙 돌렸다. 제발 회의 좀 빨리 진행하면 안 될까?

메얄은 마구실에서 못 여러 개와 소금 덩어리를 찾아와 (그녀는 이곳을 나가서 담배를 만끽할 기회라면 뭐든 하려 할 것이다) 갈색 포장지를 벽에 고정했다.

오나는 첫 번째 제목을 이렇게 쓰라고 했다. **남아서 싸우기**. 나는 그 밑에 소제목으로 **장점들**이라고 적었다.

그러자 여자들이 앞다퉈 말을 하기 시작한 바람에 나는 어쩔 수 없이 연신 예의 바르게 사과하면서 차례대로 말해야 누가 무슨 말을 하는지 이해하고 내가 받아 적을 수 있다고 부탁했다.

장점들

우리는 떠나지 않아도 된다.

우리는 짐을 꾸리지 않아도 된다.

우리는 어디로 가야 할지 가늠하거나
혹은 어디로 가야 할지 모른다는
불확실한 상황을 경험할 필요가 없다.
(우리에게는 그 어떤 지도도 없다.)

살로메는 마지막 장점을 보고 터무니없는 말이라며 비웃
었다. "우리가 어디에 있건 상관없이, 우리가 확실하게 알 수
있는 유일한 사실은 우리의 미래가 불확실하다는 점뿐이야."

오나가 단호하게 말했다. "사랑의 힘만이 확실하다는 걸
제외한다면."

살로메가 고개를 돌려 오나를 똑바로 바라보며 애원했다.
"그런 바보 같은 말은 제발 마음속에만 담아두라고."

메얄이 오나를 변호했다. "사랑의 힘만이 확실하다는 게
왜 말이 안 돼?"

"그건 의미가 없으니까! 특히 이 빌어먹을 상황에선 더더
욱 그렇잖아!" 살로메가 소리를 빽 질렀다.

아가타는 두 딸을 신랄하게 꾸짖었다. 그리고 어린 두 소
녀에게 관심을 돌렸다. "아우체? 나이체? 너희들은 이 목록
에 추가할 장점 없니?" 그녀가 물었다.

살로메가 손톱 끝을 이빨로 물어뜯으며 씹고 있었다. 메
얄이 역겨워하면서 얼굴을 찡그리는 동안 살로메는 뜯어낸
손톱 조각들을 뱉어냈다.

"우리가 사랑하는 사람들을 떠나지 않아도 된다는 거는
요?" 나이체가 말했다.

그레타는 여자들이 떠날 때 사랑하는 사람들을 데리고 갈
수 있다고 말했다.

다른 여자들이 그게 실현 가능한지 물었고, 오나는 부드
럽게 우리가 사랑하는 몇몇 사람은 또한 우리가 두려워하는
사람이기도 하다고 말했다.

"우리에게 익숙한 장소에서 새로운 질서가 생길 가능성을
우리가 만들어나갈 수도 있어." 마리케가 덧붙였다.

"단순히 익숙한 장소이기만 한 게 아니라 **우리 것**이기도
하지." 살로메가 정정했다.

"하지만 우리가 여기를 떠나면, 그때도 여전히 이곳이 우
리 것일까? 우리가 돌아올 수 있을까?" 메얄이 물었다.

"아우구스트는 돌아왔잖아. 그에게 물어봐." 살로메가 말
했다.

"그럴 시간 없어. 아우구스트, 이제 단점을 적어줘." 오나
가 말했다.

나는 마음속에서 오나를 껴안았고, 그녀도 날 껴안았다.

단점들

우리는 용서받지 못할 것이다.

우리는 싸우는 법을 모른다. (살로메가 끼어들며 말했다.
난 어떻게 싸워야 할지 알아.
다른 여자들은 그녀를 의도적으로 무시했다.)

우리는 싸우길 바라지 않는다.

싸우고 난 후에 전보다 상황이 더 나빠질 위험이 있다.

오나가 손을 들어서 말을 해도 되냐고 물었다. (내가 아까
여자들에게 차례대로 말해달라고 해서 오나가 일부러 비꼬
려고 이렇게 한 것인지 궁금했다.)

"말해봐." 내가 그녀에게 말했다.

"남아서 싸우는 것에 대한 장단점을 논하기 전에, 정확히
우리가 뭘 위해 싸우는지 밝히는 게 이롭지 않을까?" 오나
가 물었다.

마리케가 얼른 대꾸했다. "그거야 너무 뻔하지. 우리가 안
전하고, 남자들에게 공격받지 않기 위해 싸우는 거잖아!"

"그래. 하지만 거기에 뭔가 수반돼야 하는 거 아니야? 선언문이나 혁명적인 성명서 같은 걸 만들어야 하지 않을까." (오나와 나는 서로를 흘끗 봤다. 나는 오나의 이 말이 우리 엄마를 염두에 둔 말이라는 사실을 알고 있었다. 엄마는 언제나, 들판과 헛간과 촛불 옆에서 다양한 버전의 혁명적인 성명서를 작성하고 있었다. 나는 고개를 숙이고 조용히 미소 지었다.)

"그러니까 공동체에서 우리가 열망하는/혹은 싸움에서 이기고 난 후 요구하게 될 삶의 조건들을 서술한 성명서 말이야. 아무래도 무엇을 파괴하기 위해 싸우느냐만이 아니라 무엇을 얻기 위해 싸우는지도 알 필요가 있을 것 같아. 그런 성과를 거두기 위해 어떤 행동을 해야 하는지에 대해서도. 심지어 우리가 싸움에서 이겼다고 하더라도 말이야." 오나가 이어서 말했다.

"오나가 말할 때는 내 머릿속에 마치 망아지들이 우르르 몰려다니는 것 같아. 그런 토론을 할 시간 따위 없어." 마리케가 말했다. 그녀는 여자들에게 남자들이 계획보다 일찍 마을로 돌아오고 있다는 사실을 일깨워줬다.

아가타는 마리케의 말에 동의하며 그녀를 달랬다. 하지만 지금 여기서 하는 회의는 일찍 돌아오는 두세 명의 남자들에게 비밀로 할 수 있고, 그들은 시장에 내다 팔 가축을 몇 마리 데리러 왔다가 금방 시내로 돌아간다는 사실을 여자들에게 상기시켰다. 또한 마리케의 남편인 클라스가 일찍 돌아오는 남자 중 하나일 거라는 소문이 있으니, 마리케는 반드시 아무 일도 없었던 것처럼 '평소대로 행동'해야(아가타는 여기서 저지대 독일어 표현을 썼는데 영어로 번역하기 쉽지 않다. 거기엔 과일 한 종류와 겨울이 비유로 쓰였다) 한다고 했다.

다른 여자들도 엄숙한 표정으로 고개를 끄덕이며 동의했다.

아가타는 계속해서 오나에게 그 혁명적인 성명서를 좀 더 자세히 말해보라고 했다.

평소에는 오나가 두려움을 상실했다고(공동체 사람들은 이를 윤리적 나침판을 잃어버려 악마로 변한 것과 비슷하게 여긴다) 생각해서 경계하는 나이체와 아우체조차 오나에게 관심을 집중하고 있다는 걸 난 눈치챘다.

"그건 아주 간단해요." 오나가 말했다.

그녀는 몇 가지 아이디어를 제시했다. 공동체를 위해 여자들과 남자들이 모든 결정을 함께하기. 여자들에게도 생각할 권리를 허용하기. 소녀들도 읽고 쓸 수 있도록 가르치기. 학교에 반드시 세계지도를 걸어서 우리가 세상 어디에 있는지 이해할 수 있게 하기. 기존 종교를 토대로 사랑에 초점을 맞춘 새로운 종교를 몰로치나 여자들이 만들기.

(가슴이 저렸다. 오나는 나의 엄마인 모니카가 비밀 학교에서 소녀들에게 들려준 수업 내용 중 하나를 한 자 한 자 그대로 읊고 있었다. 오나는 나를 바라보며, 나와 눈을 맞추려고 하고 있었고, 뭔가 중요한 것, 기억하고 있는 것, 잃어버린 것을 전달하려 시도하고 있었다.)

마리케가 과장되게 이맛살을 찌푸렸다.

오나가 계속 말했다. "우리 아이들을 안전하게 지키기."

그레타는 눈을 감았다. 그녀는 '함께'라는 말을 되풀이했다. 마치 그 말이 그녀에게는 낯선 채소의 이름이라도 되는 것처럼.

마리케는 더 이상 참지 못하고 오나를 몽상가라고 비난했다.

"우리는 목소리 없는 여자들이야. 우리는 시대에 뒤떨어지고, 우리가 지내는 곳에서도 붕 뜬 존재이고, 심지어 우리가 사는 나라 말도 하지 못해. 우리는 고국이 없는 메노파 신자들이야. 우리에게는 돌아갈 곳이 없고, 몰로치나의 동물들조차 제 보금자리에서 우리 여자들보다는 안전하게 살고 있어. 우리 여자들이 가진 건 우리가 꾸는 꿈뿐이야. 그러니까 당연히, 우리는 몽상가들이야." 오나가 침착하게 대꾸했다.

그 말에 마리케가 콧방귀를 뀌었다. "너 내 꿈이 뭔지 들고 싶어?" 그녀는 그렇게 물어보더니, 누가 대답하기도 전에 나르파에 걸린 사람들에게는 절대 혁명적인 성명서를 만드는 일을 맡기지 않는 것이 자신의 꿈이라며 늘어놓기 시작했다.

오나는 미소 짓고 있었다. 초조해서 웃는 게 아니라 마리케의 농담이 정말로 재미있어서 미소 지은 것이다.

오나와 살로메의 여동생인 미나는 우리 공동체에서 항상 미소 짓는 여자로 유명했다. 그녀는 행복한 미나였다. 오나는 지금 미나처럼 미소를 짓고 있었다.

(미나는 심지어 죽었을 때도 미소 짓고 있는 것처럼 보였다. 미나의 장례식에서, 오나는 미나의 스카프를 3, 4센티 정도 끌어 내려서 그녀의 목에 남아 있는 밧줄 자국을 드러내 보였다. 커다란 목소리로, 오나는 신자들에게 미나가 죽은 것은 피터스가 말한 것처럼 헛간 청소에 쓰는 암모니아 세제 때문이 아니라고 말했다. 미나는 어린 말을 넣어두는 헛간에서 서까래에 목을 맨 채로 발견됐다. 피터스는 미나의 장례식을 중단하고 데아콘 클리펜슈타인과 운라우에게 오나를 집에 데려가라고 시켰다. 자살자의 시신은 교회에 들어갈 수 없기에 장례식은 교회 밖에서 치러졌다. 미나의 시신은 햇빛을 받으며 얼음덩어리 위에 누워 있었다. 미나는 점점 더 땅바닥을 향해 내려갔고, 주위 땅바닥이 젖어

들면서 천천히 동그랗고 짙은 원이 생겼다. 오나는 두 남자를 피해 멀리 달려갔다. 피터스는 오나를 위해 기도했다. 장례식에 모인 신자들은 고개를 숙였다.

이제 미나의 딸인 나이체는 살로메가 돌보고 있다. 미나는 나이체가 자기 방에서 자다가 성폭행을 당한 후 자살했다. 나이체의 두 손목은 끈으로 묶여 살갗이 벗겨졌고, 그녀의 몸은 피와 똥과 정액으로 더럽혀져 있었다. 처음에 피터스는 미나에게 그런 짓을 한 건 악마고, 그것은 신이 내린 벌이라고, 신이 죄를 저지른 여자들에게 벌을 주는 거라고 말했다. 그다음에 피터스는 미나가 그 폭행 사건을 지어냈다고 말했다. 그는 그것을 '여자의 터무니없는 상상'이라고 한 단어 한 단어 끊어서 강조하면서 말했다. 미나는 이 일이 뭔지 꼭 알아야겠다고 따지고 들었다. 정말 사탄이 한 짓인지 아니면 그저 그녀의 상상인지. 미나는 피터스의 눈을 할퀴었고, 옷을 벗어 던진 다음 핑킹가위로 자신의 몸 여기저기에 상처를 냈다. 그러고 결국 마구간에 가서 목을 맸다. 피터스는 그녀가 목을 매단 밧줄을 잘라서 시신을 내리고, 공동체 사람들에게는 미나가 마구간을 청소하느라 암모니아 가스를 너무 많이 마셔서 이런 일이 벌어졌다고 말했다. 미나의 엄마인 아가타 프리센이 자신의 눈물로 미나의 몸을 씻겼다. 공동체 여자들이 그렇게 말했고, 그 자리에 그들이 있었다.)

아가타는 이제 그만하면 충분히 들었다고 손짓했다. 그녀는 좀 전에 오나가 대략 언급한 혁명적 성명서가 타당하다고 선언하며 충분한 시간이 지나면 항목이 더 추가될 수도 있을 거라고, 여성들이 여기 남아서 싸우게 된다면 그것이 여성들이 공동체에서 일어나길 바라는 내용을 대담하게 공표하는 선언문 역할을 할 것이라고 말했다.

그레타는 두 손을 번쩍 치켜들고 물었다. "남자들이 우리 요구를 들어주지 않겠다고 하면 어떻게 되는 거야?"

오나가 대답했다. "우리가 그들을 죽여야죠."

아우체와 나이체가 헉 소리를 냈다가 머뭇머뭇 미소를 지었다.

메얄은 너무 당황해서 모두가 보는 앞에서 담배 마는 종이와 담뱃잎 말린 것을 꺼냈다.

아가타가 일어나서 오나의 어깨에 팔을 두르고 그녀에게 속삭였다. "안 돼, 아가. 안 돼." 그리고 다른 사람들에게 오나가 한 말은 농담이라고 설명했다.

살로메는 어깨를 으쓱했다. "어쩜 아닐 수도 있지."

아가타는 살로메의 어깨를 쿡 찌르고 나서 말했다. "우린 길을 찾을 거고 여행을 떠날 거야."

그레타가 천천히 고개를 끄덕였다. "그래. 하지만 지금 무슨 말을 하는 거야, 아가타? 우리가 여길 떠난다는 거야?"

"길이란 단 하나가 아니라 여러 개의 의미가 있어." 아가타가 그레타에게 말했다.

이런 식의 '프리센가 화법'(마리케는 이런 화법을 '다방 잡담'이라고 표현했다. 다만 그녀는 이 화법이 자주 쓰이는 다방에 가본 적이 단 한 번도 없다)을 뢰벤가의 여자들은 질색했다.

아우체가 이제 떠나는 선택에 대한 장단점을 찾아보자고 조심스럽게 제안하자 다른 여자들이 동의했다.

인제 보니 아우체와 나이체는 스카프를 벗어버리고 서로의 긴 머리카락을 하나로 땋아서 둘의 머리가 붙어 있었다.

떠나기

장점들

우리는 이곳에 없을 것이다.

우리는 안전할 것이다.

마리케가 이 대목에서 끼어들었다. "어쩌면 안전하지 않을지도 모르지만, 떠나면 우리가 여기에 없을 건 확실하지."

그녀는 주위를 둘러보며 말했다. "우리 지금 시간에 쫓기다 보니 너무 뻔한 말을 하는 거 아니야?"

살로메가 모든 걸 글자 그대로 해석해선 안 된다고 쏘아 붙였다. 그리고 또 하나의 장점을 말했다.

우리는 남자들을 용서하라는 요구를 받지 않을 것이다.
여기 남아서 그 요구를 들을 일이 없으니까.

"그렇지. 하지만 오나의 선언문에 따르면, 새로운 용서 방식이 만들어지겠네. 남자들이 우리에게 용서하라고 강요하거나 우리가 용서하지 않는다고 마을을 떠나게 할 수도 없을 거고. 혹은 우리가 용서하지 않는다고 하느님이 우리를 용서하지 않을 거라고 위협할 수도 없겠어." 마리케가 비꼬듯이 말했다. 그녀는 오나가 아까 말한 개념 중에 아이들에게 가해진 위해는 극단적 타락이기에 하느님만이 용서할 수 있는 범주에 있다고 한 것을 상기시켰다. 그러면서 오나가 자신에게 새로운 종교를 만들어낼 권위가 있는 것처럼 생각하는 것 같다고 말했다.

오나는 그렇게 생각하진 않는다고 조용히 항의했다. 그녀는 권위를 신뢰하지 않는다고 단호하게 말했다. 권위 때문에 사람들이 잔인해지니까.

살로메가 언니의 말을 끊었다. "권위가 있는 사람들이 잔인하다는 거야? 아니면 없는 사람들이 잔인해진다는 거야?"

마리케는 살로메를 무시하고 오나에게 물었다. "어떻게 너는 권위를 신뢰하지 않을 수 있어?"

"넌 어떻게 권위를 신뢰할 수 있어?" 오나가 물었다.

그레타와 아가타가 동시에 두 사람에게 그만 조용히 하라고 애원했다.

"우리가 세상을 조금 더 볼 수 있게 되지 않을까요?" 나이체가 장점을 하나 더 말했다.

연장자들의 인내심이 바닥나는 동안 소녀들이 두려워하면서도 합의점을 찾기 위해 애를 쓰기 시작한 게 보였다. 두 소녀는 여전히 머리카락으로 연결돼 있었다. 나는 '캘리포니아 드림'의 가사가 다시 머릿속에 떠올라서 **모든 나뭇잎은 갈색이지**, 부분을 콧노래로 흥얼거렸다.

여자들 몇 명이 호기심 어린 눈빛으로 나를 바라봤다. 특히 아우체와 나이체가 그랬다. 아마 그들은 인구조사원의 라디오에서 흘러나온 노래를 내가 왜 콧노래로 부르고 있는지 궁금할 것이다. 내가 그들을 훔쳐본 것일까? 나는 소녀들에게 훔쳐본 게 아니라 우연히 봤다고 설명하고 싶었지만, 그럴 수 없다는 걸 알았다.

나는 여자들에게 떠나기의 단점으로 넘어가자고 부탁했다.

마리케는 내게 이 회의를 어떻게 진행할지는 여자들이 결정할 일이지, 농부로 실패해서 아이들 가르치는 일에나 의지해야 하는 '하찮은' 신다가 할 일은 아니라고 했다.

그레타가 폭발했다. "마리케!" 그녀는 버럭 소리를 지르면서 벌떡 일어났다. "클라스가 금방이라도 돌아올 텐데 넌 그 성마른 성격 때문에 시간을 낭비하고 있구나! 클라스는 강간범들을 몰로치나로 돌아오게 할 보석금을 위해 가축을 데리러 잠깐 들를 거다. 그리고 너와 아이들을 때리겠지. 하지만 넌 항상 그렇듯이 그 인간에게는 아무 말도 안 할 거면서 우리에게 대신 개틀링 기관총처럼 쏘아대면서 엉뚱한 데 화를 내고 있잖아. 그게 대체 무슨 소용이 있니?"

여자들은 모두 조용해졌다.

나는 주제넘게 회의 절차에 간섭하려 한 점을 사과했다.

여자들은 아무 말도 하지 않았다. 그레타는 여전히 숨을 고르고 있었다.

노트: 마리케가 날 묘사하는 데 쓴 단어인 신다는 '무두장이', 즉 가죽을 부드럽게 만드는 일을 직업으로 하는 사람을 뜻한다. 러시아에서 메노파 신자들이 신비로운 강이 밑으로 흐르는 흑해 근처에 살았을 때, 농사일만으로 생계를 꾸려갈 수 없었던 남자들은 다른 신자들이 키우는 짐승을 돌봐야 했다. 그리고 만약 소가 죽으면, 목동이 소의 가죽을 벗

기고 무두질을 해야 했다. 따라서 **신다**란 농사를 지을 정도로 똑똑하지 못한 사람을 뜻한다. 이 말은 몰로치나에서 가장 심한 욕이다.

그때 그레타가 아주 과격한 말을 했다. 자신은 이제 더는 메노파 신자가 아니라고.

관심 없는 척하는 데 전문가인 아우체와 나이체마저 깜짝 놀라 테이블 위로 숙이고 있던 고개를 치켜들었다.

"아까 오나가 우리 여자들은 자신이 누구인지 자문해야 할 거라고 말했지. 음, 그래서 방금 내가 아닌 것에 대해 말한 거야." 그레타가 말했다.

아가타가 웃었다. 그녀는 그레타가 이제 자기는 메노파 신자가 아니라는 선언을 수도 없이 했지만, 메노파 신자 집안에서 태어났고 메노파 공동체에서 메노파 신자들과 같이 계속 메노파 신자로 살고 있으며, 메노파 신자들의 언어를 쓰고 있다고 말했다.

"그런 것들이 날 메노파 신자로 만들진 않아." 그레타가 주장했다.

"그러면 자네를 메노파 신자로 만드는 게 뭔데?" 아가타가 물었다.

회의의 질서를 찾으려는 마음에선지 아우체가 나서서 떠나기의 단점들을 말해보자고 했다.

"우리에겐 지도가 없어요." 아우체가 말했다.

하지만 다른 여자들은 아우체를 무시한 채 그레타와 아가타의 논쟁에 집중했다.

아우체와 나이체는 몸을 앞뒤로 흔들면서 두 사람을 연결하는 땋아 내린 머리를 부드럽게 서로 잡아당겼다. 아우체가 말을 이어갔다. "우린 어디로 가야 할지도 몰라요."

나이체가 웃으면서 덧붙였다. "우린 우리가 있는 곳이 어디인지조차 모르잖아요!"

소녀들은 같이 웃었다.

마침내 그레타가 그들에게 고개를 돌리고 소리쳤다. "조용해! 그리고 너희들 머리 풀어."

그때 살로메의 어린 딸인 미프가 사다리를 올라와 다락으로 들어오면서 엄마를 큰 소리로 불렀다. 살로메가 미프를 품에 안았다. 미프는 겁에 질려 울고 있었다. 여자들이 질러대는 소리를 들은 것이다. 미프가 살로메에게 기저귀를 갈아달라고 했다. 이미 세 살이나 됐기 때문에 수줍어하면서.

아가타는 내게 작은 목소리로 미프가 기저귀를 뗀 지 거의 일 년이나 됐지만, 최근에 다시 차게 해달라고 부탁했다고 설명했다.

살로메는 미프를 안고 머리를 쓰다듬으면서, 무언가를 속삭이며 뽀뽀해주고 있었다. 오나는 미프를 안고 있는 살로메의 어깨에 한쪽 팔을 둘렀다.

"오늘은 이만 회의를 끝낼까?" 아가타가 제안했다.

메얄은 고개를 끄덕이면서, 그래도 갈색 포장지에 떠나기의 단점을 한두 개 정도는 적어둬야 내일 어디서부터 회의를 다시 시작할지 알 수 있지 않겠냐고 말했다. 혹은 다들 집에서 나올 수만 있다면 오늘 밤에라도 회의를 다시 할 수 있을 것이고.

살로메가 미프를 안고 일어났다.

"없어. 떠나기의 단점은 없어." 살로메가 말했다.

나는 바로 그 순간 살로메가 떠나는 모습을 상상했다. 미프를 품에 안고 콩밭, 커피밭, 옥수수밭, 수수밭을 가로지르고, 교차로를 지나, 말라붙은 강바닥을 지나, 강의 하류를 지나, 경계선을 넘으며 단 한 번 화난 얼굴로 뒤돌아보는 일도 없이 점점 작아지는 그녀의 모습을.

지옥문도 그녀를 상대로 이길 순 없을 것이다.

"제발 앉아라." 아가타가 살로메의 팔을 만지며 말했다.

살로메는 순순히 엄마가 시키는 대로 했다. 그리고 앉아서 허공을 노려봤다.

이제 네티(멜빈)가 사다리를 올라와 다락으로 들어와서 여자들 앞에 섰다. 그녀는 미프를 놓친 것에 대해, 미프가 엄마에게 달려오게 놔둔 것에 대해 사과했다. 다만 말은 한 마디도 하지 않았다.

아가타는 그 사과에 손사래를 치며 걱정하지 말라고 친절하게 말하고, 다른 아이들에게 돌아가보라고 했다. 아이들끼리만 있을 테니까. 미프는 우선 여기서 엄마랑 같이 있게 놔두라고.

네티는 고개를 열심히 끄덕이고 다시 사다리를 내려갔다.

"우리 모두 네티가 진이 빠질 대로 다 빠져버린 거 알잖아." 아가타가 여자들에게 말했다.

(네티는 아이들 말고는 아무와도 대화하지 않지만, 밤마다 그녀가 자면서 지르는 비명이 마을에 울려 퍼졌다. 어쩌면 멀쩡한 정신에 지르는 비명일지도 몰랐다.)

아가타가 미프한테 노래를 불러주자고 여자들에게 제안하자, 그레타도 찬성했다.

이 제안에 십대인 아우체와 나이체는 다시 눈에 띄게 괴로워하면서도 '하늘에 계신 아버지의 아이들'을 다른 여자들과 같이 불렀다.

오나가 내게 미소를 지어 보였다. (아니면 특별히 누구를 향해 미소를 지은 건 아닌데 나만 눈치챈 것일지도 모르겠지만.)

노래를 부를 때(아마 노래에서만) 여자들의 목소리는 완벽한 조화를 이뤘다. 미프는 엄마의 가슴에 바짝 파고들었다.

여기에 그 찬송가 가사도 적어야겠지만 사실 가사를 거의 다 잊어버려서(머릿속에 '캘리포니아 드림'이 가득 차 있었다) 빠르게 따라 적을 수 없었다. 여자들이 미프를 위해 노래를 부르는 동안 나는 조용히 찬양할 터였다. 한편 나는 아버지를, 어머니를 떠올리고 있었다. 나는 인생을, 어머니의 머리카락 향기를, 해를 등진 채 땅을 향해 허리를 숙이고 있던 아버지의 등에서 뿜어져 나오던 온기와 아버지의 웃음소리를, 나를 향해 달려오던 어머니를, 내 믿음을. 돌아갈 조국이 없는 우리는 우리의 믿음으로 돌아온다. 믿음이 우리의 조국이다. 오 신실하신 주여. 내 머릿속에 있는 그 노래. 내 마음, 내 생각, 내 지성, 내 집, 내 장례식에도. 그러나 내 죽음에는 없으리라.

하루가 저물어가고 있었다. 노래가 끝났다. 소들이 젖을 짜달라고 소리를 지르고 있었다. 파리들은 그늘진 은신처를 떠나 지저분한 풀에 몸을 비벼대고 있었다. 뒤릭의 개들이 저녁밥을 달라고 짖고 있었지만, 뒤릭은 시내에 갔고, 그 개들에게 밥을 줄 정도의 관심이 있는 사람은 마을에서 그밖에 없었다.

내 생각을 듣기라도 한 것처럼, 마리케는 이따 밤에 뒤릭의 개들에게 고기를 좀 줘서 아이들을 공격하지 않도록 해야겠다고 말했다.

딜*과 구운 소시지의 독특한 냄새가 별채 주방에서 다락까지 흘러왔다.

그레타가 모두의 의사를 확인했다. 내일 아침, 이곳에 계속 있을지 아니면 떠날지 결정하고, 그 결정을 실행하는 데 동의하는지 물은 것이다.

여자들은 차례차례 각자만의 독특한 방식으로 동의했다. 하지만 자기 차례가 왔을 때 메얄이 문제를 제기했다. "만약 우리가 이곳을 떠나면, 남편과 남자 형제들처럼 우리가 사랑하는 이들을 다시 못 보는 고통을 어떻게 감당하며 살 거야?"

그 질문에 살로메가 입을 열어 뭔가를 말하려 했지만, 메얄이 손을 들어 그녀를 막았다.

살로메가 메얄에게 속삭였다. 미프는 살로메의 품에서 몸을 꿈틀거리면서도 조용히 있었다. 메얄이 싱긋 웃었다.

두 여자는 잠깐 웃더니 다시 속삭였다.

"어떤 남자?" 살로메가 물었다.

"그만해." 메얄이 대답했다. (그녀에게 비밀스러운 사생활이 있나?)

마리케는 얼른 이 회의를 끝내고 싶은 것 같았다. 남자들이 원한다면 여자들을 따라올 수 있지만, 그러려면 먼저 우

---

* 허브의 일종으로, 피클을 만들 때 넣는 등 다양한 요리에 사용한다.

리의 성명서에 서명하고 거기 나온 조건들을 따라야 한다고 그녀가 말했다.

아까는 성명서가 무력한 서류에 지나지 않는다며 무시하지 않았느냐고, 오나가 마리케에게 공손하게 물었다.

마리케가 입을 열었지만, 살로메가 재빨리 끼어들었다. "시간이 우리의 무거운 마음을 치유해줄 거야. 궁극적인 목표는 우리의 자유와 안전이야. 그런 목표를 달성하는 데 방해되는 게 남자들이고." 살로메가 말했다.

"하지만 모든 남자가 다 그런 건 아니잖아." 메얄이 말했다.

오나가 명확하게 말했다. "아마도 문제는 남자 그 자체가 아니라 남자들의 머리와 마음을 잠식하도록 허용된 치명적인 이데올로기겠지."

문득 떠난다는 결정이 지니는 의미를 완전히 이해하고 경악한 나이체가 여자들이 떠나기로 선택하면, 남자 형제들을 다시 만날 수 없는 게 사실이냐고 물었다.

(여기서 내가 설명하자면 우리 공동체는 보통의 형제자매 개념을 크게 따르지 않는다. 성인 남자들과 성인 여자들, 소년들과 소녀들은 서로를 형제자매처럼 칭한다. 그리고 사실상 공동체 구성원들이 모두 혈연관계로 이어져 있다.)

아우체가 물었다. "우리 남자 형제들은 누가 돌봐주는데요?"

아가타 프리센이 걱정스러운 표정으로 여자들에게 다시 자리에 앉아달라고 부탁했다. 그리고 엄숙하게 말했다. "중요한 질문이니 여기서 계속 살지, 아니면 떠날지 결정하기 전에 이 문제부터 반드시 해결해야 해."

"좋아." 그레타가 말했다. 그녀의 흰머리 몇 가닥이 스카프에서 삐져 나와 그걸 입으로 후 불어서 넘기고 있었다. 그녀의 의치는 합판 테이블 위에 놓여 있었다. 그레타가 물었다. "하지만 소젖 짜는 거랑 저녁 준비는 어떻게 하고?"

그 말에 다락에 있는 여자들의 표정이 다 멍해졌다.

나는 나조차도 이해할 수 없는 어떤 이유로 웃음이 터졌다가 재빨리 사과했다. 미프가 살로메의 품에서 잠든 모습이 보였다.

아가타는 어린 소녀들에게 최고의 자비를 베푸는 것처럼 보이는 태도로, 아우체와 나이체가 다른 공동체 여성들이 저녁 일을 하는 걸 도울 수 있도록 먼저 일어서게 해도 되겠냐고 다른 여자들에게 물었다.

하지만 살로메가 반대했다. 소년들과 남자들에 관해 아주 적절한 질문을 던진 사람들이 바로 이 소녀들이라는 점을 살로메는 지적했다. 그러니 이들은 그 질문에 관한 토론에 참여할 수 있도록 회의에 남아 있어야 하며, 무엇보다 그 질문에 대한 우리의 답을 이들이 알아야 한다고 주장했다.

"맙소사, 그러면 쟤네들도 여기 있으라고 해. 여호수아서, 사사기, 룻기를 위하여!" 마리케가 소리쳤다.

아가타는 싱긋 웃고 나서 몸을 좌우로 비틀었다(그녀가 즐겁거나 기쁠 때 하는 동작이다). "그 표현 마음에 드는데." 아가타가 말했다.

살로메는 충격을 받은 척하면서 말했다. "난 몰랐어, 마리케 네가 성경 연대기에 정통할 줄이야. 넌 성경을 가져본 적도 없는 것처럼 보이거든."

그레타는 마리케의 팔에 손을 댔다. 살로메의 발언에 대꾸하지 말라는 경고였다. 이어서 뭐라고 속삭였는데 아마 클라스가 곧 집에 돌아올 텐데 저녁 식사가 준비돼 있지 않다는 마리케의 두려움을 알아차리고 한 말이었을 것이다.

연장자들 사이에 일어난 이 십자포화 공격에 휩싸여 아우체와 나이체는 조각상처럼 가만히 있었다.

아가타가 심호흡을 했다. 그러고는 여자들이 말로 표현하지 않은 두려움을 단숨에 해결했다. 소젖 짜는 일과 저녁 준비는 '밑에 있는 여자들'이 쉽게 할 수 있다고 그녀는 말했다. 그리고 우리가 여기 위 다락에 좀 더 남아 긴박한 문제들을 해결하는 것이 여자들의 미래에 더 도움이 될 거라고 했다.

오나가 말했다. "나는 우리가 사랑하는 소년들과 남자들

과 우리가 미래에 맺을 관계를 '긴박한 문제들'이란 범주에
집어넣을 필요는 없다는 생각이 들어요."

이 말을 했을 때 내 쪽을 흘끗 본 것도 같았지만, 확실히
는 알 수 없었다. '내' 쪽은 유리창과 같은 방향이었는데(바
로 내 뒤에 유리창이 있다), 그곳은 지저분하고 파리들이 기
어다니며, 그 너머로 머나먼 데까지 들판과 하늘과 별들이,
그리고 무한의 공간과 시간이 펼쳐져 있었다. 그러니 어쩌
면 그녀는 나를 본 게 아닐 수도 있었다.

*

여자들은 좀 더 토론하기 위해 다시 자리를 잡고 앉았다.
그들의 얼굴과 테이블로 삼은 합판 위로 그늘이 떨어졌다.
생쥐 몇 마리가 보였다. 아니면 굉장히 활동적인 생쥐 한
마리가 돌아다니는 건가? 아우체와 나이체는 여전히 머리
가 우스꽝스럽게 연결된 채, 스카프로 파리들을 후려치고
있었다.

(엄밀히 따지면 우리 공동체에서 15세가 넘는 여자들은
남자들과 있을 때 다 스카프를 쓰고 있어야 한다. 내가 아우
체와 나이체의 머리카락을 본 건 이번이 처음이었다. 둘 다
아주 부드러워 보였다. 나이체는 거의 흰색에서 황금색을

거쳐 베이지색에 이르는 다채로운 색깔의 금발이었고, 아우체는 적갈색 윤택이 은은하게 도는 짙은 갈색이었는데, 그녀의 눈 색깔도 같은 갈색이다. 그레타가 키우는 겁 많은 말들, 루스와 셰릴의 갈기와 꼬리도 같은 갈색이다. 이런 생각을 했다고 인정하기 수치스럽지만, 아우체와 나이체가 나를 제대로 된 남자라고 생각하지 않아서, 혹은 아예 남자로도 보이지 않아서 내 앞에서는 스카프를 쓰지 않고 있는 건가, 하는 생각이 들었다.)

아가타는 이제 맨발로 있었다. 그녀는 다리에 물이 차서 생기는 고질적인 통증을 줄이기 위해 다리를 들어 나무토막으로 받쳤다. 그녀가 '부종'이라고 말할 때 뿌듯해하는 기색이 느껴졌다. (자신을 괴롭히는 증상의 이름을 정확히 말할 수 있을 때 느껴지는 만족감이 세상에는 분명 존재한다.)

살로메가 미프를 옆에 있는 안장 깔개에 눕혔고, 여자들의 관심은 잠시 거기 쏠려 있었다.

아가타가 내게 큰 글씨로 아래와 같이 써달라고 했다.

여자들이 떠나기로 한 경우 남자들과
소년들에 관한 선택들

1. 원한다면 여자들과 같이 떠날 수 있게 허락한다.

2. 선언문/성명서에 서명해야만 여자들과 같이 떠날 수 있다.

3. 여기 남겨져야 한다.

4. 나중에 여자들과 같이 살 수 있게 허락한다. 여자들이 어디로 갈지 결정하고 그곳에서 자리 잡은 후 민주적이고/집단적이며/모두 글을 읽고 쓸 줄 아는 공동체로 번창하고 있을 때. (단, 여자들과 소녀들을 대하는 남자들과 소년들의 행동/정신 개조 활동에 대한 보고서를 정기적으로 제출해야 한다.)

주의: 12세 이하의 소년들, 나이에 상관없이 순수한 소년들, 코르넬리우스(휠체어에 매여 있는 15세 소년)와 자신을 스스로 돌볼 수 없는 남자 노인들/남자 병자들(이들은 도시에 가는 대신 여기에 남아 있는 남자들이기도 했다)은 자동으로 여자들을 따라간다.

회의가 시작된 후 처음으로 여자들은 진심으로 당혹스러워하는 것처럼 보였다. 그들은 깊은 생각에 잠겨 아무 말도 하지 않았다.

마리케가 먼저 말했다. 나는 1번에 투표하겠다고.

다른 사람들은 전부 그녀의 선택에 불편해했다. 모두 동시에 언성이 높아졌고 마리케는 팔짱을 끼었다. 그녀는 떠나는 것을 불안해했다. 마리케는 남은 인스턴트커피 찌꺼기를 바닥에 던지며 자신의 목을 조르고 싶다고 말했다.

오나가 말했다. "하지만 마리케. 남자들, 어쩌면 모든 남자가 우리와 같이 떠난다고 할 가능성이 있어. 그러면 결국 기존의 공동체를 다시 세우는 셈이 되잖아. 우리가 어디로 가든 결국 똑같은 위험을 안고 살게 된단 말이야."

아가타가 덧붙였다. "남자들은 분명 우리랑 같이 가려고 할 거다. 우리 없인 살아남을 수 없으니 말이야."

그레타가 웃더니 말했다. "음, 자기들끼리는 하루나 이틀도 못 가겠지."

살로메는 1번 선택이 사실상 고려할 가치도 없다고 했다. 우리가 남아서 싸우는 대신 이곳을 떠나기로 한다면, 남자들이 돌아오기 전에 떠날 테니까 남자들이 우리랑 같이 떠날 가능성은 전혀 없는 거라고.

이제는 대놓고 담배를 피우고 있는(그래서 화가 난 살로메가 잠든 미프에게 담배 연기가 가지 않게 손을 휘휘 젓고 있었다) 메얄은 1번 선택은 터무니없으니 명단에서 지워버려야 한다고 말했다. 그리고 2번(남자들이 성명서의 조건에 따르겠다고 서명하면 여자들과 같이 갈 수 있다)도 같은 이

111

유로 1번과 똑같이 고려할 가치가 없다고 했다. 게다가 우리가 만약 남자들이 돌아온 후에 떠나기로 해서, 성명서에 서명하기로 한 남자들을 데리고 간다고 쳐도, 어떻게 그들이 나중에 배신하지 않을 수 있는지 알겠냐고 메얄이 물었다. 몰로치나 여자들보다 남자의 이중성에 대해 더 잘 아는 여자들이 세상에 어디 있겠냐고.

"말 잘했어, 메얄." 오나가 말했다.

마리케가 말했다. "음, 그렇다면 그 선택들은 없던 거로 하고 남자들을 놔두고 가자. 3번으로 해!" 그녀가 주먹으로 합판 테이블을 내려치자 미프가 뒤척였다.

살로메가 마리케에게 자제 좀 하라고 했다.

"넌 왜 이렇게 하는 말마다 극단적이니? 처음에는 남자들이 원하면 우리랑 같이 가게 하자더니, 이제는 다 놔두고 가자고 하고." 그레타가 마리케를 나무랐다.

그렇다면 극단적이고 고려할 가치가 없거나 말도 안 되는 선택지들을 애초에 왜 여기다 써놨냐고 마리케가 물었다. "시간 낭비하러? 아우구스트에게 글씨 쓰는 연습할 시간을 더 주려고?"

"아우구스트는 연습할 필요 없어. 아마 마리케는 글을 쓸 수 있는 아우구스트의 능력이 부러운 모양이지." 오나가 중얼거렸다.

나는 제대로 밭을 갈 줄도 수퇘지를 거세할 줄도 모르는 나약한 남자는 하나도 부럽지 않다고, 마리케가 오나에게 분명하게 말했다.

"모두 조용해!" 아가타가 명령했다. "지금까지 회의에서 확실히 볼 수 있듯이 1번과 3번은 비현실적이고 실천할 수 없는 방법이야. 2번도 의심스러운 게 우리 성명서에 남자들이 서명한다고 해도 그게 효과가 있을 거라고 확신할 수 없고, 그들이 진짜로 그게 옳다고 믿고 서명했는지도 확인할 길이 없어."

"그렇다면 우리에게 남은 선택은 4번밖에 없네." 그레타가 말했다.

(다시 언급하자면, 4번은 일정 조건에 따라 남자들이 나중에 여자들과 합류할 수 있게 하는 방법이다.)

마리케가 말했다. "그러니까 저 포장지에 적은 방법 중 남아 있는 게 딱 저거 하나란 말이잖아요."

"맞아. 하지만 이 방법들은 지금까지 우리가 다 같이 생각해낸 것들이고, 우리에게는 일종의 시스템이 필요해. 만약 다른 방법이 있다면, 그걸 머릿속에만 담아두지 말고 말해서 기록으로 남겨야 해." 아가타가 말했다.

"아무렴 그렇겠죠. 내 머릿속에는 여러 방법이 있고요." 마리케가 말했다.

"하지만 그 방법들은 지금 우리에게 도움이 안 되잖니, 안 그래? 우리는 그게 뭔지도 모르고, 실행 가능한지도 몰라. 우리 모두 동의한 선택지 말고 완전히 다른 방법들이 네 머릿속에 있다면 말해주겠니? 그러면 아우구스트가 친절하게 그 방법들을 종이에 적을 테니까." 그레타가 말했다.

마리케는 입을 다물었다.

아우체가 말했다. "난 4번이 마음에 들어요."

나이체도 말했다. "저도요."

아가타는 소녀들에게 미소 지었다. 아우체와 나이체는 남동생들과 오빠들이 있고, 아빠와 남자 사촌들도 있다. 언젠가 다시 보고 싶은 사람들이 있는 것이다.

"모두 그럼 4번에 동의하는 거야? 우리의 마음이 미래에 변할지도 모른다는 조건이 붙어 있긴 하지만 어떤 변화가 일어나건 우리가 집중해야 할 목표는 이거야. 소녀들과 여자들의 안전, 그리고 몰로치나 남자들과 소년들의 갱생 가능성." 그레타가 말했다.

아! 살로메의 격분이 눈물로 바뀌었다. 놀라운 전개였다. 그녀는 두 집게손가락으로 양쪽 눈 구석을 꾹 눌러서 눈물을 밀어 넣었다.

(그걸 보자 오나가 숨을 급히 들이마시면서 문장을 끝맺는 습관이 떠올랐다. 마치 자신의 말을 자기 속으로 들이마

서서 안전하게 가둬두려는 것처럼. 여자들이 4번 선택을 실천한다면, 살로메가 사랑하는 아들 아론은 남자들과 함께 이곳에 남겨질 것이다. 아론은 열두 살이 넘었으니까. 이제 막 넘긴 했지만.

아론은 성격이 차분하고 온후하며 착한 아이로, 내가 가르치는 학생 중에서 아주 뛰어난 아이 중 하나였다. 다만 그는 곧 학교를 영원히 떠나 밭에서 일하는 남자들을 돕게 될 것이다. 아론은 이 마을에서 담장 위 걷기 챔피언이라는 타이틀을 보유하고 있다. 뛰어난 균형 감각을 타고 난 아론은 8센티 폭의 기둥이나, 망아지들이 있는 작은 방목장을 빙 두르는 울타리 위에서 처음부터 끝까지 떨어지지 않고 걸을 수 있다. 아이들과 나는 아론을 위해 다양한 기계 부품과 나무토막과 노끈을 써서 트로피를 하나 만들었고, 낙화술* 전문가인 코르넬리우스가 아론의 이름과 타이틀을 트로피 밑부분에 멋지게 새겨 넣었다. 그것도 필기체로! 하지만 피터스가 아론에게서 그 트로피를 몰수했다. 그는 아론에게(그리고 다음 날 우리 모두에게) 허영심과 자만심의 대가(살을 파먹는 벌레들을 포함한 모호한 말로)를 경고했다.

피터스가 아론의 트로피를 몰수한 날 아침, 나는 펑계를

---

*   종이나 나무 가죽에 도안을 인두로 지져서 그리는 공예 기술.

대고 교실에서 빠져나와 학교 뒤에 있는 들판으로 걸어갔다. 나는 거기 서서 기도했다. 무릎을 꿇고 기도했다. 나는 신의 말씀, 대답을 기다렸다. 하지만 귀에 들리는 거라곤 내 생각들, 똬리를 틀고 있는 뱀 같은 내 생각들과 독처럼 흐르는 말들뿐이었다. **오늘 나는 방화를 저지르는 사람들의 심정을 이해하게 됐어.** 나는 내 학생들, 몰로치나의 어린 소년들끼리 교실에서 날 기다리고 있는 모습을 상상했다. 그들은 나를 기다리고 있거나, 아니면 나쁜 장난을 치고 있을 것이다. 동물의 똥을 서로 던지고, 웃고, 비웃고, 겁을 집어먹고, 애원하고, 멜빵을 잡아당겼다가 튕기고, 모자를 낚아채고, 그중에서도 어린아이들은 굳은 미소를 지은 채 내가 돌아와 큰 아이들의 입을 다물게 해주기를, 교실의 질서를 되찾아주기를 기다리고 있을 것이다. 그런데 나, 교사란 인간은 이 모든 걸 싹 다 태워버리고 싶은, 재만 남을 때까지 불 질러버리고 싶은 욕망만 품은 채 교실 뒤 들판에서 무릎을 꿇고 기도하며 울고 있었다.

감옥에 있을 때, 동료 수감자 하나가 내가 아나키스트(무정부주의자)나 안티 크라이스트(그리스도 반대자)가 아니라 아서니스트(방화범)라고 잘못 듣고는, 자신의 감정에 대해 털어놓은 적이 있었다. 그것은 불과 분노와 파괴가 복잡하게 뒤얽힌 감정이었다. 나는 그가 두려워서 그의 말을 주의 깊게 듣는 척했다. 내가 무정부주의자인 걸 알았더라면 그가 내게 자신의 감정에 대해 말해줬을까?)

아가타는 살로메의 어깨에 팔을 둘렀다. 그녀는 아론을 잠시 남겨두고 가는 슬픔이 오히려 살로메와 다른 슬퍼하는 엄마들이 모두를 위한 새롭고 더 나은 공동체를 만들 수 있는 원동력이 되어줄 거라고 말했다.

이제 메얄도 속상해했다. 그녀에겐 남겨두고 갈 아들이 없지만 말이다. 그녀와 살로메는 티격태격하곤 했지만, 위기가 닥치면 항상 연대하는 사이이기도 하다. 메얄은 살로메를 안아주기 위해 합판 테이블 옆을 지나 살로메가 있는 쪽으로 갔다.

하지만 만약 15세 소년들이 이미 남자들과 시내에 갔고 (15세는 교회에서 세례를 받고 완전한 공동체 일원으로 인정받는 나이이다) 12세 이하 소년들이 여자들을 따라갈 수 있다면, 왜 13세와 14세 소년들은 잘 보살피지도 못하는 남자들 손에서 지시를 받으며 성장해야 하냐고 살로메가 물었다. "우리가 떠난다면 이 빈약한 범주에 들어가는 사내아이들은 왜 같이 따라가면 안 되는데? 만약 강간범들이 보석금을 받고 나와서 공동체로 돌아왔다가 여기에 남은 소녀들과 여자들이 없다는 사실을 알게 되면, 이 13세와 14세 소년들을 성폭행의 표적으로 삼지 않을까?"

메얄이 맞장구쳤다. "확실히 우리가 이런 어린 사내아이들을 두려워할 필요는 없잖아? 왜 그 아이들은 따라오면 안 돼?"

이때 느닷없이 오나가 내게 질문하는 바람에 나는 경악했다.

"아우구스트, 넌 남자아이들의 선생님이잖아. 넌 이 문제에 대해서 어떻게 생각해? 그 나이대 남자아이들이 우리 여자들과 소녀들에게 위협이 될까?"

나는 오나의 질문에 제대로 대답하기 위해 회의 기록을 잠시 멈춰야 했다. 오나가 내게 질문했다는 사실에 솟구치는 행복과 놀라움을 억누르면서 대답을 생각해내고, 그걸 저지대 독일어로 여자들에게 전하고, 다시 그 말을 머릿속에서 재빨리 영어로 번역하면서, 동시에 종이에 적기까지 할 수가 없었다. 나는 오나의 질문에 대답하려 시도하는 잠시 동안 펜을 내려두었다.

*

나는 다시 펜을 들었고 여자들은 자기들끼리 말하고 있었다.

(오나는 사려 깊은 답변을 해줘서 고맙다고 내게 인사했

118

다. 나는 압도적인 기쁨을 참느라 무진 애를 쓰고 있었다. 나도 나이체와 아우체처럼 석상 같은 표정을 지을 수 있으면 얼마나 좋을까, 내가 좀 더 자제력이 있었더라면…… 내 인생에서 얼마나 많은 문제를 피할 수 있었을까, 그런 생각이 들었다.)

오나의 질문, 즉 13세와 14세 소년들이 몰로치나 여자들과 소녀들에게 위협이 되는가에 대해 나는 그렇다, 그럴 가능성이 있다고 대답했다. 우리 모두, 성별과 관계없이 잠재적인 위협을 내포하고 있다. 그리고 13세와 14세 소년들은 소녀들과 여자들 그리고 소년들 서로에게 크나큰 피해를 줄 수 있다. 그 나이는 굉장히 무모한 나이다. 이 소년들은 무분별한 충동, 넘치는 육체적 활기, 종종 부상으로 이어지는 강한 호기심, 어마어마한 다정함과 공감을 포함해서 스스로 통제하지 못하는 무수한 감정을 지니고 있다. 거기다 아직 경험이 부족하고 뇌도 충분히 발달하지 않아서 자신의 행동이나 말이 어떤 결과를 낳게 될지 완전히 이해하거나 인식하지 못하는 나이다. 이들은 한 살짜리 망아지들과 비슷하다. 어리고, 매사에 서툴고, 종종 신이 나 있고, 힘이 세다. 이들은 키가 크고, 몸은 근육질이고, 성적으로 호기심이 강하지만 충동 조절력은 거의 없다. 하지만 이들은 아이들이다. 이들은 아이들이기에 배울 수 있다. 나는 하찮은 교사이자, 실패한 농부이고, **신다**이며, 나약한 남자지만, 무엇보다 믿음이 있는 사람이다. 견고한 애정과 인내심을 가지고 이 아이들을 제대로 지도하면 몰로치나 공동체에서 남성으로서 자신의 역할을 다시 배울 수 있다고 나는 믿는다. 나는 위대한 시인인 새뮤얼 테일러 콜리지가 초기 교육의 가장 중요한 규칙들이라고 생각했던 것들의 가치를 믿는다. "사랑으로 대하면 사랑이 나온다. 아이의 마음이 지적인 정확성과 진실에 익숙해지게 하라. 상상력을 자극하라." 콜리지는 다음과 같은 말로 교육에 대한 강의를 끝냈다. "경쟁이나 논쟁으로 가르칠 수 있는 건 없다. 모든 배움은 공감과 애정을 통해 나온다."

내가 이렇게 여자들에게 대답하고 있을 때, 오나는 나를 올려다보면서 나를 따라 콜리지가 한 말을 소리 없이 하고 있었다. **공감과 애정**. 비밀 학교에서 엄마는 종종 콜리지의 말을 인용했다. 그는 엄마가 좋아하는 낭만파 시인이자, 형이상학적 몽상가이며, 항상 우수에 차 있었고, 신비로웠으며, 미남이었다.

나는 여자들을 보면서 고개를 열성적으로 끄덕이며, 눈물을 흘리기 직전의 슬프고 미친 광대처럼 굴었다. 내가 말했다. "전 그 소년들이 여자들과 같이 떠날 수 있게 해야 한다고 믿습니다. 만약 여자들이 떠나기로 선택한다면 말입니다."

마리케가 제일 먼저 내 대답에 반응했다. "아니, 그냥 네 아니면 아니오, 라고 대답하면 될 텐데. 꼭 그런 식으로 말해야겠어? 너는 다른 남자들과 똑같이 똥을 싸면서, 왜 말은 그 사람들처럼 하지 못해?"

나는 머리를 긁적이며 그녀에게 말했다. "미안해."

오나는 마리케를 무시하고 내게 물었다. "아우구스트, 여기에 가르칠 아이들이 없다면 넌 공동체에 남아 뭘 할 거야?"

내가 모든 지혜를 끌어모아 대답하기도 전에, 마리케가 비꼬는 투로 말했다. "할 게 하나도 없으면 이번 기회에 농사처럼 진지한 거래 도구를 배울 수도 있겠지."

"어쩌면 다른 남자아이들이 계속 수업을 들을 수도 있잖아요. 열다섯 살 넘은 아이들, 교회의 일원으로 여기 남게 될 아이들 말이에요." 나이체가 제안했다.

아우체가 고개를 끄덕였다. 그녀는 (능청스럽게) 말했다. "그중 몇 명은 재교육을 좀 받으면 좋을 텐데."

"맞아. 걔들은 소젖 짜고 있는 여자들한테 말똥을 던지는 게 애정을 표현하는 방식이라고 여전히 믿고 있다니까." 나이체가 대꾸했다.

아우체가 웃었다. "하지만 널 진정으로 사랑하는 남자아이는 똥을 던질 때 일부러 빗나가게 던지겠지. 아니면 던질 때 힘을 싣지 않거나."

메얄과 살로메는 고개를 절레절레 흔들었다.

살로메는(그녀의 눈물은 이제 보이지 않았다. 그녀는 나오려던 눈물을 밀어 넣고 다시 나오지 못하게 하는 데 성공했다) 어린 미프를 위해 그녀가 꾸는 가장 간절한 꿈은 한 소년이 미프에게 똥 덩어리가 맞지 않게 일부러 빗맞히는 행복한 날이 오는 거라고 말했다.

"그렇지. 모든 엄마가 꿈꾸는 날이지. 그런 희망 때문에 우리가 이 어두운 시절을 꾸역꾸역 버텨내고 있잖아." 메얄이 말했다.

"하지만 열다섯 살이 넘은 사내아이들이 학교에 있을 순 없어." 마리케가 반박했다.

그 아이들은 밭에 나가서 일하고 가축들을 돌봐야 한다. 그들의 학교는 교실이 아니라 교실 밖에 있다. 게다가 집안일을 할 성인 여자들과 소녀들이 없어지면, 그 소년들이 해야 할 일이 늘어날 거라고 마리케가 말했다.

"남은 남자들의 가장 중요한 업이 농사라면 그렇겠지." 오나가 말했다.

"그럼 대체 신이 주신 초록 땅을 일구지 않으면 무슨 일을 할 건데?" 마리케가 물었다.

오나는 어깨를 으쓱했다. "분명 세상을 살아가는 다른 방식들도 있어."

"하지만 그들은 아니야. 여기 남자들은 절대 학자가 아니라고." 그레타가 반박했다.

(나는 아우체와 나이체가 묘한 시선을 주고받는 모습을 목격했다.)

아가타는 그 부분을 고려하며 말했다. "그럴 수도 있지. 하지만 농부나 학자 말고도 다른 직업들도 있어."

그때, 뜻밖의 행운 같은 일이 일어났다. 내가 머릿속으로 외고 있던 베르길리우스의 시구를 오나가 인용한 것이다. 그것은 엄마가 비밀 학교에서 우리에게 가르쳐준 시의 일부였다. "쟁기를 들었다가 내리꽂아 산등성이를 십자형으로 부수고 나아가는 이의 노동은 큰 도움이 되리라."

나는 회의록에서 고개를 들어 오나에게 미소 지었다.

"그거 레위기에 나오는 구절이야?" 마리케가 물었다.

"응, 맞아." 오나가 대답하자 나는 기침하는 척했다.

메얄은 엄지와 검지를 써서 담배를 꼬집어 껐다. 나중에 다시 피우려고 그런 게 분명했다. 그녀의 손가락 끝은 노란색, 아니 황토색으로 물들어 있었다.

"그러니까, 성경도 농업을 지지한다는 소리잖아. 그거 하나는 확실하네." 마리케가 말했다. (그녀가 나를 노려보고 있다는 생각이 들었지만, 그녀의 한쪽 눈은 뿌옜다. 말발굽에 박힌 돌을 빼내는 쇠 주걱에 맞은 뒤로 그렇게 됐다. 그래서 마리케가 어딜 보는지 가끔 확실하지 않을 때가 있다.)

"하지만 그것 이상으로 아주 유익한 비유야." 오나가 말했다.

너그러운 아가타는 오나의 작은 거짓말에 고개를 끄덕여주면서도 간절하게 부탁했다. "애야, 우린 지금 우리 목숨을 구하기 위해 비밀리에 계획을 세우는 중이니까—"

"저도 그건 알고 있어요. 전 도우려고 애쓰고 있는 거예요. 가끔 비유가 도움이 될 때가 있어요. 특히 이 비유는 몰로치나 남자들과 소년들에게 딱 맞아요. 왜냐하면—"

아가타가 고개를 재빨리 끄덕이며 동의했다. "그래." 그리고 다시 오나의 손을 꽉 잡고 이제 다음 문제로 넘어가야 한다고 다시 주장했다. 아가타는 오나의 눈을 깊이 들여다보면서 계속해서 애원했다. 아가타의 눈은 촉촉했고 충혈되어, 마치 저물어가는 해처럼 붉은 핏줄들이 도드라져 보였다.

오나는 비유에 대한 말을 멈췄다.

아가타가 말했다. "우리 여자들과 소녀들은 공동체를 떠날까 고려하고 있지만, 우리가 여길 떠나서 뭘 하고 살지, 어떻게 살지, 어떻게 먹고 살지, 언제 어떻게 떠날지 결정된 게 하나라도 있나? 우리는 글을 읽거나 쓸 수도 없고, 우리가 사는 나라말도 할 수 없고, 집안일밖에 할 줄 모르지만, 그마저 세상으로 나가면 쓸모가 있을지 없을지도 몰라. 그리고 세상 이야기가 나와서 말인데. 우리는 세계지도조차 없잖아."

마리케가 참견했다. "세계지도 이야긴 다시 꺼내지 말자고요." 그녀가 말했다. 나는 마리케의 격노를 초래할 위험을 무릅쓰고 끼어들어 여자들을 위해 내가 세계지도를 구해 올 수 있을지도 모르겠다고 제안했다.

오나가 물었다. "지금 당장?"

나는 고개를 끄덕였다.

마리케가 버럭 화를 내면서 콧구멍을 벌름거렸다.

그레타는 눈을 감았다.

아가타는 등을 곧게 폈다.

나이체가 물었다. "어디서요?"

내가 대답했다. "호르티차 공동체에서."

여자들은 깜짝 놀랐다. 그들은 다 함께, 어떻게 이웃 공동체인 호르티차에 그런 지도가 있냐고 물었다.

나는 안전 문제(여자들의 안전) 때문에 그 정보는 밝힐 수 없지만, 내가 잠깐 그 지도를 빌려오면 미술적 재능이 있는 아우체와 나이체가 포장지에 그걸 베낄 수 있지 않겠냐고 말했다.

마리케를 제외한 다른 여자들은 이 제안에 솔깃해하는 눈치였다.

살로메는 호르티차 공동체에 우리가 사는 지역이 나온 지도도 있을지 물어봤다. 예를 들어 고속도로들, 작은 도로들, 강들, 철로들을 포함한 상세한 지도를 구할 수 있으면 아주 좋을 거라고 그녀가 현명하게 지적했다. 만약 그런 지도가 있다면 말이다.

"맞는 말이네. 우리가 온 세상을 횡단하려고 하는 것도 아니고 말이지." 마리케가 말했다.

"어쩌면 그렇게 될지도 몰라." 오나가 반박했다. 그러고는 흥미로운 사실을 하나 덧붙였다. "그거 알아? 나비들과 잠자리들의 이동 기간은 굉장히 길어서 종종 손자 세대에 이르러서 처음에 의도한 목적지에 도착하게 된다는 거야."

그 이야기를 하며 오나는 활짝 웃었다. 그녀는 우리 엄마가 한 말을 다시 인용하고 있었다. 나는 오나에게 고맙다는 말을 하고 싶었고, 그녀를 안아주고 싶었다. (아니, 정말로 바라는 건 그녀를 안아 올려서 이 다락 안에서 춤추며 돌아다니는 것이다. 우리가 어렸을 때, 나는 마구간 뒤에서 그녀를 휙 안아 올리고는 큰 소리로 웃으며 달렸다. 그동안 그녀는 자기를 그렇게 꽉 안지 말라고, 그러다 자신의 흉곽이 으스러지거나, 심장이 빠져나올 것 같다고 말했다.)

아우체와 나이체도 오나에게 미소를 지어 보였다. 다만 잠자리에 대한 이야기가 정말로 재미있어서 미소를 지은 건지, 아니면 활짝 미소를 지을 적절한 기회가 와서 그렇게 하는지는 확실하지 않았다. 나는 이 소녀들이 선대 잠자리들의 사체를 뒤로하고 작은 잠자리 손자들이 상상의 도착선을 통과한다는 이야기를 재미있어 하는 척하면서 소년들의 백치 같은 면을 비웃는다는 의심이 들었다.

한편 메얄은 이 기이한 이야기를 들으며 고개를 끄덕이고 있었다.

살로메는 미프의 드러난 팔에 날아드는 파리를 손을 휘저어 쫓았다. 미프의 팔다리는 안장 덮개 위로 힘없이 늘어져 있었다.

"그리고 그거 알아? 잠자리들이 다리는 여섯 개나 되지만 걸을 수 없다는 거 말이야." 오나는 날 똑바로 쳐다보고 활짝 웃으며 물었다.

나는 고개를 끄덕이며 안다고 대답했다. "그리고 잠자리는 머리를 거의 다 덮는 겹눈 덕분에 모든 걸 한 번에 볼 수 있어. 아주 작고 빠른 동작도 볼 수 있지." 오나의 시선에 대담해진 내가 덧붙였다.

여자들 몇 명이 고개를 끄덕이며 내가 한 말을 곰곰이 생각했다. 아우체와 나이체는 웃었다.

"그냥, 그렇다고." 나는 허둥지둥 대답했다.

나는 아가타와 그레타가 방금 대화를 듣지 않았다는 걸

눈치챘다. 그들은 대신 작은 목소리로 둘이 말하면서, 어떻게 호르티차에 세계지도가 있는지 추측하고 있었다.

나는 오나에게 속삭였다: 존 케이지라는 음악가가 있어. 그 사람은 다 연주하려면 600년이 넘는 시간이 걸릴 수도 있는 음악을 작곡했어. 음 하나를 연주하는 데 몇 년을 들이는 거지. 그 음들은 독일의 한 작은 마을 교회에 있는 특별한 오르간으로 연주해.

오나도 나에게 속삭였다: 그래, 그렇단 말이지?

나: 응.

오나: 존 케이지는 메노파 신자야?

나: 아니.

오나: 아.

나: 음, 어쩌면 그럴지도 몰라.

오나: 그렇군.

이제 여자들은 피터스가 몰로치나 바로 근처에 금기시되는 세계지도가 숨겨져 있는 걸 알게 되면 어떻게 할지 상상하며 깔깔 웃고 있었다.

아가타는 어느 토요일에 피터스가 에른스트 티센의 유기농 농법 매뉴얼을 손에 높이 들고 이것이 바로 티센이 세속적인 영향을 받은 증거라고 교회 신자들에게 소리를 질렀던 일을 여자들에게 일깨워줬다. 그 일로 티센은 원로들에게 징계를 받고 8주 동안 공동체 주민들과 모든 접촉이 금지됐다. 그동안 그는 시골길을 돌아다녔고 밤에는 마구간 옆에 있는 마구실에서 잤다. (이제 그는 치매이지만 도난당한 시계에 대한 기억만은 끈질기게 남아 있었다. 그것은 그에게 축복이기도 한 게, 그는 자신이 과거에 했던 나쁜 짓들은 다 잊어버리고 하느님이 무조건 그를 천국으로 받아들일 거라고 확신하고 있거나, 아니면 신이나 천국이 존재한다는 것도 모르고 있을지 모른다.)

마리케는 우리의 관심을 토론으로 돌리려고 애썼다. 그녀는 살로메가 내게 질문했다는 사실을 상기시켰다.

"호르티차에 우리 지역 지도도 숨겨져 있을까?" 살로메가 아까 했던 질문을 반복했다.

나는 그럴 가능성이 있다고 조심스럽게 대답했다.

마리케가 나에게 세계지도와 함께 우리가 사는 지역의 지도를 호르티차에서 몰래 빼내 올 수 있겠냐고 물었고, 나는 만약 그게 정말로 있다면, 그러겠다고 약속했다. 그러자 마리케가 내게 고맙다고 인사했다! 나도 알고 보니 쓸모가 있다면서. 그녀가 판단하기엔 교사보다 밀수꾼이 더 나은 모양이었다. 물론 그래봤자 둘 다 농부처럼 존경스러운 직업은 아니겠지만.

오나가 마리케에게 말했다. "하지만 아우구스트는 처음부터 쓸모가 있는 사람이었어. 아우구스트가 아니면 대체 누가 그 지도를 우리에게 설명해줄 거라고 생각한 거야? 네가 다른 사람들 모르게 갑자기 신의 축복을 받아서 지도도 읽고 길도 찾을 수 있게 된 거야?"

마리케는 오나의 질문에 손사래를 치더니 고개를 한쪽으로 기울이며 잘려나간 손가락으로 창문을 가리켰다.

오나가 한 가지 제안을 했다. 어쩌면 여자들이 여행하면서 우리들만의 지도를 만들 수 있지 않겠냐고.

다른 여자들이 얼떨떨한 표정으로 오나를 바라봤다.

그레타가 말했다. "그것 참 독특한 아이디어—"

그때 오나가 갑자기 옆에 있는 우유 들통에 대고 토하기 시작했다.

그레타가 말했다. "아이고, 저런."

아가타가 일어나서(그때까지 나무토막 위에 다리를 올리고 있었다) 오나에게 걸어갔다. 그녀는 오나의 등을 쓰다듬으면서 오나의 스카프에서 삐져나온 머리 가닥들을 잡아서 토사물이 묻지 않게 했다.

오나는 고개를 들고 괜찮다고 하며 여자들을 안심시켰다.

여자들이 고개를 끄덕였다. 이제 그들의 관심은 메얄에게 쏠렸다. 메얄은 가슴에 손을 대고 숨을 거칠게 몰아쉬고 있었다.

그레타가 말했다. "이런, 아가."

"너 괜찮니, 메얄?" 아가타가 물었다.

메얄이 고개를 사정없이 끄덕였다.

메얄은 지금 발작을 일으키고 있다고 살로메가 내게 조용히 설명했다. 그녀는 메얄에게 가서 다른 사람들에게 들리지 않게 작은 소리로 귀에 대고 부드럽게 속삭였다. 그리고 메얄의 손을 잡았다.

다른 여자들은 고개를 숙이고 메얄이 다시 평정을 되찾을 수 있게 해달라고 하느님에게 기도했다.

메얄은 우유 들통을 깔고 앉은 채 몸을 격렬하게 흔들었다. 그러더니 통에서 굴러떨어져서 짚단 위에 누웠는데, 몸이 뻣뻣하게 굳어 있었다.

살로메가 메얄 옆에 누워 계속 아주 작은 소리로 속삭이면서 그녀를 끌어안았다. 여자들은 기도했다.

아가타가 말했다. "하늘에 계신 우리 아버지, 겸손하게 애원하노니 우리에게 주님의 큰 사랑을 주시옵소서. 부디 우리 메얄 자매에게 자비를 베풀어주소서. 제발, 메얄을 낫게 하는 은혜를 베풀어주소서. 제발, 주님의 권능과 끝없는 사랑으로 메얄 자매를 안아주시고 지금 그녀를 괴롭히는 질병을 몰아내주소서."

여자들은 계속 고개를 숙인 채 하늘에 계신 아버지를 다양한 말로 찬양하고 있었다. (아버지가 사라지기 이틀 전 내게 들려준 말이 떠올랐다. 종교의 성지 입구를 지키는 두 개의 쌍둥이 기둥은 바로 스토리텔링과 잔인함이라던 말.)

살로메는 여자들이 하는 기도 소리가 메얄에게 들리지 않도록 아주 조심스럽게 그녀의 귀를 가려줬다.

그리고 오나에게 메얄을 위해 담배 한 대를 말아달라고 부탁했다. 그녀는 메얄의 귀에 대고 계속 작은 소리로 속삭이고 있었다. 메얄은 아까보다는 좀 더 안정되고 몸도 한결 부드러워 보였다. 몸의 떨림도 멈추고, 호흡도 정상으로 돌아왔다.

오나는 직접 만 담배를 메얄에게 건네면서 미안하다고 사과했다. 그녀는 담배를 마는 데 익숙하지 않아서 자신이 말아놓은 모양을 보고 얼굴을 찌푸렸다.

다른 여자들은 고개를 숙인 채 서로의 손을 잡고 계속 기도하고 있었다.

메얄은 회복했고 살로메와 함께 다시 테이블 앞에 앉았다.

아가타가 말했다. "하느님을 찬양하라."

그레타가 아우체에게 인스턴트커피를 끓이게 어서 달려가서 펌프 물을 받아 오라고 시켰다. 아우체가 테이블에서 벌떡 일어났다. 그러자 나이체도 제비처럼 잽싸게 그 뒤를 따라가더니, 둘 다 사라졌다.

살로메가 창가로 달려가서 나이체에게 다시 다락으로 돌아오라고 불렀다.

멀리서 나이체가 지르는 소리가 들렸다. "왜요? 싫어요. 난 지금 아우체를 돕고 있단 말이에요!"

"그냥 놔둬." 아가타가 말했다.

하지만 살로메는 다시 한번 나이체를 부르더니, 아무 말 없이 창밖을 바라봤다.

나이체가 다락으로 돌아왔다.

아가타는 살로메에게 화가 난 게 보였지만, 애써 참고 있었다.

마리케는 메얄이 발작을 일으킨 건 여자들만의 지도를 만들어야 한다는 생각 때문에 그런 거라고 말했다. 스스로 지도를 만들어야 하는 게 두려워서가 아니라 거기에 깃든 의미가 두려웠던 거라고. 이제 우리가 스스로의 운명을 개척해야 한다는 사실이 두려웠던 거라고. 우리가 미지의 땅으로 출발하게 되는 게 두려워서라고.

"그래, 공황에 빠지는 것도 당연해……." 아가타가 입을 열었다.

메얄이 담배 연기를 내뿜어서 고리 모양을 만들었다. "난 공황에 빠진 게 아니에요." 그녀가 말했다.

"그래. 하지만 이 경우에는 **공황에 빠져도** 이해할 수 있다는 말이야." 아가타가 대꾸했다.

"하지만 난 아니라니까요." 메얄이 말했다.

아가타가 천장을 힐끗 올려다봤다.

잠시 침묵이 흐른 후, 그레타는 여자들에게 재미있는 이야기를 하나 꺼냈다. 그녀는 사타구니에 생긴 부상 때문에 삼년 동안 뒤로만 걸을 수 있고, 앞으로는 절대 걷지 못했다고 했다. (내 짐작에 어디로 갈지도 모르는 상태로 출발해야 한다는 생각 때문에 이 기억이 떠오른 것 같았다.)

곧 또 다른 사건이 일어나서 알 수 없는 미래 때문에 불편해하는 메얄의 관심이 그쪽으로 쏠렸다.

네티(멜빈)가 사다리를 타고 다시 다락으로 들어왔는데, 이번에는 마리케의 막내아들인 율리우스를 안고 왔다. 율리우스가 울음을 그치지 않아서 인 것 같았다.

그레타가 두 손을 허공으로 번쩍 들었다. 이번엔 또 뭐야?

(앞서 언급한 것처럼 성폭행 이후로 아이들에게만 말하는) 네티가 율리우스의 코를 가리키며 손짓과 몸짓으로 뭔가 표현하고 있었는데, 나로서는 당황했다는 거 말고는 도저히 그 암호를 풀 길이 없었다.

아가타는 침착하게 네티에게 이번만 예외를 둬서 합리적으로 행동해달라고 부탁했다. 대체 이게 지금 무슨 상황인지 말해달라고. "지금 이 다락에는 여자들만 있으니까." 그녀는 그 점을 짚어 말했다. (나는 꼼짝도 하지 않고 앉아 있었다.)

네티가 여전히 입을 열지 않은 채 아가타의 요구를 곰곰이 생각하는 동안, 율리우스는 마리케의 팔에서 울부짖고 있었다.

"대체 무슨 일이 있었던 거야?" 마리케가 아들이 내는 소음보다 더 큰 소리로 절박하게 물었다.

"네티, 제발 현실적으로 행동해. 율리우스에게 무슨 일이 생긴 거야?" 아가타가 물었다.

마침내 네티는 입을 열었지만, 그 와중에도 율리우스만 보고 있었다. 네티는 율리우스가 자기 콧구멍에 체리씨를 하나 집어넣었는데, 그녀가 꺼내려고 할수록 씨가 점점 더 콧구멍으로 들어가면서 나오질 않는다고 말했다.

여자들이 한꺼번에 반응하기 시작했다. 그들은 다시 앞다퉈 말하고 있었고, 나는 회의록을 작성할 수 없었다.

오나가 입속에 손가락 두 개를 넣고 휘파람을 불었다. (이 얼마나 근사한 기술인가! 게다가 실용적인 재능이고.)

다른 여자들이 말을 멈추고 오나를 바라봤다.

오나의 두 눈 사이에 희미하게 세로로 주름이 두 줄 잡혔다. 그 작은 철로 같은 주름이 그녀의 가르마를 향해 올라가다가 중간에 사라졌다. 오나가 말했다. "만약 율리우스가 자기 콧구멍에 체리씨를 집어넣었다면, 율리우스는 체리를 먹고 있었거나 아니면 체리 가까운 곳에 있었을 거야. 여기 몰로치나에는 체리가 없어. 우리가 먹는 체리는 항상 시내에 용무를 보러 간 원로들이 특별 간식으로 받아 오는 거야."

여자들은 아무 말 없이 이 소식을 받아들였다. 흔들리던 아가타의 시선이 정지됐다.

살로메는 욕설을 퍼부으면서 창가로 갔다.

그레타가 펌프를 떠났으나 아직 다락 사다리에는 닿기 전인 아우체에게 소리를 질렀다. "시내에서 남자들이 돌아왔는지 가서 알아봐. 만약 그렇다면 누가 돌아왔는지도 알아보고."

그러곤 아래를 향해 다시 한번 외쳤다. "그 남자들이 자기 집 여자들이 어디 갔냐고 물어보면 루스와 셰릴이 이번 봄 늦게 새끼를 낳는 데 문제가 생겼다고 해!"

그러자 아가타가 반대하며, 공동체 남자들은 루스와 셰릴이 작년에 짝짓기를 안 한 사실을 알고 있으니, 이번 봄에 새끼를 낳는 일은 있을 수 없다고 지적했다. 그리고 밑에 있는 아우체를 보며 소리를 질렀다. "남자들이 물어보면 여자들은 호르티차에 있는 자매가 난산하는 바람에 그걸 도우러 갔다고 해."

그 말에 다른 여자들이 고개를 끄덕이며 찬성했다. 몰로치나 공동체 남자 중에서 출산에 관심을 두는 남자는 없을 것이고, 특히 옆 공동체인 호르티차에서 일어나는 일에는 더욱 아무 관심 없을 테니까.

아가타는 그리고 아우체에게 다시 스카프를 쓰라고 했다. 아우체와 나이체는 둘 다 손목에 스카프를 근사하게 묶고 있었다. 그것은 남자들이 마을에 없을 때 몰로치나 십대 여자아이들이 하는 패션이었다.

이번에는 마리케가 자기 딸에게 소리를 질렀다. "남자들에게 누비이불을 만들고 있다고 해. 하지만 누구 집에서 하는지는 모른다고. 조합에서 뒤늦게 대량 주문이 들어와서 우리가 밤을 새워서 만들어야 한다고 해."

설명 노트: 조합이 우리 메노파 신자 공동체에서 만든 상품들을 관광객에게 팔고 있다. 몰로치나 여자들이 그 상품을 만들지만, 이들은 조합에 가거나 판매 대금을 관리할 수 없다.

"아, 그거 좋다. 바느질하는 여자들 옆에 있으려는 남자는 없을 테니까." 살로메가 말했다. 그녀는 창가에 서서 아우체를 보고 있었다. "아우체 이제 가네."

살로메는 유리창에서 돌아서서 여자들을 바라보다가 나이체에게 말했다. "넌 이제 뛰어가서 집집이 다니면서 남자들에게 이렇게 말하라고 여자들에게 전해. 만약 남자들이

와서 다른 여자들 어디 있냐고 물어보면, 여자들 몇 명은 누비이불 주문이 들어와서 그거 마무리하느라고 밤을 새워야 하고, 나머지 여자들은 호르티차에 있는 자매의 난산을 돕느라 거기 갔다고. 남자들은 뭔갈 먹고 싶어 할 거야. 특히 그 남자들이 여기 있는 여자들의 남편이거나 형제라면 꼭 이렇게 말하라고 해. 우리가 그들을 위해 식품 저장실에 수프하고 빵을 놔뒀다고. 아침이 돼서 남자들이 다시 시내로 갈 때, 여자들은 이런저런 일들로 밤을 새워가면서 일하느라 그들을 배웅하지 못하게 될 거라는 점을 이해시키라고.”

나이체는 곧바로 움직이지 않았다.

살로메가 그녀를 쿡 찔렀다. “가, 어서!”

나이체는 조용히 우유 들통에서 느릿느릿 일어나서, 먼저 스트레칭을 하더니, 머리카락을 쓸어내렸다. 화가 난 살로메가 졸도할 지경이 되어 소리를 빽 질렀다. “나이체!”

마리케는 율리우스의 코에서 체리씨를 빼냈다. 마치 뱀에 물려서 독을 빼낼 때처럼, 혹은 경찰차에서 불법으로 기름을 빼돌릴 때 쓰는 사이펀처럼 아들의 코를 빨아서 씨를 빼냈다. 이제 율리우스는 한때 에른스트의 것이었던 낡은 고삐의 썩어가는 가죽을 기분 좋게 씹고 있었다. 아가타는 네티에게 가도 된다고, 다른 아이들에게 돌아가보라고 했다. 율리우스는 한동안 여기 다락에 남아 있을 거라고.

하지만 마리케는 네티에게 잠깐만 있어 보라고 부탁했다. "어떻게 율리우스가 체리를 먹게 됐어?" 그녀가 물었다.

그리고 또 물었다. "클라스가 준 거야?" (클라스는 마리케의 남편이다.)

네티는 다시 가죽을 가지고 놀다가 씹는 데 몰두하고 있는 율리우스만 쳐다보며 이렇게 답했다. 율리우스와 그보다 나이가 많은 아이들 몇 명이 마당에서 놀고 있었는데, 그중 한 아이가 도로에 있는 사륜마차를 봤다고 했다. 그 아이가 (아마 베니 에이디스일 가능성이 큰데) 율리우스를 포함한 다른 아이들에게 그 마차를 구경하러 가자고 부추겼다. 율리우스는 자기보다 큰 아이의 어깨에 올라타 있었다. 아이들이 돌아왔을 때 체리가 가득 든 종이봉투 하나를 가지고 왔고, 그걸 나눠 먹다가 율리우스의 코에 체리씨가 들어가게 된 것이다.

마리케가 네티에게 물었다. "그러니까 그 마차에 누가 타고 있었는지는 모른다는 거야?"

네티는 율리우스에게 대답했다. "난 몰라."

메얄이 말했다. "난 (그 폭행에 대응해서) 아무것도 안 하는 쪽에 투표한 여자들이 걱정돼. 만약 남자들이 돌아왔다면, 그 여자들이 남자들에게 우리가 이런 반란을 모의하고 있다고 일러바칠 가능성이 커."

마리케가 코웃음을 쳤다. "이건 반란이 아니야. 그건 정확한 표현이 아니라고."

화가 머리끝까지 난 살로메가 한숨을 쉬었다. "마리케, 넌 계속 우리 회의를 방해하는구나. 네가 마치 무슨 권위가 있는 사람처럼 굴면서 항상 제멋대로 말하고 터무니없는 짓을 하고 있잖아. 아무도 네 말에 반대하지 않으면, 끝까지 네 말이 옳다고 주장하겠지. 다른 사람들이 너에게 이의를 제기하면 히스테리를 부리고."

"아니야. 그건 너지, 살로메. 아니면 여기 있는 프리센가 여자들이거나. 너희들은 항상 정확하고 정밀한 단어, 상황에 맞는 단어를 쓴다고 자화자찬이잖아. 이 경우에 '반란'이라는 건 완전히 틀린 말이야. 반란이란 말에는 폭력이 들어가는데 우리 몰로치나 여자들의 계획에 폭력은 포함돼 있지 않으니까." 마리케가 반박했다.

오나는 여자들에게 제발 진정하라고 애원했다. 우리는 회의를 계속해야 하고, 마리케의 말이 맞는다고 말했다. '반란'이란 말은 우리 계획을 묘사하는 정확한 단어가 아니라고. 자세한 내용이 다 정해지면 그에 맞는 이름을 우리가 지을 거라고 말했다.

그리고 오나는 메얄이 좀 전에 한 이야기, 그러니까 아무것도 하지 않기로 한 여자들이 남자들에게 우리의 계획을 알릴 수 있다는 위험으로 돌아갔다. "그 여자들이 거짓말하는 죄를 짓지 않으려 할 건 분명해. 우리는 그 여자들이 기만을 저지르지 않기 위해 우리가 어디 있는지 남자들이 물어보았을 때 모른다고 말할 거라는 믿음을 가지는 수밖에 없어. 아니면 창의적이고도 경건한 방식으로 그 질문을 피하는 방법을 찾아내길 빌어야지." 오나가 말했다.

(나는 이 시점에서 입을 열지 않기 위해, 오나를 책망하지 않기 위해, 그녀에게 이의를 제기하지 않기 위해, 오나가 가진 믿음을 거만하게 바로잡지 않기 위해, 아무것도 하지 않는 파의 배신과 그들의 음흉한 마음과 특히 스카페이스 얀츠에 대해 걱정하고 있는 기미를 조금이라도 내보이지 않기 위해 무진 노력했다. 그리고 소리 없이 기도했다. 나의 죄를 용서해달라고, 내 의심을 용서해달라고, 그리고 오나가 공동체 자매들에게, 우리 모두에게 품고 있는 것과 같은 선의와 믿음으로 내 마음도 가득 채워달라고 기도했다.)

오나는 잠시 몰로치나에 돌아온 남자들이 여자들이 길을 나선 후에 먹고사는 데 필요할 가축들을 가져갈까 걱정이라 했다.

마리케가 물었다. "길을 나선 후에, 라니? 여기 남을 건지, 아님 떠날 건지 아직 최종 결정은 내리지 않은 거로 아는데. 내가 알기로 지금까지 나온 결론은 우리 여자들이 동물이 아니란 거야. 그 결론마저도 모두 동의한 건 아니고."

"그래, 맞아. 아직 떠나기로 완전히 결정을 내린 건 아니
야. 하지만 떠난다면 최대한 많은 가축이 필요할 거야." 오
나는 일단 마리케의 말을 인정하며 대답했다.

"어떻게 하면 그 남자들이 가축들을 가져가는 걸 막을 수
있을까? 그 남자들이 애초에 마을로 돌아온 이유가 그거 때
문이라면 말이야." 그레타가 오나에게 물었다.

오나가 한 가지 방법을 제안했다. "아마 네티를 통해(네티
는 여전히 다락에 남아 있었다) 남자들이 도시로 떠난 후에
동물들이 병에 걸려 격리되었다는 메시지를 전할 수 있지
않을까?"

메얄이 오나에게 네티는 이제 어른들에겐 말하지 않는다
는 사실을 일깨워줬다.

마리케가 격리 이야기는 또 다른 거짓말이자 심각한 죄라
는 점을 지적했다. "우리는 거짓말을 하는 죄를 지었을 뿐만
아니라 우리 딸들에게도 같은 짓을 하라고 가르쳤어. 만약
우리가 네티를 부추겨서 거짓말을 하게 되면, 우리는 얼간
이를 이용했다는 죄를 짓게 돼."

살로메가 손을 번쩍 치켜들었다. "네티는 얼간이가 아니
야. 네티의 특이한 행동, 그러니까 이름을 남자 이름으로 바
꾸고 아이들에게만 말을 하는 건 네티가 겪었던 오랫동안

계속된 끔찍한 폭행에 대한 정상적인 반응이라고."

"우리 모두 피해자야." 마리케가 말했다.

"그건 사실이야. 하지만 우리는 다양한 방식으로 반응해. 그 반응 중 어느 하나가 다른 반응보다 덜 적절하다고는 할 수 없어." 살로메가 말했다.

마리케는 손사래를 치며 살로메의 반박을 들으려 하지 않았다. 그녀는 계속해서 거짓말에 대한 자신의 주장을 자세히 설명했다. "확실히, 다른 사람들에게 우리를 대신해서 거짓말하라고 부추기는 건 우리가 거짓말하는 것보다 훨씬 더 나쁜 죄야. 그리고 우리가 거짓을 고한 원로들에게 직접 용서를 받지 않는다면 거짓말에 대해선 어떻게 용서받을 건데? 여자들이 어디 있는지, 누비이불을 꿴다든지, 출산을 돕는다든지, 이런 거짓말들 말이야. 떠나기로 하고 계획을 실행하면, 우리는 그들을 다시 못 볼 것이고, 따라서 용서받지 못한 채, 어두운 마음을 품고 그 어떤 신의 자비도 받지 못하며 천국에 가지도 못할 텐데."

"아마도 세상 어딘가에 살아가는 다른 원로들이나 신의 뜻을 따르는 남자들이 우리의 죄를 용서할 수 있을 거야. 우리가 아직 만나보지 못한 사람들 말이다." 그레타가 말했다.

그러자 살로메의 화가 폭발했다. 그녀가 버럭 소리를 지르는 바람에 미프는 잠이 깼고 율리우스는 가죽을 씹던 걸 멈췄다. "우리는 타락하고 잔인한 남자들로부터 우리 아이들을 보호하는 행위에 대해 신의 뜻을 따르는 남자들의 용서를 받을 필요가 없어. 바로 그 나쁜 놈들이 신의 뜻을 따르는 남자들이기도 하잖아. 만약 하느님이 사랑의 하느님이라면 우리를 직접 용서하실 거야. 만약 하느님이 복수심에 불타는 분이라면, 그래서 우리를 자신의 모습으로 만들어놓으신 거야. 만약 하느님이 전능하시다면, 왜 몰로치나 여자들과 소녀들을 보호하지 않으셨는데? 우리의 현명한 주교인 피터스 말대로라면 하느님은 마태복음에서 이렇게 말씀하셨어. '아이들을 내게 오게 하고, 그들이 내게 오는 걸 방해하지 마라.' 그렇다면 우리는 당연히 아이들이 당한 폭행을 이 대목에 반하는 방해로 여겨야 하는 것 아니야?"

여기까지 고래고래 소리를 지르며 말한 살로메가 잠시 말을 멈췄다. 잠시 쉬려고…….

아니, 멈추지 않고, 살로메는 계속 고함을 질렀다. 그녀는 자신의 아이를 해치는 생명체라면 그 무엇이라도 다 파멸시킬 거라고. 그 사지를 찢어버리고, 그 몸을 훼손하여, 산 채로 묻어버리겠다고 했다. 만약 자신의 아이를 악마로부터 보호하고, 거기서 한발 더 나아가 또 다른 아이를 해칠지도 모르는 악마를 파괴하는 것이 죄가 된다면 그 자리에서 그녀에게 벼락을 내려 죽여보라고 신에게 도전할 것이라고 말했다. 그녀는 자신의 세 살 난 아이의 몸으로 또 다른 남자가 폭력적인 충동을 만족시키려 하기 전에 거짓말할 것이고, 악마를 사냥할 것이고, 죽일 것이고, 그들의 무덤 위에서 춤을 출 것이고, 지옥에서 영원히 불탈 것이라고 말했다.

"아니. 춤추는 건 안 돼. 훼손도 안 되고." 아가타가 부드럽게 말했다.

미프가 울기 시작했고 어린 율리우스는 어찌해야 할 바를 몰라서 웃고 있었다. 반짝반짝 빛나는 아이의 두 눈이 아주 작은 진주 같았다.

메얄이 살로메에게 갔다. 아까 살로메가 메얄에게 갔던 것처럼. 그리고 살로메를 껴안았다.

오나는 짚단 위에 있는 미프를 안고 노래를 불러줬다. 오리에 관한 노래였다. (오리가 내는 소리를 들을 때 내가 행복과 위안을 느낀다는 사실을 오나는 기억하고 있을까?)

아가타는 네티에게 이제 다른 아이들에게 돌아가라고 속삭인 뒤 입을 다물고 있었다. 그레타와 마리케도 침묵을 지키고 있었다.

네티가 사다리를 내려갔다.

오나의 목소리가 우리/나에게 들리는 전부였다. 그녀는 마치 물고기가 지느러미를 퍼덕이면서 급히 헤엄치는 것처럼 점점 가사를 빠르게 부르다가, 다시 물고기가 수면 가까이에서 햇살에 몸을 쬐고 있는 것처럼 천천히 리듬을 바꾸며, 쾌활하게 노래했다. 아이들은 그 노래에 빠져들면서 차분해졌다. 오나는 바다에서 헤엄치고 있는 오리 한 마리, 두 마리, 세 마리, 네 마리에 대한 노래를 계속 불렀다.

오나가 아이들에게 바다가 뭔지 아느냐고 묻자, 아이들은 커다랗고 파란 네 개의 눈으로, 마치 바다와 같은 눈으로 그녀를 빤히 바라봤다. 오나는 바다를 또 다른 세계로, 우리에게 숨겨진, 물속 깊이 존재하는 세계로 묘사했다. 그녀는 바다 그 자체보다도 바닷속에 살아가는 생명을 바다라고 정의했다. 그러고는 물고기와 다른 바닷속 생명체들에 관해 이야기했다.

"바다는 거대한 물의 공간이지, 다른 게 아니야." 마침내 마리케가 끼어들어 아이들에게 말했다. "얘네는 아이들이야, 오나. 어떻게 눈에 보이지도 않는 것들을 아이들이 이해할 수 있겠어? 게다가 너도 바다는 한 번도 본 적 없잖아."

살로메가 웃으며 말했다. "바닷속에 사는 생명들은 눈에 안 보이는 게 아니야. 볼 수 없는 게 아니라고. 그냥 우리가 여기선 못 보는 거지. 맙소사."

"넌 아이들의 감성에 무지하구나, 살로메." 마리케가 살로메에게 말했다.

"아, 내가 무지하다고? 만약 내 아이가 네 남편 클라스 같은 자식에게 온몸에 시퍼렇게 멍이 들도록 맞게 놔둔다면, 숨겨진 세계를 아이들이 어떻게 느끼는지에 관해 내가 덜 무지한 사람이 되는 거니?"

마리케는 충격을 받아서 입을 다물었다.

"살로메, 무슨 소리를 하는 거야." 메얄이 말했다. 그리고 살로메에게 자기 담배를 한 모금 빨라고 조언했다.

오나도 그에 대해 말없이 동의했다. 나는 오나가 살로메의 공격이 초점이 맞지 않은 데다 천박하다고 생각하는 걸 알고 있었다. 오나가 살로메를 보면서 아까 그랬던 것처럼 이맛살을 찌푸리고 있었기 때문이다(아까 그녀의 두 눈 사이에 나타난 그 세로 주름이 또 나타났다). 대체로 오나는 동생의 분노에 관대하고 그에 대한 반응을 자제하는 편이었다. 아마 다년간의 경험으로 미루어 동생을 화나게 해봤자 좋을 게 없다는 걸 알고 있을 것이다.

내 생각을 읽은 것처럼, 아가타는 이제 뭐가 좋을지 **생각해 보자**고 제안했다. 그녀는 빌립보서의 한 구절을 암송했다. 진실하다면 무엇이든, 고결하다면 무엇이든, 옳다면 무엇이든, 순수하다면 무엇이든, 즐겁다면 무엇이든, 칭찬받을 만하다면 무엇이든, 만약 어떤 탁월함이라도 있다면, 만약 찬양할 만한 것이 있다면, 그것들을 생각하라…… 하느님의 평화가 너희와 함께하리니.

다른 여자들은 좋은 것을 제안해보라고 한 아가타의 요구에 누군가 먼저 대답하길 기다렸다. 사실 여자들은 이 작업에 그다지 적극적으로 노력하지 않는 것 같았다.

살로메가 그 질문을 완전히 건너뛰었다. "난 여기 남으면 살인자가 될 거예요." 그녀는 엄마에게 말했다. (내 짐작으로는 그녀가 남아 있는 상태에서 감옥에 간 남자들이 보석금을 내고 풀려나서 돌아오면 그럴 거라는 뜻인 것 같았다.)

"그보다 더 나쁜 일이 뭐가 있어요?" 살로메가 아가타에게 물었다.

아가타는 고개를 끄덕였다. 계속해서 끄덕였다. 입술을 오므린 채 눈을 깜박이면서 고개를 끄덕이고 있는 그녀의 양 손날은 테이블에 닿아 있었지만, 손가락은 수직으로 세워서, 건초 다락의 서까래를 향해, 신을 향해, 의미를 향해 뻗어 있었다. 다른 여자들은 아무 말도 하지 않았다. 흔치 않은 일이었다.

나는 미켈란젤로의 '아담의 창조'라는 그림을 본 적이 있다. 그림은 스위스 관광객이 조합에 놔두고 간 명화집에 실려 있었고, 나의 아버지가 그 책을 공동체 사람들과 몰래 돌려보았다. 하지만 아버지 피터스가 결국 그 사실을 알아내고 그 책을 파괴했다. 소문에 따르면 피터스는 직접 그 책을 한 장 한 장 찢어서 하나씩 불을 붙였다고 한다. 마치 거기에 있는 그림을 하나씩 감상하려는 것처럼. 좀 더 명확한 목적의식이 있고 좀 더 바쁜 사람이었다면 그냥 책에 불을 붙여서 쓰레기통에 던져버렸을 텐데.

여자들은 여전히 불가사의한 침묵을 지키고 있었다.

내가 그 명화집을 언급한 이유는 아가타의 손가락들이 신을 향하고 있었기 때문이다. 그걸 보자 어떤 면에서 '아담의 창조'가 떠올랐다. 그리고 다락은 조용하고 나는 부지런해 보이고 싶고 내가 여기서 하는 일은 적는 일이니까. 이건 적어둘 만한 일이라고 생각한 것이다.

여자들은 여전히 입을 다문 채 무엇이 좋고, 옳고, 즐겁고, 순수한 것인지 등등을 생각하고 있었다. 아니면 다른 생각을 하고 있을지도 모르고. 그들이 무슨 생각을 하는지 알 수 없었다. 어쩌면 방화에 관한 생각을 하고 있을지도. '아담의 창조'를 생각하던 나는 인간의 손가락에 대한 또 다른 사실을 떠올렸다.

인간의 손가락은 13나노미터 정도 되는 아주 작은 물체도 느낄 수 있다. 이는 당신의 손가락이 지구만 하다고 했을 때 헛간과 말의 차이를 그 손가락으로 알아차릴 수 있는 정도이다. 나는 이 사실을 기억했다가 오나에게 말해주고 싶었다. 또 미켈란젤로가 그린 '이브의 창조'에 대해서도 말해주고 싶었다(시스티나 경당의 천장화 중 다섯 번째 패널).

그것은 '아담의 창조'만큼 유명하거나 인기가 있는 그림은 아니다. '이브의 창조'에서 아담은 의식을 잃고 바위 위에 누워 있고, 이브는 벌거벗은 채 서서 신에게 뭔가 애원하고 있다. 어떤 상황인 걸까? 신은 평소처럼 구름을 타고 둥둥 떠다니면서 무심하게 손가락을 뻗고 있는 게 아니라 이 그림에서는 지상으로 내려와 있다. 신은 심각하고 치열해 보였다. 그는 이브에게 무언가를 말하려고 지상으로 내려왔다…… 아니면 이브의 부탁을 받고 온 걸까? 왜 그는 구름처럼 자신을 둘러싸는 천사들을 놔두고 왔을까?

그림에서 이브는 신에게 간청하고, 탄원하고, 애걸하고 있었다…… 아니, 어쩌면 궁리하고 있는지도 모른다. 마치 기독교가 지닌 원래의 위엄을 되찾을 힘이 그녀에게 있는 것처럼. 그녀는 지금 땅바닥에 누워 있는 아담 몰래 일하는 중이다. 마치 아담이 반대하리라는 걸 알고 있는 것처럼. 하지만 뭘 반대한단 말인가? 신과 사적인 만남을 갖는 것에 대해? 아니면 그녀가 지금 하는 말에 대해?

조합에 대한 또 다른 사실: 조합의 남향 벽에 색이 바랜 사진 하나가 압정으로 꽂혀 있다. 그것은 영국 신문 〈가디언〉에 실린 사진으로 아주 오래전 메노파 신자들을 보러 몰로치나에 온 사진작가가 찍은 것이었다. 나의 아버지에게 영국이라는 나라를 처음 언급한 사람도 바로 이 사진작가였다. 사진작가는 우리 공동체에 있는 젊은 남녀 몇 명을 찍었다. 그 사진 밑에는 이런 설명이 나와 있었다: **메노파 신자들은 잠자리에 들기 전에 밤하늘에 뜬 별들 아래서 담소를 나누며 시간을 보내길 좋아한다.**

밤에 찍은 그 사진에는, 별이 총총한 밤하늘 밑에서 메노파 신자 소녀들이 어둠 속에 있는 플라스틱 의자에 앉아 있다. 그렇게 담소를 나누는 메노파 신자들 위로 아직은 사람들이 눈치채지 못했지만 뭔가 엄청난 변화가 막 일어난 것처럼 보인다. 하늘은 겨자처럼 노란색으로 변하기 시작했다. 배경에 남자 둘이 이야기하는 모습이 보였다. 그리고 마차 두 대와 말 두 마리가 있었다. 집 한 채와 나무 하나와 사일로*도 있었다. 사진에 나온 여자 중 하나는 오나였다. 날씬하고 젊은 그녀는 몸을 앞으로 기울인 채 다른 소녀들이 하는 말을 듣고 있었다. 앉아 있는 플라스틱 의자의 팔걸이를 긴 손가락으로 꽉 잡고 있는 모습이 마치 금방이라도 몸을 앞으로 날릴 것처럼, 아니면 그녀 위에 있는 노란 하늘로 로켓처럼 튀어 오를 것처럼 보였다.

오나는 물론 이 사진을 보지 못했지만, 언젠가 그녀에게 이 사진에 대해 말해주고 싶다. 성폭행 사건이 일어난 후 전

---

* 큰 탑 모양의 곡식 저장고.

세계에 있는 수많은 사진작가가 조합에 들러 우리 마을로 가는 길을 물었다. 피터스는 조합에 있는 그 누구도 사진작가들과 말을 섞으면 안 된다고 명령했다. 조합 바로 옆의 대장간에서 일하는 대장장이 하인츠 게르브란트가 조합 앞으로 미국 신문 스크랩이 담긴 우편물이 왔다고 교회에서 내게 말해주었다. 원래는 조합의 문이 잠겨 있었기 때문에 그 우편물이 대장간에 떨어져 있었다고 했다. 하인츠는 그 우편물을 들고 조합으로 걸어갔다. 마치 뭔가 뜨겁고 위험한 물건을 들고 가는 것처럼 그걸 든 팔을 몸에서 멀찍이 떨어뜨린 채. 신문의 머리기사는 다음과 같았다. **2009년 몰로치나 공동체의 소녀들과 여자들에게 악마가 일곱 유령의 형상으로 나타났다.** 하인츠는 이 기사를 본 피터스가 그 제목에 동의하며 고개를 끄덕였다고 말했다. 하인츠에 따르면 피터스는 이렇게 말했다. 그건 사실이라고. "사람들을 허허벌판 한가운데 떨어뜨려놓고, 거기에 가둬놓은 채, 학대하고, 세상으로부터 잊히게 놔두면, 바로 이런 일이 생기는 거지."

나는 하인츠에게 피터스가 정말로 그렇게 말했냐고 물었다. 그러자 하인츠는 그렇다고 대답했다. 그때 두 사람은 같이 교회 지붕널을 교체하고 있었는데, 그렇게 말하는 피터스의 눈에 눈물이 고였었다고.

"하지만 그렇다면 어떻게 그는 여기서 몰로치나의 주교로서 계속 이렇게 행동하며 살아갈 수 있는 거죠?" 내가 하인츠에게 물었다.

하인츠는 고개를 저으며 모르겠다고 했다. 그는 주교가 한 말을 분석해보자고 제안했다. "사람들을 허허벌판 한가운데 떨어뜨려놓고, 거기에 가둬놓은 채, 학대하고, 세상으로부터 잊히게 놔두면, 바로 이런 일이 생기는 거지."

하인츠와 나는 몰로치나 밖으로 뻗어 경계선을 향해 가는 도로 위에 서서, 피터스가 한 말을 속삭이고 또 속삭이면서 대체 그게 무슨 뜻인지 알아내려고 애를 썼다. 혹은 그가 그 말을 할 때 왜 눈물을 글썽거렸는지에 대해. 아니면 왜 그런 말을 했는지 그 이유에 대해.

하인츠 게르브란트는 아내와 아이들을 데리고 몰로치나를 떠났다. 악마들이 몰로치나의 소녀들과 여자들을 찾아갔다는 게 사실이라는 피터스의 말을 들은 후 하인츠가 겁을 집어먹었다는 말이 들렸다. 하인츠는 제대로 된 남자가 아니며, 진실을 받아들일 만큼 믿음이 강하지 못했다는 말이 들렸다. 세상 밖으로 나간 하인츠가 아주 쉽게 좌절할 것이고, 세상이 그를 산산조각 낼 것이란 말이 들렸다. 피터스는 공식적으로 하인츠 게르브란트를 파문했지만, 모두 그 결정이 설득력이 없음을 알고 있었다. 하인츠는 자발적으로 교회와 공동체를 떠났기 때문이다.

하인츠는 전에 내게 편자 하나를 선물로 준 적이 있었다. "편자는 행운을 가져다준다는 말이 있다네." 그가 말했다. 몰로치나에서 행운은 존재하지 않는다. 행운을 믿는 것은 죄다. 우는 것은 수치스러운 행위다. 모든 것은 신의 뜻이며, 하느님이 창조하신 세상에서 그 어떤 것도 우연으로 치부되지 않는다. 그런데 만약 신이 이 세상을 창조했다면, 왜 우리는 그 세상에 존재하면 안 된다는 거지?

나는 하인츠 게르브란트를 기억할 것이다.

여자들은 여전히 아무 말도 하지 않았다. 오나는 내가 앉아 있는 곳에 와서 내 어깨너머를 바라보고 있었다. 그녀가 내 어깨에 손을 올려놓을까? 내가 글씨를 쓰는 동안 그녀는 날 바라보고 있었다. 펜이 떨렸다. 그녀는 글을 읽을 수 없기에 나는 이렇게 쓸 수도 있었다. 오나, 내 영혼은 너의 것이야. 그래도 그녀는 모를 것이다.

오나가 침묵을 깼다. "아우구스트, 난 이것들이 뭔지 알아(그녀는 글자들을 가리켰다). 이건 글자들이지. 그런데 이 작은 것들은 뭐야?" 오나가 물었다.

나는 그녀에게 그건 콤마, 즉 쉼표라고, 본문에서 짧은 쉼이나 중단을 뜻한다고 말했다.

오나가 미소를 짓더니, 숨을 들이마셨다. 마치 그녀가 한 말을 다시 삼키려는 것처럼, 그녀의 몸속으로 받아들여서,

아직 태어나지 않은 배 속의 아이에게 그 말을, 그 이야기를 전해주려고 하는 것처럼……. 오나는 더는 말하지 않았고 나는 그 침묵에 어떤 식으로든 적절히 반응하려고 애썼다.

"세상엔 콤마라고 하는 이름의 나비가 있는 거 아니?" 내가 물었다.

오나는 헉 소리를 냈다.

그건 아주 뜻밖의 반응이었고, 웃음을 자아냈다.

"그렇단 말이야?" 오나가 물었다.

"응. 그 나비의 이름이 콤마인 이유는—" 하지만 오나가 내 말을 끊었다.

"아니, 말하지 마. 내가 맞춰볼게. 그 나비가 나뭇잎에서 줄기로 꽃잎으로 훨훨 날아다니는 동안 잠깐씩 쉬어서 그런 게 아닐까? 그 나비의 여행은 거기서 끝나지 않고, 멈추는 것은 잠시 쉬는 것일뿐, 다시 계속 움직이는 것이어서 그렇지?" 오나가 말했다.

나는 빙긋 웃으며 고개를 끄덕였다. "맞아, 바로 그거야!" 내가 말했다.

오나는 자기 손바닥을 주먹으로 탁 쳤다. "아하!" 그러더니 자기 자리로 돌아갔다.

하지만 그건 사실이 아니다. 콤마 나비가 그러한 이름을 갖게 된 이유는 오나가 말한 것과 달랐다. 물론 여행에도 글에도 마침표가 있다. 멈춤이 있는 것이다. 진짜 이유는 아주 시시하다. 그 나비의 날개 아랫면에 콤마와 닮은 형상이 있기 때문에 콤마 나비라고 부른다.

내가 왜 오나가 그런 틀린 이유를 믿게 놔뒀는지 모르겠지만, 언젠가는 밝혀지겠지.

*

아, 여자들이 다시 동요하기 시작했고, 잠시 빠져 있던 몽상도 끝났다. 나는 회의록 작성을 다시 시작할 것이다.

아가타가 말했다.

"살로메, 살인자보다 더 나쁜 건 없어. 네가 이 공동체에 남아 있어서, 성폭행을 저지른 남자들과 같이 있어서, 폭행범들이 재판을 기다리는 동안 그들이 다시 우리 공동체로 돌아올 수 있도록 돈을 내 보석을 신청하는 남자들과 같이 있어서 네가 살인자가 된다면, 그렇다면 너는 네 영혼을 보호하고 천국에 들어갈 수 있도록 이곳을 떠나야 해."

마리케는 아가타의 논리가 마음에 들지 않아 얼굴을 찡그렸다. "우리가 전부 살인자들은 아니에요." 그녀가 항의했다.

"아직은 아니지." 오나가 말했다.

아가타가 고개를 끄덕였다. "마리케, 너 단 한 번이라도 그 성폭행범 중 하나나 그들을 다 죽일 생각을 안 해봤니?"
아가타가 물었다.

"한 번도 안 해봤어요. 무슨 그런 바보 같은 질문을 해요?"마리케가 말했다.

"너 그 폭행범들이 죽기를 바란 적은 있어?"아가타가 물었다.

마리케는 그런 적은 있다고 인정했지만, 바로 하느님에게 용서해달라고 빌었다고 했다.

"그렇다면 그 남자들이 네 가까이 있다면 그런 살의를 품은 마음이 몇 배로 늘어날 것 같지 않니? 네가 그 남자들을 매일 본다면, 만약 그 남자들이 너와 너의 아이들을 마음대로 휘두를 수 있는 권한이 있는 자리에 있고, 네가 그들에게 복종하길 피터스가 요구하면 어떻게 되겠니?"아가타가 집요하게 물었다.

"그래요, 그런 상황에 처하게 된다면 살의를 품은 내 마음은 몇 배로 늘어나겠죠."마리케가 대답했다.

"오호, 그러니까 너도 무언가를 죽이고 싶다는 생각을 하긴 하는구나."살로메가 말했다.

"아니, 내가 말했잖아. 난 그저 그들이 죽었으면 좋겠다고 생각했을 뿐이라고."마리케가 말했다.

"그래서 우리는 떠나야 해."아가타가 결론을 내렸다.

마리케와 그레타를 포함한 여자들 몇 명이 반박하려고 입을 열었고, 그레타는 두 손을 번쩍 치켜들었다.

하지만 아가타는 이야기를 계속했다. "나는 빌립보서에 나온 구절 그대로 했어. 어떤 것이 좋고 어떤 것이 옳고, 어떤 것이 순수하고, 어떤 것이 훌륭한 것인지 생각했다고. 그리고 하나의 답에 도달했어. 그건 평화야. 평화는 좋은 거야. 어떤 폭력이든 정당화될 수 없어. 몰로치나에서 계속 살면, 우리 여자들은 메노파 신앙의 핵심적인 교리를 저버리게 돼. 평화주의라는 믿음 말이야. 여기 계속 있으면, 우리는 알면서도 폭력과 충돌하게 될 거야. 그게 우리가 저지른 폭력이건 아니면 우리가 당할 폭력이건 상관없이 말이야. 우리가 해를 자초하게 되는 거야. 우리는 전시에 돌입하게 될 거야. 우리가 몰로치나를 전쟁터로 바꿔놓게 될 거라고. 몰로치나에 남기로 하면 우리는 나쁜 메노파 신자가 돼. 우리의 믿음에 따라 우리는 죄를 지은 자가 돼서 천국에 들어갈 수 없게 돼."

메얄은 담배를 길게 한 모금 빨았다가 내뱉으면서 고개를 끄덕였다. 아가타의 말이 맞는다고.

"그렇담 서두르자고요." 메얄이 말했다.

"하지만 여기 남아서 싸우면, 우리 아이들을 위해 평화를 쟁취할 수 있을지도 몰라요. 결국엔 말이죠. 공동체는 손상

되지 않을 것이고 우리는 세상 속으로 들어가는 게 아니라 계속 세상으로부터 거리를 둔 채로 남아 있게 될 거예요. 그게 바로 우리 메노파 신앙의 또 다른 핵심이잖아요." 마리케가 말했다.

"그건 사실이야. 하지만 우리 신앙에 우리 마음과 정신에 폭력을 불어넣는 남자들과 같이 세상에서 떨어져 있어야 한다고 요구하는 교리는 없어." 아가타가 말했다.

오나가 마리케에게 물었다. "넌 정말 여기 남고 싶고 싸우고 싶지 않다는 거야? 내가 궁금해서 그래. 네가 마지막으로 클라스의 폭행에 맞서 너의 아이들을 보호하기 위해, 혹은 다치지 않게 하기 위해 용기를 낸 게 언제였는지."

마리케는 격분해서 벌떡 일어섰다. 어금니를 꽉 물고, 눈은 활활 타오르고 있었다. "네가 뭔데 내가 어떤 엄마이고 어떤 아내여야 하는지 지적하고 난리야? 엄마도 아니고 아내도 아닌 주제에. 넌 그저 몽상가, 멍청한 서번트*, 노처녀, 나르파에 걸린 미친년일 뿐이잖아!"

나는 최대한 빨리 마리케의 말을 받아적고 있었지만 아무리 빨리 써도 그 속도를 따라잡을 수 없었다. 마리케는 이어서 오나를 창녀이자, 미혼모라고 불렀다.

---

* 특정 분야에만 재능을 보이는 지적 장애인을 이르는 표현.

살로메가 앉아 있던 우유 들통에서 벌떡 일어나 마리케에게 고래고래 소리를 질렀다. 그녀는 오나가 다른 여자들처럼 의식을 잃은 상태에서 강간당했고, 그 결과 임신하게 됐다고 말했다. 그런데 어떻게 마리케가 오나를 창녀라고 부를 수 있냐고. 하느님이 세상을 창조하실 때 아담을 깊이 잠들게 하고, 그가 자는 동안 그의 갈비뼈 하나를 빼서 거기서 이브를 만드셨다. 그렇다면 아담도 창녀냐?

마리케도 같이 고래고래 소리를 질러댔다. "아담은 남자잖아!"

살로메는 마리케를 무시하면서 이렇게 소리 질렀다. "아담이 자기 몸에서 갈비뼈를 빼라고 했어? 그가 자기를 보호할 수 있었냐고?"

(나중에 생각해보기 위해 빠르게 여기 써놓는다: 나는 살로메의 이 말에 호기심이 생겼다. 우연의 일치로 내가 아까 미켈란젤로의 그림에 대해 언급한 것과 같은 이야기가 나왔으니까.)

살로메는 쉰 목소리로 계속 고함쳤다. "마리케, 넌 네가 그렇게 애지중지하는 율리우스가 나중에 자기 아빠처럼 괴물이 될까 봐 두렵지도 않니? 네가 아들을 보호하기 위해 아무것도 하지 않아서, 아무것도 가르치지 않아서, 아버지가 해왔던 방식, 그 타락이 범죄라는 걸 가르치기 위해 아무것도 하지 않아서."

아가타가 절뚝거리며(여전히 부종이 문제였다) 살로메가 서 있는 곳으로 걸어왔다. 그리고 부드럽게 딸에게 다시 앉으라고 한 다음 그녀의 머리를 쓰다듬으면서 나는 이해할 수 없는 말들을 중얼거렸다. 아가타는 한 손으로 살로메의 머리를 쓰다듬으면서 다른 쪽 손으로는 자기 눈을 문질렀는데 거기서 딸각딸각 소리가 났다.

살로메가 눈을 문지르고 있는 엄마의 손을 눈에서 부드럽게 떼어냈다. "하지 말아요, 엄마. 엄마가 눈을 너무 세게 문질러서 소리가 나잖아요." 살로메가 말했다.

아가타는 빙긋 웃었다. 다정한 미소.

"살로메는 미쳤어." 마리케가 말했다. "이젠 말도 안 되는 소리만 늘어놓는구나."

그리고 몸을 돌려 오나를 보면서 덧붙였다. 어떻게 네가 나를 비판할 수 있어?

오나는 마리케와 눈을 맞추면서 미소를 지었다. "비판하는 게 아니라 질문이었어." 오나가 말했다.

아가타가 몸을 오나에게 기울이고 뭐라고 속삭였다.

오나는 마리케에게 사과했다. 마리케는 오나가 (나는 차마 여기 적을 수도 없는 표현으로) 상스러운 짓을 하고 있다고 말했다. (마리케는 엉터리 영어로 오나에게 "좆까"라고도 했다. 외부 세계에 있는 것들은 거의 몰로치나로 들어오지 않지만, 욕은 고통처럼 어떻게든 들어올 방법을 찾아낸다.)

"마리케! 그만 앉고 입 다물어." 그레타가 말했다.

마리케는 요란한 소리를 내며 앉았다.

메얄과 살로메는 담배를 같이 나눠 피면서 상황이 개선되기를 기다리는 눈치였다.

아가타는 계속해서 살로메의 팔과 머리를 쓰다듬고 있었다. 그러면서 다시 한쪽 눈을 문질러서 계속 딸각딸각 소리가 났다.

살로메가 얼굴을 찡그리면서 다시 말했다. "엄마, 하지 말라니까요."

마리케는 아무 말도 하지 않았다.

나이체가 조용히 속삭였다. 좆까, 라고 하는 것 같았다. 다른 사람들도 고개를 끄덕이며 동의했다.

오나는 다시금 사과한 뒤, 빌립보서에 나온 구절을 생각하면서 뭐가 좋은 일일지 고민하고 있었다고 덧붙였다. "자유는 좋은 거야." 그녀가 말했다. "노예보다 나으니까. 용서는 좋지, 복수보다 나아. 미지의 것에 대한 희망이 익숙한 것에 대한 증오보다 낫고."

마리케는 기이하게도 여전히 침묵을 지키고 있었다. 그녀는 오나에게 아무런 비꼼도 없이 진심으로 궁금해하는 표정으로 물었다. "하지만 안전, 안정, 집과 가족은 어쩌고? 결혼의 신성함, 순종, 사랑은 어쩌고?"

"난 그런 건 하나도 몰라. 그저 사랑만 알 뿐이야. 그리고 사랑마저도 내겐 불가사의야. 내 집은 내 엄마, 내 여동생, 나의 태어나지 않은 아이와 같이 있는 곳이라고 생각해. 거기가 어디든 말이야." 오나가 대답했다.

마리케가 물었다. "넌 배 속에 있는 아이를 증오하지 않을 거야? 그 아이가 너에게 폭력적인 생각을 불어넣는 남자의 아이인데도?"

"난 이미 이 아이를 그 누구보다 사랑하고 있어. 이 아이는 저녁 하늘의 태양만큼이나 순수하고 사랑스러워." 오나가 대답했다.

그러더니 그녀가 날 바라봤다. 나는 숨을 참고 머리를 긁적이면서, 용서해달라고 빌었다. 하지만 뭐에 대해, 혹은 누구를 위해? 아, 이 덧없는 빛이여.

"그리고 아이의 아버지도 태어났을 땐 순수했지." 오나가 말했다.

"잠깐만, 그 부분에 있어선 나는 생각이 달라. 그 남자는 악마로 태어났어. 하느님이 우리를 시험하기 위해, 우리의 믿음을 시험하기 위해 그를 이 세상에 내려보내신 거야." 메얄이 말했다.

살로메가 비웃었다. "몇 달 전에 모든 폭행범이 다 악마에게 고용됐다고 말한 사람이 너 아니었어? 그래서 어느 쪽인데? 하느님과 악마가 네가 보기엔 다 똑같아 보이는 건가?"

메얄은 눈동자를 굴리며 대답했다. "아, 씨발, 나도 모른다고."

"난 이제 그런 욕은 그만 듣고 싶구나." 그레타가 지친 목소리로 말했다.

아가타는 작은 소리를 냈다. 그녀가 울고 있는 걸까? 아니, 우는 게 아니었다. 살로메가 말한 것처럼 눈을 너무 세게 비빈 바람에 다친 것이었다.

마리케는 침착한 목소리로 질문을 계속했다. 만약 오나가 말한 것처럼 용서가 좋은 것이고, 복수보다 낫다면, 우리가 몰로치나 남자들, 특히 성폭행범들을 용서해야 한다는 것인가? 복수해서 정의를 실현하는 것보다 더 좋다는 뜻인가? 만약 그렇다면, 몰로치나에 남아 남자들을 용서하는 것도 가능하지 않을까?

하지만 몰로치나 남자들, 특히 그 성폭행범들은 용서를 청하지 않았다고 살로메가 지적했다.

"맞아, 하지만 피터스는 가해자들이 용서를 청한다고 주장할걸. 그렇게 되면 죄를 짓고 파문당하고 추방되지 않기 위해서라도 우리는 어쩔 수 없이 그들을 용서해야 할 거라고!" 마리케가 말했다.

그레타는 테이블 위에 있는 자신의 의치 옆에 머리를 기댔다. (작은 생쥐 한 마리, 아까부터 돌아다니던 것이거나, 아니면 다른 쥐가 다락 바닥을 가로지르고 있었다. 여기는 왜 이리 쥐가 많은 것이며, 이 쥐들은 다 어디로 가고 있는 걸까?)

"용서는 진심으로 하지 않는 한 고려할 가치도 없어. 우리가 해야 할 일은 신이 주신 우리의 영혼을 보호하는 거야. 우리는 몰로치나 남자들을 용서할 수 있는 마음을 찾아내야 해. 피터스가 다른 남자들이 우리가 어떻게 하길 기대한다고 말해도 상관없어. 설사 그 남자들이 용서를 구하지 않는다 쳐도, 그들이 죽을 때까지 자기는 죄가 없다고 주장하더라도 말이야." 오나가 말했다.

"그러니까 너는 네 영혼의 평화를 유지하는 것이 신에게 복종하는 것보다 더 중요하다는 말이야?" 아까보다 평정을 잃은 마리케가 말했다.

"그건 사실 같은 거야, 나는 내 영혼, 내 정수, 내 무형의 에너지가 다 내 안에 있는 신의 존재라고 믿어. 그리고 내 영혼을 평화롭게 하는 일이 신에게 경의를 표하는 일이라고 믿어. 그런 범죄들이 어떻게 일어날 수 있었는지 내가 이해할 수 있다면, 그 남자들을 이해할 수 있을 거야. 그리고 난, 멀리 떨어진 곳에서 그 남자들을 동정할 수도 있을 것이고, 어쩌면 거의 사랑도 할 수 있을 것 같아. 사랑은 좋은 것이고, 보복보다 나아." 오나가 흔들리지 않는 목소리로 말했다.

마리케는 다시 벌떡 일어섰다. "오나, 너는 정말 말도 안 되는 소리만 하고 있어. 네가 하는 말은 다 터무니없고, 신성 모독이고 윤리적으로 타락한 말이야." 그녀는 격노해서 소리쳤다.

힘이 빠진 그레타가 고개를 들고 두 팔을 올렸지만, 아까만큼 높이 올리진 않았다. 그리고 다시 마리케에게 앉으라고 애원했다.

아가타가 말했다. "오나가 좋은 지적을 해줬어. 오나는 멀리 떨어져 있으면 용서, 연민, 사랑 같은 일들이 가능하다고 말했지. 그리고 우리가 메노파 신앙을 따르려면 앞서 말한 일을 할 수 있어야 해. 그러니까 우리는 정말 거리를 두기 위해서라도 이곳을 떠나야만 해. 어쩌면 그걸 관점이라고 부를 수도 있겠다. 새로운 관점, 합리적이고, 사려 깊으며, 애정이 깃들어 있고 순종적이면서 우리 신앙과도 일치하는 관점 말이야. 우리의 의무는 여기를 떠나는 거야. 모두 동의해? 우리가 집중해야 할 말은 '관점'이고, 이 공동체에서 멀리 떨어진 곳에 있게 되면 그 관점을 지닐 수 있게 된다는 내 말에 동의하느냐는 거야."

"싸우지 않고, 앞으로 나아가는 거죠. 항상 나아가지만, 싸우지 않아요. 그냥 나아가는 거예요. 항상 나아가는 거예요." 오나는 마치 일종의 무아지경에 빠진 것 같았다.

마리케가 오나에게 정신 차리라고 했다.

"너나 정신 차려, 마리케." 살로메가 말했다.

"모두 정신 차리고 집중해. 모두 돌았어?" 메얄이 말했다. 그녀는 손가락으로 창문을, 밖에서 천천히 저물어가는 해를 향해 쿡쿡 찌르면서 쏘아붙였다.

그레타는 똑바로 앉아서 자신이 키우는 루스와 셰릴에 대한 새로운 이야기를 들려주기 시작했다.

여자들 몇 명이 끙 소리를 냈지만, 그레타는 아랑곳하지 않았다.

그레타가 말하길, 예전에 그녀는 항상 몰로치나와 호르티차 사이에 있는 도로를 두려워했다. 도로는 너무 좁았고 양쪽에 있는 도랑은 너무 깊었다. 시선을 두 마리의 말이 끄는 마차 바로 앞에 있는 도로가 아니라 저 멀리 앞으로 뻗어나간 도로에 집중하는 법을 익히고 나서야, 그녀는 비로소 안전함을 느낄 수 있었다. 그 요령을 익히기 전에는, 그녀가 끄는 마차는 항상 이쪽저쪽으로 위험하게 비틀거리며 갔다. 루스와 셰릴은 그저 고삐를 잡은 그녀의 명령을 따르고 있었지만, 그녀의 명령은 무모하고, 갑작스럽고, 정신없고, 위험했다. 이곳을 떠나는 일은 우리에게 좀 더 멀리 볼 수 있는 관점을 얻게 할 것이다. 그것이야말로 우리가 용서하는 데에 필요하며, 우리가 지닌 믿음에 따라 제대로 사랑하고, 평화를 지키는 일이다. 따라서 우리의 떠남은 비겁하거나 포기하거나 불복종하거나 반항하는 행위가 아니다. 우리가 파문당했거나 추방당해서 떠나는 게 아니기 때문이다. 그것은 지극히 강력한 믿음에 따른 행동이다. 그리고 하느님의 끝없는 선하심을 믿는 행위이기도 하다.

"그러면 우리가 우리 가족들을 해체하게 된다는 사실은 어쩔 건데요? 아버지로부터 아이들을 빼앗아가는 건요?" 마리케가 물었다.

"우리는 신의 뜻에 따라야 할 의무가 있어." 아가타가 말했다.

"바로 그거죠. 그리고 우리의 영혼을 따라야 해요. 우리의 영혼은 신의 현현이니까." 오나가 말했다.

"오나, 내 말을 마저 끝낼게. 우리의 의무는 하느님이 창조하신 사람들을 보호하는 거야. 그 사람들이란 우리 자신이고 우리의 아이들이야. 그리고 우리 신앙을 증언하는 것이 우리의 의무이기도 해. 우리의 믿음에 따라 우리는 평화주의, 사랑, 용서에 전적으로 헌신해야 해. 이 마을에 계속 머물면 우리는 이런 것들을 잃을 위험에 처하게 되는 거야.

우리는 그 폭행범들과 전쟁을 벌이게 될 거야. 우리, 그러니까 우리 중 일부는 그들을 죽이고 싶다는 마음을 인정했잖아. 여기 남아 있는 상태에서 우리가 할 수 있는 유일한 용서란 진심으로 하는 용서가 아니라 강요된 것이겠지. 떠남으로써 우리는 신앙이 우리에게 요구하는 의무들을, 즉 평화주의, 사랑, 용서를 조금 더 빨리 이룰 수 있을 거야. 그리고 우리 아이들에게 이것이 우리의 가치라고 가르치게 될 것이고. 떠남으로써 우리는 아이들에게 그들의 아버지가 기대하는 그 무엇보다 이런 가치들을 최우선으로 추구해야 한다고 가르치게 될 거야." 아가타가 말했다.

"그건 신성 모독이잖아요?" 마리케가 주장했다.

다른 사람들은 침묵을 지켰다.

"오케이, 그래서 떠난다고 칩시다. 그렇다면 우리에게는 윤리적으로 비난받을 점이 하나도 없나요? 우리는 신의 뜻에 따라 행동했어요. 하지만 우리가 굶주리게 되면 어쩌죠? 혹은 두려워하게 된다면요?" 마리케가 계속해서 말했다.

"굶주림과 두려움이라니. 그건 우리와 동물들이 공통으로 가지고 있는 감정이잖아. 굶주림과 두려움이 우리를 인도할 수 있을까?" 오나가 반박했다.

마리케는 찡그린 얼굴로 오나를 노려봤다. "지금 무슨 소리를 하는 거야? 당연히 굶주림과 두려움에 대해서도 생각해봐야지."

메얄이 손을 들었다.

"그냥 말해." 그레타가 말했다. 그녀는 지칠 대로 지쳐서 얼굴이 창백해졌다.

메얄이 재치 있게 루스와 셰릴 이야기를 다시 꺼냈다. 인간이 고삐로 압력을 가해서 명령을 내리지 않는다면, 말들이 스스로 자신의 시야를 넓혀서 도로 멀리까지 볼 수 있을까? 인간이 손으로 내리는 지시 없이, 말들이 도랑에 빠지지 않는 방법을 터득할 수 있을까?

"왜 그런 걸 묻는 거야?" 살로메가 끼어들었다. "지금 우리가 타고난 동물적인 본능으로 두려움과 굶주림에 따라 행동하거나, 도랑에 떨어질까 봐 불안에 따라 행동하면, 어떻게든 새로운 관점이 생기고 평화를 얻게 된다는 말을 하고 싶은 거야?"

메얄은 하품을 했다. "난 그저 궁금해서 생각나는 대로 말했을 뿐이야." 그녀가 말했다.

하지만 살로메는 물러서지 않았다. "오나가 지적한 대로 굶주림과 두려움은 인간이 동물과 공유하는 감정이지. 우리가 관점을 갖거나 상황을 좀 더 잘 판단하기 위해 거리를 두게 해주는 지능과는 달라." 살로메가 말했다.

"아니지, 그건 사실이 아니야. 동물들, 심지어 곤충들도 온전하게 그들만의 관점을 가질 수 있어. 아까 오나가 잠자리들도 장기적인 계획을 세울 수 있다고 자기 입으로 말했잖아? 자기 세대가 아니라 자기 자손 세대에나 긴 여행이 끝나고 목적지에 다다를 거라는 걸 잠자리들이 알고 있거나, 적어도 본능적으로 이해하지 않는 한 어떻게 그런 계획을 세울 수 있겠어?" 마리케가 반박했다.

"글쎄, 우리는 잠자리들이 무슨 생각을 하는지, 생각이라는 걸 하는지조차 모르잖아. 그게 네가 관점이라 부르는 그런 것인지도 난 잘 모르겠군." 살로메가 말했다.

"왜 관점이라고 부르면 안 되는데?" 마리케가 물었다.

"그건 정확한 단어가 아닐지도 모르니까." 살로메가 대답했다.

"대체 그게 무슨 차이가 있냐고." 마리케가 다시 물었다.

"아주 중요한 차이가 있지." 살로메가 말했다.

마리케가 갑자기 주제를 바꿔서, 내게 얼굴을 돌렸다. 그녀는 아까 여자들이 침묵하고 있었을 때 내가 적은 게 무엇이냐고 물었다. 그리고 뭔가 다른 걸 적고 있었다면, 내가 맡은 일은 여자들이 하는 말을 영어로 번역해서 종이에 적는 거 아니었냐고 물었다.

나는 (깜짝 놀라기도 했고 당황해서) 그녀가 무슨 말을 하고 있는지 잘 모르겠다고 대답했다.

하지만 마리케는 내 대답에 만족하지 않았다. "아까, 우리가 아무 말도 하지 않고 있을 때, 넌 뭔가를 적고 있었어. 그러니까 대체 뭘 적고 있었던 거냐고?" 그녀가 물었다.

나는 대답했다. "조합에서 본 사진 한 장과 미켈란젤로가 그린 그림에 대해 적고 있었어."

마리케가 고개를 끄덕였다. 알았다는 뜻인가? 아니면 질책인가? (아, 질책이군.)

"그 아버지에 그 자식이군." 마리케가 말했다.

"무슨 사진?" 메얄이 내게 물었다.

나는 어떻게 대답해야 할지 알 수 없었다.

오나가 나를 구해줬다. "방금 생각난 건데 여자들은 또 다른 방법을 고려해 볼 수 있을지도 몰라, 여기를 떠나는 방법과 여기 남아서 싸우는 방법과 아무것도 하지 않는 방법 외에 또 다른 방법."

마리케는 또 다른 방법을 내놓기엔 시간이 너무 많이 지체됐다는 점을 오나에게 일깨워줬다. 그레타는 마리케의 말에 손사래를 치면서 오나에게 말해보라고 손짓했다.

"우리는 그 남자들에게 떠나라고 요구할 수도 있어요." 오나가 말했다.

"지금 농담하는 거야?" 마리케가 말했다.

뜻밖에 살로메도 마리케의 말에 동의했다. "돌았어, 오나

언니?"

"어쩌면 우리 모두 돌았는지 모르지." 오나가 대꾸했다.

"물론 우리 모두 돌았지. 어떻게 우리가 미치지 않을 수 있겠어?" 메얄이 말했다.

(나는 이 말에 관해 설명하고 싶지만, 지금은 얼른 여자들이 하는 말을 받아 적어야 한다.)

아가타는 미쳤다는 이야기는 무시하고 오나가 던진 질문으로 돌아갔다. "우리가 남자들에게 떠나라고 한다고? 폭행범들과 그들이 공동체에 돌아오는 걸 지지하는 원로들 말이니?"

"물론 피터스도 같이 떠나라고 해야죠." 오나가 대답했다.

그레타가 팔을 들었다. "그건 이뤄질 수 없어. 공동체를 떠나라는 요구를 들었을 때 그 남자들이 어떻게 반응할지 한번 상상해봐. 그들에게 무슨 이유를 댈 건데?" 그레타가 말했다.

"우리가 지금까지 토론한 전부 다요. 우리가 믿는 종교의 교리를 지키려면 우리는 평화를 수호하고, 사랑하고 용서해야 해요. 그 남자들 가까이 있게 되면 그들을 향한 우리의 마음이 더욱 냉담해지고 증오심과 폭력적인 감정이 일어나게 돼요. 우리가 계속 좋은 메노파 신자가 되려면(혹은 되돌아가려면), 우리는 정직한 길을 발견할 때까지(아니면 재발

견할 때까지) 남자들과 여자들을 분리해야 해요."오나가 말했다.

"하지만 몰로치나의 소년들과 성인 남자들이 새로운 습관을 기르고 여자를 대하는 태도를 다시 배울 수 있겠어? 그런 걸 연습할 여자들이 더 이상 공동체에 남아 있지 않은 상황에서! 우리가 떠난다면, 우리는 그들을 재교육할 가능성을 뺏는 거야. 그건 무책임한 짓이야."마리케가 반박했다.

오나는 잠시 말을 멈췄다. 그녀는 두 손으로 동그라미를 만들어 보였다. 마치 그 안에 우주를 담고 있는 것처럼.

그러더니 다시 입을 열었다. "마리케, 흥미롭게도 네가 아주 의미 있는 지적을 해줬어."

"제발 그런 말로 내가 지금까지 한 다른 말들은 의미가 없었다는 식의 암시는 하지 마."마리케가 대꾸했다.

오나가 웃더니 그런 뜻으로 말한 건 아니라고 했다.

살로메가 끼어들었다. "몰로치나의 소년들과 성인 남자들을 교육하는 건 우리 책임이 아니야. 아우구스트더러 하라고 해."(!)

"하지만 우리 책임일지도 몰라. 특히 그 소년들이 우리의 아이들인데, 아버지들이 그런 일을 직접 할 수 없을 땐 말이야."메얄이 반박했다.

그레타가 말했다. "몰로치나의 소년들과 성인 남자들이

인간답게 행동하는 법을 가르치기 위해 우리가 이곳에 남아야 한다는 말은 하지 마! 우리가 그들을 책상에 앉힐 거야?"

아가타가 다시 한번 자신의 가슴에 손을 댄 채 다른 여자들을 달랬다. "그게 아니야. 그게 아니라니까."

오나가 속삭였다. 책상에 앉히는 게 아니라 책상 앞에 앉히는 거죠.

살로메가 웃었다. "우리가 채찍을 꺼내야죠. 그리고 남자들에게 학습부진아 모자*를 씌워야죠."

"안 돼, 살로메. 그러면 비폭력적인 가르침이란 의도가 무너지게 돼." 오나가 이의를 제기했다.

메얄이 학습부진아 모자가 뭐냐고 물었다.

(개인적으로 나는 이 상황이 너무 초조하고 긴장됐다. 오나가 마리케의 아들인 율리우스를 다시 거론해서 그가 제대로 교육받지 못하면 성폭행범이 될 위험이 있다는 말은 하지 않기를 바랐다. 오나에 대한 마리케의 분노는 지금 폭발 직전이니까. 그야말로 일촉즉발인 상태다.)

그레타가 갑자기 얼굴을 찡그리더니 손을 자신의 얼굴 앞에 대고 천천히 움직였다. 그리고 다른 여자들에게 말했다. "미안한데, 내가 아무래도 지금 죽어가는 것 같구나."

---

* 과거 학교 수업 시간에 학습 진도가 느린 아동에게 씌우던 원뿔 모양의 모자.

여자들 몇 명이 놀라서 벌떡 일어났다.

마리케가 바로 그레타의 눈을 들여다봤다. 그러더니 웃었다. 그녀는 그레타의 안경을 벗겨서 다른 여자들에게 보여줬다. "엄마, 엄마는 죽어가는 게 아니에요. 안경만 닦으면 돼요." 그녀가 말했다.

크게 안도한 그레타는 웃으며 자기 눈에서 빛이 꺼져가는 줄 알았다고 외쳤다.

아가타가 폭소를 터트렸다. "그 안경으로 자네 관점이 바뀌겠구먼!"

여자들이 웃고 또 웃었다. 아가타는 웃다가 숨이 넘어갈 것 같았다. 꼬맹이들, 미프와 율리우스는 시끄러운 소리에 놀라 다시 자기 엄마 무릎으로 돌아갔다. 아이들은 지푸라기와 거름으로 만든 동물들로 미니 헛간을 만들고 있었다.

"해가 지고 있어서 다락도 어두워지고 있어. 등유 램프에 불을 밝혀야 해." 오나가 우리에게 일깨워줬다.

"하지만 네 질문은 어쩌고? 남자들이 떠나는 방법을 고려해야 할까?" 그레타가 물었다.

"우리 중 그 누구도 남자들에게 뭔가 요구해본 적이 없어. 단 한 번도. 심지어 소금을 건네달라거나, 돈 한 푼 달라거나, 혼자 있고 싶으니 나가달라거나, 빨랫줄에서 다 마른 것들을 걷어 와달라거나, 커튼을 열어달라거나, 새끼 망아지들을 살살 다뤄달라거나, 그런 부탁조차 단 한 번도 해본 적이 없다고. 열두 번째 혹은 열세 번째로 아이를 몸밖으로 밀어내면서도 등허리를 좀 잡아달라고도 못해." 아가타가 말했다.

"정말 재미있지 않아? 여자들이 남자들에게 평생 단 한 번 하게 될 요구가 떠나달라는 거라니." 아가타가 이어서 말했다.

여자들은 다시 웃음바다가 됐다.

그들은 웃음을 멈출 수 없었고, 만약 한 사람이 잠시 멈췄다가도 곧바로 큰 소리로 다시 웃으면 다른 여자들이 또 함께 따라 웃었다.

"그건 우리가 할 수 있는 선택이 될 수 없어." 아가타가 마침내 말했다.

맞아요, 다른 여자들도(마침내 한 목소리로!) 동의했다. 남자들에게 떠나달라고 요구하는 건 우리의 선택이 될 수 없다.

그레타는 여자들에게 다시 루스와 셰릴 이야기를 꺼냈다(말들 이름이 나오자 아가타는 지겨워서 소리를 질렀다). 두 말이 그레타에게 하루 내내 들판에서 풀 뜯어먹고 아무것도 하지 않게 내버려둬 달라고 요구한다고 상상해보라고.

"내 암탉들이 달걀을 가지러 간 나한테 닭장은 그대로 두고 가라고 말한다고 생각해봐." 아가타도 덧붙였다.

오나는 그만 좀 웃기라고 여자들에게 애원했다. 이러다 너무 일찍 애가 나와버리겠다고.

그러자 여자들은 더 큰 소리로 웃기 시작했다! 그들은 이 소란 속에서 내가 계속 글을 쓰는 모습을 보자 더 정신없이 웃었다. 오나의 웃음소리가 가장 정교하고, 가장 완벽하게 들렸다. 그 웃음소리엔 숨결과 약속이 깃들어 있었고, 그녀가 세상에 내보냈다가 다시 자기 속으로 되돌리려고 하지 않는 유일한 소리이기도 했다.

아가타가 내 등을 '탁' 쳤다. 그리고 다시 눈을 문질러서 딸각 소리가 나는 게 들렸지만, 이번에는 웃느라고 그 눈에 눈물이 고여 있는 게 보였다.

"넌 우리 모두가 미쳤다고 생각하겠구나." 아가타가 말했다.

나는 아니라고, 그리고 내가 무슨 생각을 하건 그건 중요하지 않다고 대답했다.

오나가 간신히 웃음을 멈췄다. "너 진짜 그렇게 생각해? 네가 무슨 생각을 하건 중요하지 않다고?"

나는 얼굴을 붉혔다. 머리에 한 방 맞은 것 같았다.

오나가 계속해서 말했다. "넌 평생 네가 어떤 생각을 하건 그게 한 번도 중요한 적이 없었다면 어떨 것 같아?"

"하지만 난 여기에 생각하러 온 게 아니야. 난 여기에 회의록을 적으러 온 거지." 내가 대답했다.

오나는 내 말을 무시했다. "하지만, 네 평생 네가 생각한 것이 단 한 번도 중요하지 않았다는 걸 진정으로 느끼게 된다면, 네 기분이 어떻겠냐고?"

나는 미소를 지으며 신의 뜻이 내 의지이기도 하다는 말을 주절거렸다.

오나도 내게 미소를 지어 보였다.(!) "하지만 우리가 생각을 하지 않는다면 어떻게 신의 뜻이 무엇인지 판단할 수 있지?"

나는 다시 얼굴을 붉히면서 머리를 흔들었다. 마음속으로는 내 머리를 사정없이 할퀴고 싶은 충동을 겨우 참으며.

살로메가 우리의 대화에 끼어들었다. "그건 쉬워, 오나. 피터스가 우리를 위해 해석해줄 테니까!"

여자들은 다시 어마어마하게 큰 소리로 웃어댔다.

나도 웃고 있었다. 나는 펜을 내려놓았다.

웃음소리가 서서히 사라졌다. 이제 나는 어디를 봐야 할지 혹은 어디에 내 손을 내려놔야 할지 알 수 없었다. 나는 펜들을 가지런히 정리하고 노트들을 각을 맞춰 나란히 늘어놓았다.

오나는 여자들에게 배가 너무 간질거려서, 이렇게 배 피부가 늘어났다간 찢어질 것 같아 두렵다고 말했다. 여자들은 다시 웃음을 터트렸고, 아가타는 앉아 있던 우유 들통에서 떨어질 뻔했다.

나는 글쓰기를 멈추고 한 손을 아가타의 어깨에 잠시 올려놨다. 잠깐 동안만이라도 손에 할 일이 생겨서 어찌나 안심되던지.

여자들은 오나에게 라드, 해바라기씨 기름, 진흙과 기도에 관련된 조언을 해줬다. 하지만 오나에게 다른 생각이 떠올랐다. 오나가 물었다. "만약 감옥에 갇힌 남자들이 유죄가 아니면 어떻게 해?"

"하지만 라이슬 노이슈타터가 그중 한 명을 잡았잖아요. 아니에요?" 나이체가 물었다.

"그건 맞아. 라이슬이 잡았지. 하지만 딱 하나 잡았잖아. 게르하르트 셀렌베르크. 그리고 그 자식이 공범들을 불었고."

"하지만 게르하르트가 거짓말을 했던 거라면?" 오나가 물었다.

"게르하르트가 왜 거짓말을 해?" 그레타가 물었다.

아가타가 그레타를 책망했다. "자네는 지금 자는 아이들을 성폭행하면서도 아무 거리낌이 없는 인간이 왜 그 일에 대해 거짓말을 하느냐고 묻는 거야? 그건 타당한 질문이 아니잖아?"

"흠, 그건 타당한 질문이긴 하지만, 아마도 반어적 표현으로서겠죠. 게르하르트가 지명한 남자들은 아침에 밭일하러

나올 때 항상 늦었고, 늘 피곤해하는 데다 눈에 다크서클이 있었다잖아요." 살로메가 말했다.

"그건 그저 소문이자 추측일 뿐이야. 눈에 다크서클이 낀 채 아침에 일하러 늦게 나왔다고 해서 전날 밤 남의 집에 들어가 여자들을 성폭행했다는 뜻은 아니잖아?" 오나가 말했다.

"하지만 내 말의 요지는." 살로메가 말했다(그러자 마리케는 한숨을 쉬었다. 마치 이제 또 살로메가 손가락을 휘둘러대는 타이밍이 됐군, 하고 말하는 것처럼). "그건 우리 여자들이 몰로치나를 떠날지 말지를 결정하는 데 아무 상관이 없다는 거야. 우린 우리가 남자들에게 성폭행을 당했다는 사실을 알잖아. 적어도 게르하르트가 그랬고, 다른 남자들도 있었지. 그건 유령이나 악마나 악귀의 짓이 아니었단 말이야. 그 폭행 사건들은 우리가 상상해서 만들어낸 일이 아니었다는 걸 우리도 알잖아. 우리가 불순한 생각과 행동을 해서 신이 우리에게 내리신 벌이 아니라는 것도."

마리케가 끼어들었다. "하지만 우리는 확실히 불순한 생각을 했잖아, 안 그래?"

다른 여자들이 고개를 끄덕였다. 물론이지.

살로메는 마리케를 무시하고 이야기를 계속했다. "우린 우리 몸에 멍이 들고 세균에 감염되고 임신하고 겁에 질리고 미쳐버리고 우리 중 몇 명은 죽었다는 걸 알아. 우리 아이들을 반드시 보호해야 하는 것도 알아. 이런 공격이 계속되면 우리의 신앙이 위험에 처할 거라는 것도 알고 있어. 우리는 분노하고 살의를 품게 되고 그런 놈들을 절대 용서하지 않을 테니까. 그런 나쁜 짓을 저지른 놈들이 누구든 간에!"

"알았어, 살로메. 고마워. 제발 인제 그만 좀 앉아." 아가타가 그렇게 말하면서 살로메의 소매를 잡아당겼다.

"내가 한마디 덧붙이자면, 우린 이미 따로 생각해볼 시간과 공간이 필요하다고 결정했고—" 아가타가 말했다.

살로메가 끼어들었다. "그리고 독립적으로 생각하고 그 생각을 인정받을 권리를 원하고, 그게 필요하다고도 결론 내렸지."

"아, 그냥 생각할 권리. 그걸로 끝내. 그 생각을 인정받든 못 받든 상관하지 말고." 메얄이 말했다.

"그래, 그것이 몰로치나를 떠나야 할 또 다른 이유야. 하지만 성폭행이나 성폭행범들과는 상관없는 이유기도 하지." 아가타가 말했다.

하지만 간접적으로는 분명 관계가 있다고 오나가 말했다.

이제 좀 더 침착해진 살로메가 덧붙였다. "다시 우리가 떠나야 할 이유 세 가지로 돌아왔고, 그 이유는 다 타당해. 우리는 아이들이 안전하길 원해. 우리의 신앙을 지키고 싶고.

생각하고 싶어."

아가타는 마치 새 기초를 쌓고 싶은 것처럼 합판 테이블 위에 자신의 손을 쫙 펼치며 물었다. "그럼 다음 안건으로 넘어갈까?"

"하지만 지금 감옥에 있는 남자들이 아무 잘못이 없다면, 몰로치나의 일원으로서 우리가 그들이 풀려날 수 있도록 힘을 합쳐야 하는 거 아니야?" 마리케가 말했다.

살로메가 폭발했다! "우린 몰로치나의 **일원**이 아니야!"

다른 여자들은 그 기세에 움찔했고 태양마저 구름 뒤로 숨어버렸다.

"그레타, 그렇게 사랑하시는 루스와 셰릴이 몰로치나 공동체의 일원인가요?" 살로메가 물었다.

"아니, 일원은 아니지. 다만―" 그레타가 말을 하는 사이에 다시 살로메가 끼어들어 소리쳤다.

"우린 **일원**이 아니라고! 우리는 몰로치나의 **여자들**이야. 몰로치나라는 공동체 자체가 가부장주의의 토대 위에 쌓아 올린 거야. (번역자 노트: 살로메가 '가부장주의'라고 말한 건 아니다. 살로메가 퍼붓는, 뜻을 좀처럼 짐작할 수 없는 저지대 독일어 욕설 대신에 집어넣은 것으로, 영어로 느슨하게 번역하자면 '꽃들 사이로 이야기하다' 정도가 되겠다.) 이곳에서 여자들은 아무 말도 하지 못한 채, 고분고분 순종

적인 종으로 살아가고 있어. 우린 동물이란 말이야. 열네 살
짜리 남자아이들이 우리에게 명령을 내리고, 우리의 운명을
결정하고, 우리를 파문해야 할지를 투표하고, 우리가 입을
다물고 있는 동안 우리 아기들의 장례식에서 발언하고, 우
리에게 성경을 해석하고, 예배에서 우리를 이끌고, 우리를
혼내잖아! 우린 일원이 아니야, 마리케. 우린 상품이라고."
('상품'이란 말 역시 살로메가 직접 쓴 표현이 아니라 내가
최대한 비슷한 단어를 찾아서 쓴 것이다.)

　살로메가 이어서 말했다. "남자들이 우리를 부려먹을 대
로 부려먹어서 서른밖에 안 된 여자들의 얼굴은 육십대처럼
보이고, 자궁이 우리 몸에서 떨어져 나와 티끌 한 점 없는
부엌 바닥에 철썩 떨어져 여자로서의 생명이 끝나면, 우리
딸들을 다시 종으로 부리잖아. 만약 우리를 경매장에서 팔
아치울 수 있다면 그렇게 했을 거야."

　아가타와 그레타가 눈빛을 교환했다. 그레타가 눈을 감은
채, 한 손을 자신의 뺨에 댔다. 관절염 때문에 손가락 마디
가 마치 튜더 왕조의 왕이 낀 반지처럼 툭 튀어나와 있었다.

　"하지만 마리케가 한 질문은 생각해볼 만해. 그 남자들이
잘못 기소된 거라면 우리 몰로치나의 여자들도 그들이 풀려
날 수 있도록 협력해야 하는 거 아닐까?" 아가타가 말했다.

　살로메가 으르렁거렸다.

오나가 재빨리 끼어들어서 그렇게 되면 또 다른 질문이 생긴다고 말했다. 지금 감옥에 있는 남자들이 성폭행을 저지른 게 아닐 수도 있다. 하지만 그들에겐 그 공격을 막지 않은 죄가 있지 않나? 다른 남자들이 그런 범죄를 저지른다는 걸 알면서도 아무것도 안 한 죄가 있지 않냐고 오나가 물었다.

"그들이 어떤 죄를 지었는지 혹은 짓지 않았는지 우리가 어떻게 알아?" 마리케가 말했다.

"하지만 우리는 알고 있잖아. 몰로치나의 생활 조건을 만들어온 건 남자들이야. 폭행이 일어날 수 있었던 상황, 심지어 그런 범죄를 생각하고, 계획하고, 거기에 대한 이유까지 생각해낼 수 있는 사고방식이 다 몰로치나의 환경에서 나온 거잖아. 그런 환경을 만들고 세워온 건 마을 원로들과 피터스야." 오나가 말했다.

아가타가 고개를 끄덕였다. "그래, 그건 분명하지."

(아우체와 나이체는 눈빛을 교환했다. 내가 짐작하기에 이런 생각은 그 아이들에게는 새로웠지만 받아들이기로 한 것 같았다. 그렇게 해서 회의가 진행되고, 이야기는 줄어들고, 행동을 더 많이 할 수 있다면 말이다.)

아가타가 덧붙였다. "하지만 우리에겐 아직 시간이라는 문제가 남아 있어. 시간이 얼마 남지 않았어. 이렇게 시간 제약을 받는 상황에서 떠나려면 우리가 해결할 수 없는 몇 가지 문제가 있어. 일단 그런 문제들은 제쳐뒀다가 나중에 다시 생각해보기로 하지. 지금 감옥에 있는 남자들이 유죄인지 무죄인지는 지금으로선, 아니 앞으로도 영원히 알 수 없을 거야. 그리고 감옥에 있는 남자들의 유죄 여부에 따라 우리가 떠나는 문제를 결정해서도 안 되고. 우리는 사랑과 평화를 기반으로 살아가고 신이 주신 우리의 영혼을 보살피겠다는 세 가지 이유로 떠나기로 한 거야. 감옥에 있는 남자들의 유죄 여부는 그 세 가지 이유와 아무 관계가 없잖아. 그건 모두 동의할 수 있나?"

여자들은 생각에 잠겼다. 어떤 사람은 확실하게 고개를 끄덕였지만(살로메와 메얄과 아우체), 다른 사람들은 생각과 회의와 의문에 잠겨 아무 반응도 보이지 않았다. (확실하게 해두기 위해 말하자면 감옥에 있는 남자들 모두 여기 있는 여자들과 아는 사이이거나, 친척 관계이다.)

"흠, 그럼 반은 찬성한 거군. 나머지는 어때? 이건 어쨌든 민주주의니까." 아가타가 말했다.

"뭐라고요?" 아우체가 물었다.

세 명이 더 고개를 끄덕여서 찬성했다. 이곳을 떠나는 이유는 감옥에 있는 남자들의 유죄 여부와 상관없다고. 오직 마리케만 여전히 대답하지 않고 있었다.

"흠, 그러면 여덟 명 중 일곱 명이 찬성했으니까 충분해.

이걸로 이 안건은 끝내죠." 살로메가 말했다.

"하지만 잠깐만. 그러니까 아까 말은 성폭행범들도 피해자들만큼이나 그 폭행의 피해자란 말을 하던 게 아니었어? 우리 모두, 여자들과 남자들 모두 지금의 몰로치나가 만들어진 환경의 피해자란 말 아니었냐고?" 마리케가 끼어들었다.

아가타는 오랫동안 아무 말도 하지 않았다. 그러다 어떤 면에선 그렇다고 대답했다.

"그러니까 법정에서 그들에게 유죄나 선고하든 아니든 상관없이, 그들은 결국 무고하다는 뜻이잖아요?" 마리케가 말했다.

"그래, 난 그렇게 생각해." 오나가 말했다. "피터스는 그 남자들이 사악한 범죄자들이라고 말했지만 그건 사실이 아니야. 그건 피터스와 원로들과 몰로치나의 설립자들이 추구한 권력의 결과야. 그것 때문에 그런 사악한 폭행이 일어난 거야. 그들이 권력을 추구했기 때문에. 권력을 **휘두를** 대상이 필요했고 그게 우리가 된 거지. 그들은 자신들의 욕망을 몰로치나 남자들에게 가르쳤어. 몰로치나 남자들은 아주 훌륭한 학생인 셈이지. 그런 면에서 보자면 말이야." 오나가 말했다.

"하지만 우리 모두 일종의 권력을 원하지 않아?" 메얄이 그렇게 말하면서 성냥에 계속 불을 붙였다. 담배에 성냥불을 갖다 댈 때마다 계속 꺼졌기 때문이다. 그녀는 끈기가 있었다.

"그래, 그렇게 **생각해**. 하지만 확신은 없어." 오나가 말했다.

"아, 너는 권력도 믿지 않는단 말이지? 넌 권위도 믿지 않고, 사랑도 믿지 않는데 말이야." 마리케가 비꼬는 투로 말했다.

"난 사랑을 믿지 않는다는 말은 한 적 없어. 그저 그게 정확히 무슨 뜻인지 모르겠다는 거지. 어쨌든 아까 내가 한 말은, 사랑이 안정을 불러온다는 네 생각에 나는 찬성하지 않는다는 뜻이었어." 오나가 설명했다.

"넌 절대 안정이란 걸 모를 거야. 넌 나르파에 걸렸으니까." 마리케가 대꾸했다.

"사실이야. 하지만 어떤 면에서 그건 나를 자유로워지게 해줘." 오나는 생각에 잠긴 듯 침착한 표정으로 덧붙였다.

아가타는 다시 초조해졌다. "오나, 사랑은 다음에 이야기해도 되는 주제야." 아가타가 말했다.

"안전도요?" 오나가 물었다.

그레타가 끼어들었다. "항상 중요한 주제 아닐까?"

"뭐가 항상 중요한 주제라는 거지?" 아가타가 물었다.

"사랑 말이야." 그레타가 대답했다.

"하지만 언제나 항상 중요한 주제이면서 영원한 것을, 어떻게 동시에 알 수 없다는 거죠? 적어도 오나의 의견에 따르면 그렇던데?" 마리케가 말했다.

(회의록과는 상관없는 여담이지만, 이 말을 듣자 몽테뉴가 한 말이 떠올랐다. "사랑만큼 인간이 확고하게 믿으면서 동시에 가장 잘 모르는 것도 없다." 내가 갇혀 있던 감옥 식당 벽에 이 문구를 수놓은 그림이 액자에 끼워져 한동안 걸려 있었다. 그 이유는 나도 모른다.)

메얄은 가까스로 담뱃불을 붙였다. "음, 그래서 사랑이 영원한 거야, 마리케. 그렇게 계속, 계속 이어지는 거지." 메얄은 계속이라고 말할 때마다 담배 연기를 한 번씩 내뿜었다. "우리는 뭔가 알게 되면 더는 그것에 대해 생각하지 않게 되잖아, 안 그래?"

"그건 말도 안 되는 소리야. 지식이란 유동적이야. 지식은 변하고, 사실도 변해서 사실이 아닌 게 되지." 살로메가 반박했다.

이 말을 들은 나이체와 아우체가 웃음을 터트렸다. 아마 초조하거나 지쳐서 그랬을 것이다. 그러고 나서 재빨리 사과했다.

"하지만 진지하게 말해보자고. 지금 넌 네가 뭔가를 '알았다고' 느끼면 그것에 대해 더는 생각하지 않는다는 거야? 너 단단히 미쳤구나." 살로메가 말했다.

메얄이 다시 담배 연기를 내뿜었다. 그리고 침착하게 살로메에게 좆까, 라고 말했다.

"모두 정숙!" 그레타가 소리쳤다.

살로메는 그레타의 지시를 무시했다. 그녀는 장광설을 늘어놓기 시작했고 자신은 영원도 믿지 않으며 어떤 것도 영원하지 않다고 말했다. "사실 나는 영원히 살게 될 거란 말도 이제 더 이상 믿지 않아." 그녀의 어조는 반항적이고 도전적이었지만, 나머지 여자들은 그 미끼를 물지 않았다.

(상황에 대한 보충 설명: 몇 년 전, 호르티차에서 소문이 하나 퍼져 나왔다. 호르티차의 원래 주교가 자택에서 죽어가는 동안, 원로들이 새 주교를 뽑기 전에 설교를 위해 잠시 대리 주교를 데려왔다. 이 주교는 북미 교회 출신이었고, 그의 아내는 머리를 땋지 않았다. 그 주교는 그날 교회에 모인 신자들에게 자신은 천국과 지옥이 있다고 믿지 않는다고 말했다고 한다. 그 말을 들은 신자 중 일부가 그의 말에 경악해서 그를 공동체에서 쫓아냈다. 하지만 그 전에 그 주교가 설교하는 도중에 그런 신자들에게 이의를 제기했다. 주교는 천국과 지옥이 있다고 믿지 않을뿐더러, 사실 신자 중에서도 그 존재를 믿는 사람은 없을 거라고 굳게 믿고 있다고 말했다. 그는 신자들에게 손을 들어달라고 요구했다. "오늘 여기 오신 분 중에 공동체를 떠났거나 자기는 신자가 아니라

고 주장하는 반항적인 자식, 구제할 수 없는 자식이 있는 분은 손을 들어주세요." 몇 명이 손을 들었다. 대리 주교는 손을 든 신자들에게 다음 질문을 던졌다. "만약 여러분이 자식을 사랑하고, 그들이 죽으면 지옥 불에서 영원히 타게 될 거라는 걸 정말로 믿고 있다면, 어떻게 여기 이 교회에 앉아서 이렇게 침착하게 있으실 수 있죠? 어떻게 집에 가서 아내가 만든 점심을 맛있게 먹고, 그러고 나서 따뜻한 침대에 들어가 깃털 이불을 덮고 편안하게 낮잠을 주무실 수 있나요? 당신 자식이 곧 지옥 불에 활활 타면서, 고통스러워 비명을 지르며 영원한 고통에 빠지게 될 텐데? 여러분이 정말 천국과 지옥의 존재를 믿는다면, 있는 힘을 다해 자식이 회개하도록, 예수 그리스도를 그들의 마음속에 받아들이고 용서받도록 노력하지 않겠습니까? 그걸 믿는다면 다루기 힘든 자식들, 공동체를 떠나버린 자식들, 혹은 어쩔 수 없이 공동체를 떠나야 했던 자식들, 금언에도 나오는 사막을 헤매고 다니는 자식들, 여러분이 죄인으로 간주하는 자식들, 하지만 여전히 당신의 핏줄이자 당신의 너무나 소중한 아기인 그들을 찾기 위해 지구 구석구석을 찾아다니지 않겠어요?"

대리 주교는 결국 강제로 입을 다문 채 그 공동체를 떠나야 했다. 신자들은 이 불경스러운 쓰레기 주교를 교회에 두느니 차라리 교회가 없는 편이 낫다는 의견에 동의했다. 하지만 그 후로 천국과 지옥이 없다는 주교의 생각이 일부 메노파 신자들의 마음을 사로잡았다. 호르티차뿐 아니라 몰로치나에서도 그랬고, 그 생각은 종종 사람들을 도발하기 위한 기폭제로 사용됐다.

나는 피터스가 그 문제를 어떻게 생각하는지 궁금했다. 소중한 아기들에 대해, 영원에 대해. 그리고 탕아의 아버지들에 대해서도.)

"흠, 네가 영생을 믿지 않는다면, 정말 서둘러 떠나야겠다. 너도 시간이 촉박하다는 점에는 동의하지?" 아가타가 침착하게 말했다.

오나는 권력에 대해 좀 더 말하고 싶다고 말했다. "몰로치나의 주교와 원로들이 공동체의 평범한 남자들과 여자들을 지배할 권력을 장악해왔어. 몰로치나의 평범한 남자들은 평범한 여자들을 지배하는 권력을 잡았고. 그리고 몰로치나의 평범한 여자들이 잡은 권력으로 지배하게 된 건……." 오나는 여기서 말을 멈췄다. 여자들은 모두 침묵을 지켰다.

"아무것도 없어. 우리 영혼만 빼고." 오나가 말했다.

"하지만 그건 신성 모독이야. 만약 네가 말한 대로 우리의 영혼이 신의 현현이라면 말이지. 우리는 신을 지배할 권력을 가질 수 없어. 그리고 권력에 대한 욕망은 어디서 나오는데? 그건 완벽하게 자연스러운 거 아니야? 더러운 우리에 사는 돼지들도 서열이 있단 말이야." 마리케가 말했다.

"하지만 우리는 돼지가 아니야. 돼지와 다를 순 없는 거야? 넌 우리가 동물에서 진화했다고 믿어? 아니면 하느님이 자신의 형상으로 빚었다고 믿어?" 오나가 말했다.

"오나. 그건 정말 우스꽝스러운 질문이야. 너도 그 대답을 알고 있잖아." 아가타가 부드럽게 말했다.

(노트: 나는 아가타가 어떻게 생각하는지 확신이 서질 않았다. 다만 짐작해보자면 아가타는 오나의 대답 중 후자가 진실이 아니겠냐는 뜻으로 말한 것 같다. 인간이 신의 형상으로 빚어졌다는 말.)

오나가 말을 이어갔다. "하나는 그럴듯하고 확실히 좀 더 가능성이 있는 이론이지만, 다른 하나는 지극히 아름답고 희망에 차 있다고 생각하지 않아?"

(아우체와 나이체는 서로를 흘끗 바라봤다. 이 순간 나처럼 그들도 헷갈리는 것 같았다. 그들의 눈빛은 이렇게 말하고 있었다. 지금 오나가 대체 뭐라고 하는 거야?)

"내 말은 만약 우리가 신의 형상으로 빚어졌다면 우리에게 영혼이 있을 여지가 있고, 우리가 그 영혼에 봉사할 수 있다는 뜻이잖아. 우리가 가진 힘은 영혼이 가지고 있는 힘에 굴복하는 거야." 오나가 말했다.

마리케가 말을 시작했다. "내 생각엔, 네가 만약 삶에 있는 모든 현실적인 고려 사항을 다 포기하고, 살아가면서 만족시키고자 하는 것이 오로지 네 미친—"

이때 살로메가 끼어들었다. "아우구스트, 넌 어떻게 생각해? 신의 형상이야? 아니면 동물이야?"

"동물? 그러니까 내 말은—"

오나가 웃으며 다시 나를 구해줬다.

살로메가 자신의 질문을 자세하게 설명했다. "그래! 넌 네가 신의 형상으로 빚어졌다고 생각해? 아니면 동물에서 진화했다고 생각해?"

"살로메, 어느 쪽이라도 우리에겐 영혼이 있어." 오나가 말했다.

"난 지금 아우구스트에게 묻고 있잖아. 대답해." 살로메가 말했다.

"아니. 지금은 안 돼. 우리가 지금 유일하게 확신할 수 있는 건 시간이 존재한다는 거야, 안 그래? 왜냐하면 시간이 사라지고 있으니까. 존재하지 않는 건 사라지지 않아. 시간이 없다면 우리의 모든 희망이 사라져." 아가타가 말했다.

"하지만 천국은 어쩌고요?" 나이체가 물었다.

나이체의 질문은 무시됐다. 누군가 다락으로 이어지는 사다리를 올라오고 있었기 때문이다. 그는 우리 몰로치나 표현을 쓰자면 '단순한' 사람이다(하지만 지금 이렇게 쓰면서도 이 표현이 얼마나 아이러니한지 잘 알고 있다). 그는 무작위로 숫자를 암송하고 있었다. 숫자를 사랑하는 사람이니까. 하지만 다른 사람들이 이해할 수 있는 방정식으로 숫자를 배열하는 건 끔찍이 싫어한다. 그리고 그는 지금 차를 '몰고' 있다. 몰로치나에서 차는 금지되어 있다(심지어 마차 바퀴에도 고무는 쓰지 못한다. 바퀴에 고무를 쓰면 바퀴가 좀 더 빨리 돌아가 세상 너머로 좀 더 빠르게 탈출할 수 있기 때문이다). 하지만 그랜트는 이 공동체에서 유일하게 두 손으로 핸들을 잡고 '운전'하는 척하는 것과 남들은 전혀 이해하지 못할 패턴으로 숫자를 암송하는 것을 허락받았다.

우리는 그랜트에게 인사했다. 그는 자신의 아버지가 절대 죽지 않을 것이기 때문에, 흰 밀가루로 만든 빵을 먹지 못하게 하고 총을 쏴서 죽여야 한다고 말했다. (이 경우에 죽음은 보상이자, 연민 어린 선택이다. 그랜트는 아버지가 몸져누워 너무나 오랫동안 고통받았기 때문에 걱정스럽다는 마음을 표현한 것이고, 아버지가 죽어서 하느님에게 가기를 바란다고 믿고 있었다. 그랜트의 아버지는 사람들에게 자신을 총으로 쏴달라고 했지만, 아무도 그렇게 하지 않았다.) 하지만 그랜트의 아버지는 이미 몇 년 전에 세상을 떠났고 그랜트는 아가타의 집에서 살고 있다. 아가타는 그의 끝도 없는 이야기와 숫자 암송과 노래에 지치면 공동체에 있는 다른 여자 집에 보낸다. (그는 여자들이 떠나기로 하면 같이 가게 될 남자 중 하나다.)

그랜트가 말했다. 6, 19, 14, 1.

"잘했어, 그랜트. 좋은 숫자들이네. 고마워. 이제 다락에서 우리랑 조용히 앉아 있을까?" 아가타가 말했다.

그랜트는 우리에게 노래를 불러주겠다고 제안했다. 그는 자신의 차에서 나와 고통에 관한 찬송가를 불렀고, 곧 다른 사람들이 따라 불렀다.

그가 노래를 다 불렀을 때 우리는 그에게 고맙다고 인사했고, 그는 천만에, 라고 대답했다. 그랜트는 다시 자기 차로 들어가 핸들을 잡은 채 다락을 돌아다니며, 경적을 한두 번 울린 후에, 12, 12, 12라고 말하면서 다락을 나갔다.

그때 아우체가 13이라고 외치자 다른 여자들이 모두 쉿, 이라고 말했다.

6월 6일

아우구스트 에프, 회의가 계속되는 밤

사건이 하나 일어났다. 여자들과 아이들은 다락을 나갔고 나는 여기 혼자 남아 오늘 기록을 마무리하려 하고 있다.

소녀들, 아우체와 나이체가 새 송아지들이 잘 있는지 살펴보려고 먼저 나갔다. 남아 있는 여자들이 이런저런 일로 웃고 있을 때, 아우체와 나이체가 다락으로 돌아왔고, 이어서 마리케의 남편인 클라스가 따라서 올라왔다.

아우체는 다락으로 통하는 계단을 올라오면서 외쳤다. "아빠가 집에 왔어요!" 아우체는 유쾌한 목소리로 말했다. 그녀가 아주 느리게 올라왔기 때문에 클라스는 계단에서 그 뒤를 따라 천천히 올라와야 했다.

그들이 다락에 나타났을 때 아우체와 나이체는 눈에 띄게 초조하고 분해 보였다. 분명 어쩔 수 없이 클라스를 여기로 데려와야 했을 것이다.

아우체가 외친 경고 덕분에 나는 제시간에 종이와 펜을

테이블 밑에 감출 수 있었다. 오나는 선택지들에 대한 여러 장단점을 적어서 벽에 붙여놓은 포장지를 떼어서 찢어버린 후 합판 테이블 밑에 감췄다.

끝내 다락에 나타난 클라스는 왜 여자들이 여기에 모여 있는지 말하라고 다그쳤다.

마리케가 그에게 말을 걸면서 진정시키려고 애썼다. "우린 누비이불을 꿰매고 있었어." 그녀가 말했다.

클라스가 날 보더니 웃음을 터트렸다. "여자들이 너한테도 바느질하는 법을 가르치고 있었어? 드디어 아우구스트에게 쓸모 있는 기술이 생기겠군. 네가 밭에서 얼마나 얼간이처럼 구는지 생각해보면 말이야."

여자들이 그를 따라 초조하게 웃었다.

"맞아." 나도 거기에 장단 맞춰서 대꾸했다. "학생들이 놀다가 혹시 베이기라도 하면 치료해줄 수 있게 바느질하는 법을 배우고 싶었어." 내가 대꾸했다.

클라스는 '학생들'이란 내 말을 따라하더니 다시 웃었다. 그리고 허공에 코를 대고 킁킁 냄새를 맡더니 내게 다락에서 담배를 피우면 안 된다는 것쯤은 잘 알지 않느냐고 물었다.

메얄이 대응하려 입을 벌렸지만 내가 먼저 큰 소리로 클라스에게 사과하며 다시는 여기서 담배를 피우지 않겠다고 안심시켰다.

"아우구스트가 바느질하는 법을 배우다니." 그가 재미있어하면서 말했다. "혹시 네 가랑이 사이에 뭐가 있는지 제대로 알고 있기는 해?"

"아, 그럼. 아주 잘 알지." 내가 말했다(미소를 지으면서 내 머리를 죽어라 긁적이며).

"흠, 난 잘 모르겠는데. 아무래도 한번 들여다봐야 할 것 같은데."

"클라스, 제발 율리우스와 미프 앞에서 그렇게 말하지 말아줘." 마리케가 말하자 그의 기분이 돌변했다.

클라스는 화를 벌컥 내면서 마누라가 왜 여기 있는지, 왜 네티(멜빈)가 다른 아이들을 보살피고 있는지, 그의 파스파*가 어디에 있는지 물었다. 클라스는 말하는 동안 내내 나만 쳐다보면서, 나에게만 말했다. 또 나에게 말하길 안톤과 야코보와 같이 보석금을 마련하기 위해 내다 팔 동물들을 몇 마리 더 가져가려고 시내에서 돌아왔다고 했다. 아마도 내가 일단 남자이기 때문에, 반편이 같은 남자이긴 하지만, 그나마 이런 사무적인 용건을 들을 만한 사람으로 간주한 것 같

---

* 파스파(Fasfa). 메노파 공동체 문화에서 사용하는 용어로 늦은 오후에 먹는 가벼운 식사를 뜻한다.

왔다.

"판사가 기다리고 있어. 조합 열쇠는 누가 가지고 있는 거야?" 그가 내게 물었다.

"나도 몰라." (하지만 나는 조합 열쇠가 어디 있는지 알고 있었다. 그것은 조합 관리인인 이자크 뢰벤의 마구실에 걸려 있을 것이었다. 나는 소리 없이 신에게 용서를 빌었다. 용서해주시지 않는다면 이 자리에서 날 힘껏 때려달라고.)

"한 살짜리 망아지들은 어디 있어? 왜 마구간에 없어?" 그가 물었다.

"난 몰라." (이번에도 알고 있었다. 말들은 아우체와 나이체가 들판에 풀어놔서 지금 조르크홈 개울 옆에서 풀을 뜯어 먹고 있다. 다시 한번, 신에게 나를 용서해주시든가 아니면 그냥 죽여달라고 빌었다. 지금 내가 살아 있는 것 같으니 용서받았다는 뜻이라고 짐작해도 될까?)

아우체와 나이체는 클라스 뒤에 서서 몰래 다른 여자들에게 손짓으로 자신들이 망아지들을 들판에 풀어놨다고 설명하고 있었다.

클라스의 장모인 그레타가 끼어들어 말했다. 지금 아픈 말이 많으며 클라스가 시내에 있는 동안 호르티차에서 온 수의사가 살펴보고 권하기를 질병이 퍼지지 않도록 말들을 2주 동안 격리하라고 했다고.

클라스는 장모의 말을 무시했다. 피터스가 경매에 내다 팔 말을 적어도 열두 마리는 데려오라고 지시했다고, 그는 여전히 나를 보며 말했다.

"그래. 하지만 아픈 말들을 팔았다간 한 푼도 받을 수 없을 거야. 경매장에 병든 말을 데려갔다간 벌금을 물게 될 것이고." 그레타가 말했다.

"망아지들을 데려와. 그놈들은 병들기엔 너무 어려. 찾아서 묶어놔." 그가 소녀들에게 말했다.

아우체와 나이체는 다시 사다리를 내려갔다.

"여기 에른스트 티센의 농장에서 장모님의 말들을 봤어요. 그놈들은 아주 건강해 보이고, 눈도 맑고, 갈기에서 윤기가 흐르던데요." 클라스가 말했다.

그레타가 고개를 끄덕였다. "그래, 그 아이들은 나이가 있어서 전염병엔 안 걸렸지."

클라스가 말했다. 아, 그래요. 그는 나이가 들어서 그렇다는 그레타의 설명을 무시했다. 바로 좀 전에 망아지들은 아직 어려서 병에 걸리지 않는다고 자기 입으로 말해놓고. 그는 바닥에 침을 뱉었다. 그리고 그레타에게 직접 물었다. 왜 여자들이 이 다락방에 모여 있냐고.

그레타가 대답했다. "우리는 에른스트가 잘 있는지 확인하고 음식을 가져다줘야 했어. 그리고 여기서 누비이불을 만들기로 했지. 그러면 바느질하는 틈틈이 에른스트를 살펴 볼 수 있으니까. 그가 신경 쓰지 않을 거라는 걸 알고 있었 고, 이불을 만들려면 공간도 필요했고."

자기 다락에서 여자들이 시끄럽게 떠들면서 소문이나 퍼 뜨리고 있다는 걸 모를 만큼 에른스트의 치매가 심하냐고 클라스가 물었다.

그레타가 고개를 끄덕였다.

"그럼 그 이불은 어디 있죠?" 클라스가 물었다.

"우리가 방금 막 끝냈네. 코프 형제가 조합으로 가져갔 어." 아가타가 말했다.

"여기서 이불을 만들었다는 증거는 하나도 안 보이는데. 천 쪼가리 하나 없고. 코프 형제도 안 보이고, 몰로치나와 조합 사이를 오가는 코프 형제의 마차도 안 보이고." 클라스 가 침착하게 말했다.

"이미 다 청소하고 이제 집에 가서 파스파를 준비하려 했 지. 자넨 배고프지 않나?" 아가타가 물었다.

그레타가 목소리를 높여서 코프 형제가 이번에는 항상 다 니던 길이 아니라 휴경지를 통해서 마차를 타고 갈 거라고 했다고 말했다.

"그리고 바느질 방은 절임을 만드는 데 쓰고 있어. 지금은 산벚나무 열매가 나올 철이잖아. 신선한 빵 과자에 잼을 발라 먹으면 참 맛있을 거야." 오나가 말했다.

클라스는 오나를 보지 않을 것이고, 그녀가 하는 그 어떤 말도 들리지 않는 척할 것이다. 그에게 오나는 유령이었고, 혹은 그보다 못한 존재였다. 그녀는 나르파에 걸렸고, 노처녀인 데다 배가 점점 불러오고 있으니까. 내가 보기에 오나는 유령으로 지내는 게 잘 맞는다. "여기 오는 길에 조합을 지나쳤는데 잠겨 있었고, 아무도 없었어." 클라스가 말했다.

"그럼 코프 형제가 아직 도착 안 했나 보지." 살로메가 말했다.

"코프 형제에게 그곳 열쇠가 있나?" 클라스가 물었다.

"그걸 내가 어떻게 알아?" 살로메가 말했다.

"조합에 있는 금고에서 돈을 꺼내서 피터스에게 가져다줘야 해서 열쇠가 필요해." 클라스가 말했다.

살로메가 말했다. "그럼, 피터스가 너에게 열쇠가 어디 있는지 말해줬어야지."

"조용히 해." 클라스가 사납게 말했다.

그가 나를 바라봤다. "나이체 말로는 여자들이 호르티차에 분만을 도우러 갔었다던데." 그가 말했다.

"그랬었어. 난산이라서 곧 다시 돌아가봐야 해." 살로메가 말했다.

클라스는 계속 나만 바라봤다. "네가 할 일은 여기 몰로치나에 있어." 그는 살로메에게 통보하듯 말했다.

"내가 할 일이 뭔지는 나도 잘 알아." 살로메가 말했다.

"난 지금 너한테 말하는 게 아니잖아. 조용히 해." 클라스가 다시 말했다.

"하지만 넌 나에게 말하고 있었잖아. 넌 방금 내게 내가할 일이 뭔지 말했잖아, 아니야?"

클라스가 다시 그레타에게 시선을 돌렸다. "장모님 말들은 내가 가져가겠어요."

"루스와 셰릴을? 안 돼, 그럴 순 없어!" 그레타가 말했다.

클라스는 자기도 어쩔 수 없다고, 그 말들을 데려가야 한다고 말했다. 그리고 여자들에게 이제 가서 소젖을 짜고 집에 가서 아이들을 보살피고 식사를 준비하라고 했다.

"하지만 그 아이들은 늙은 말이야. 또 내 말들 없이 나보고 어쩌란 말이야?" 그레타가 말했다.

"그냥 집에 있으시면 되죠." 클라스가 말했다.

클라스는 율리우스에게 같이 집으로 가자고 말했다. 그리고 마리케에게 네티/멜빈한테 맡겨놓은 다른 자식들을 데려오라고 말했다. (클라스와 마리케 사이에는 자식이 많았는데 정확히 몇 명인지는 나도 모른다. 그들은 모두 햇빛에 바래서 머리카락이 희다. 그래서 황혼이 질 무렵 마당에서 뛰어노는 그 집 아이들을 볼 때면 마치 반딧불이나 바람에

흩날리는 민들레 홀씨처럼 보인다.)

다락을 마지막으로 나간 사람은 살로메였다. 그녀가 미프와 같이 좀 더 남아 거름으로 만든 미프의 제국을 감탄하는 동안, 다른 여자들은 다락에서 사다리를 타고 밑으로 내려가 일상적인 걱정거리로 돌아갔다.

오나는 아가타가 사다리를 내려가는 걸 도와야 했다. 부종 때문에 다리가 무감각해져서 혼자 내려가는 건 위험했다. 오나가 도와주는 동안 아가타는 웃으면서 오나의 정수리에 키스했다. "숨을 쉬면서 천천히 내려와요." 오나가 말했다. 오나는 아가타가 뭔가 하려고 노력할 때 숨을 참으면서 엄청 빨리 움직이다가 그 일이 끝나고 나서야 숨을 내쉬는 습관을 상기시켰다.

아가타는 다시 웃었다.

"사다리에 있을 때는 웃지 마요. 정신을 집중하라고요." 오나가 경고했다. (나는 뭔가 하려고 애쓰는 동안 숨을 참았다가 일이 끝나면 내쉬는 아가타의 호흡 패턴을 보면서 풍선이 생각났다고 오나에게 말하고 싶었다. 풍선에서 공기가 빠져나가지 않도록 주둥이를 꽉 쥐고 있다가 나중에 공기가 시끄러운 소리를 내며 휙 빠져나갈 수 있도록 풀어버리는 모습이 닮았다고. 하지만 이들은 풍선을 본 적이 한 번도 없었다. 몰로치나 아이들이 돼지 창자를 부풀려서 공처럼 가지고 노는 모습은 본 적 있겠지만. 그것도 피터스가 공동체를 외출해서 눈치 보지 않고 공놀이를 할 수 있을 때뿐이다. 그 순간은 지나갔다.)

아가타는 마침내 사다리를 가까스로 다 내려갔고, 이어서 그녀가 다른 여자들에게 내일 아침 우유를 짜자마자 곧바로 다음 바느질 모임을 시작할 거라고 외치는 소리가 들렸다.

마리케가 클라스에게 왜 그렇게 율리우스에게 체리를 많이 줬느냐고, 그러니 애가 배가 아프지 않냐고 말하는 소리도 들렸다. 클라스는 웃더니 살로메를 향해 어서 집에 가라고 외쳤다.

살로메도 소리를 질렀다. "아, 지금 나한테 말한 거야?" 그녀의 움직임은 아주 느리고 더뎠다.

나는 살로메에게 미프를 안고 사다리를 내려가는 걸 도와주겠다고 제안했지만, 그녀는 거부했다. 잠시 다락 위에 우리 셋만 남았을 때, 나는 그 순간을 이용해 조합 열쇠는 이자크 뢰벤의 마구실에 있는 파란 소금 자루 위쪽 못에 걸려 있다는 말을 전했다.

"거짓말한 걸 용서해줘."

살로메는 얼굴을 찡그렸다.

나는 그녀에게 별을 따라 항해하는 법을 아느냐고 물었다. 남십자성을 찾을 수 있느냐고.

살로메는 빙긋 웃으며 고개를 흔들었다.

나는 그녀에게 이렇게 말했다. 이제 저녁 시간이니, 공동체 사람들이 집에 있는 동안, 내가 열쇠를 가지고 조합에 가서 금고를 챙기겠다고. 금고 번호는 모르지만, 금고를 통째로 들고 와서 숨기겠다고 했다. 여자들이 몰로치나를 떠날 때, 만약 그러기로 한다면, 그 금고를 가지고 갈 수 있을 거라고. 그리고 다른 곳, 다른 장소에서 그 금고를 열 수 있는 사람을 찾아낼 수 있을 거라고 말했다.

아니면 벤야민이 내게 다이너마이트를, 그가 조르크홈 계곡에서 악어들에게 겁을 줄 때 쓰는 그 다이너마이트를 하나 줄 수도 있다고. 그걸로 금고를 폭파할 수 있을 거라고.

"금고 번호를 알아내는 게 더 쉽지 않겠어?" 살로메가 속삭였다.

나는 제발 그런 시도는 하지 말라고 살로메에게 애원했다. 그리고 날 용서해달라고 다시 부탁한 뒤 다른 사람들의 의심을 사지 않게 얼른 집에 가라고 말했다.

그때 살로메가 내 이름을 불렀다.

"아우구스트, 어쨌든 그 돈은 우리 돈이야. 용서하고 말 것도 없어." 그녀가 말했다.

그리고 미프를 안고 재빨리 사다리를 내려갔다.

*

　나중에, 내가 지내는 헛간 근처 흙길에서 오나를 만났다.
달이 밝았다.

　나는 밤중에 간식거리로 산벚나무 열매를 따러 밖에 나갔
다. 아까 오나가 산벚나무 철이라고 했기 때문에. 그러다 셔
츠 앞쪽에 과즙을 조금 흘리고 말았다. 나는 헛간으로 돌아
와, 셔츠를 갈아입고, 더러워진 셔츠를 들고 세탁소로 가서
빨래통에 넣었다. 세탁소를 나서려고 했을 때 어떤 여자가
내 이름을 부르는 소리가 들렸다. 누가 날 또 부르다니. 하
루 동안 두 명의 여자가 내 이름을 불러줬다. 그게 내 안에
서 얼마나 엄청난 감정의 불협화음을 불러일으켰는지.

　이번에 나를 부른 사람은 오나였다. 그녀는 세탁소의 낮
은 지붕 위에 앉아 별들을 보고 있었다.

　"아우구스트!" 오나가 말했다.

　나는 위를 바라보았다.

　"와서 나랑 같이 앉아 있자."

　나는 물통을 타고 올라갔다. 그리고 어둠 속에서 그녀 옆
에 앉았다. 우리 둘뿐이었다. 내 무릎이 덜덜 떨렸다.

　오나가 왜 세탁소에 왔냐고 물어서 이유를 말해줬다. 그
리고 우리 둘은 조용해졌다.

마침내 나는 오나에게 남십자성을 아느냐고 물었다. 그리고 밝은 별들이 모여 있는 별자리를 가리켰다.

"물론이지." 오나는 그렇게 말하고 웃었다.

나는 그녀와 여자들이 남십자성, 종종 십자가로 일컬어지는 그 별을 길잡이로 쓸 수 있다고 했다.

"오른쪽 주먹을 이렇게 쥐어봐." 내가 말했다. 그리고 그녀의 손을 잡아서 주먹을 쥐게 했다. 그 주먹을 들고 별들을 향해 들어 올렸다. 그녀의 팔은 경직되어 있었고, 주먹을 꽉 쥐고 있는 것이 마치 자유의 전사 같았다.

"이제 첫 번째 손가락 관절을 저 십자가의 축과 일직선으로 맞춰봐." 내가 말했다. 나는 그녀의 손, 그녀의 주먹을 쥐고 있었다. 그때 신의 숭고함을, 압도적인 감사를 느꼈다. 뱃속이 뒤집히는 것 같았다. 마침내 내 기도가 응답받은 것이다.

"이제 엄지 끝, 이 부분이 남쪽일 거야." 내가 말했다.

오나는 미소를 짓더니 고개를 끄덕이면서 두 손을 짝 소리가 나게 마주쳤다.

"다른 사람들에게도 가르쳐줄래?" 내가 물었다.

"물론이지." 오나는 다시 한번 그렇게 말했다. "우리는 항법을 배우게 될 거야."

"오나." 내가 말했다.

그녀는 여전히 미소를 띤 채 나를 바라봤다.

"너 이 요령을 이미 알고 있었어?"

그녀는 웃더니 고개를 끄덕였다. 당연히 그녀는 알고 있었다.

나도 수줍게 미소 지었다. 나는 네가 모르고 있어서 내가 말해줄 수 있는 게 하나라도 있으면 좋겠다고 말했다.

"있어. 왜 감옥에 갔는지 말해줘." 오나가 말했다.

"말 한 마리를 훔쳤거든." 나는 대답했다.

오나는 마치 그럴 줄 알았다는 듯이 엄숙한 표정으로 고개를 끄덕였다.

그러고 나서 그녀에게 모든 걸 다 말했다. 런던에서 아버지가 사라지고 어머니가 돌아가신 후 살 곳이 없어졌다고. 대학에서 역사 수업을 듣고 있다가 신경쇠약에 빠져 계몽주의 공부를 그만두고 무정부주의자들과 예술가들과 음악가들의 무리에 들어갔다고. 그들은 템스강 옆에 있는 원즈워스의 가고일 부두의 황폐 지구를(바로 여기서 나는 오리를 사랑하는 법을 익혔다. 다만 그 우스꽝스러운 사실을, 특히 감옥에서는 비밀로 간직해야 한다는 건 익히지 못했다.) 무단으로 점유하고 있었다고.

감옥에서는 반쯤 물속에 사는 새들*에 대해 아주 사소한 이야기라도 했다간 지독한 폭행을 당할 수 있다고 오나에게 말하자, 그녀는 감옥에서 그런 이야긴 하지 말았어야 했다는 점에 동의했다.

"하지만 뭔가를 깊이 사랑하게 되면 그걸 비밀로 간직하는 게 어렵지?" 그녀가 말했다.

나는 그렇다고 중얼거렸다. 그리고 그녀를 힐끗 본 후에 남십자성을 바라보고, 다시 내 무릎을 봤다.

"거기 원즈워스는 무척 좋았어." 나는 이야기를 계속했다. "우리 모두 같이 소박하게 살았지." 나는 그 도시가 고속도로를 짓기 위해 철거한 오래된 집들에서 가져온 자재로 건물 몇 채를 지었다. 우리는 그 생태 마을에서 콘서트들을 열고, 정원도 여러 개 만들고, 같이 잘 살아보려고 노력했다. 거기엔 그런 젊은이들이 몇백 명 있었는데. 어느 날 모두 하이드파크에 가서 당시 통과된 한 법안에 대해 항의했다. 그 통과된 형법 덕분에 국가는 "반사회적인" 행동, 그러니까 우리가 하는 행동에 대해 전보다 더 위중한 형벌을 내릴 수 있게 됐다. 그 법은 레이브 파티**와 "반복적인 비트가 연속되는 특징이 있는" 특정 음악까지 불법으로 만들었다. 나는 오

---

* 오리(duck)는 감옥에서 수감자들이 마음대로 다룰 수 있는 교도관을 이르는 말로 쓰인다.

** 옥외나 빈 건물에 대규모로 모여 빠른 전자음악에 맞춰 춤을 추며 흔히 마약도 하는 파티.

나에게 이 사실을 말해주면서 따옴표를 허공에 만들어 보였다. 정부로 대표되는 권위적인 목소리를 표현하기 위해서였다. 그리고 영국식 억양으로 말했다.

오나가 웃으며 그 음악이 뭐냐고 물었다.

"테크노야. 테크노가 뭔지 알아?" 내가 말했다.

"아니."

"전자 댄스 음악이야."

"하지만 넌 말을 한 마리 훔쳤다며?" 오나가 말했다.

"응, 하이드파크에서 시위할 때. 그 말은 경찰이 타는 말이었어. 경찰이 억지로 자기가 타고 있던 말을 시위자들에게 덤벼들게 했거든." 나는 오나에게 시위에 참여한 사람들 몇 명이(거기엔 오천 명이 넘는 사람들이 있었다고 나중에 들었다) 그 경찰을 말에서 끌어 내렸다고 말했다. 기수를 잃어버린 말은 공황에 빠져, 뒷발을 굴러대며, 군중을 상대로 앞다리를 들고 일어섰다. 나는 말에 뛰어올라, 그 말을 타고, 군중을 빠져나갔다. 사람들을 지나, 다른 경찰들을 지나 분수가 있는 연못으로 갔다. 거기서 말이 물을 마시면서 열기를 식힐 수 있도록. 나는 살살 달래는 목소리로(말이 그렇게 느끼길 바라며) 말에게 말을 걸었다. 아무도 우리에게 관심을 보이지 않았다. 결국, 나는 말을 타고 원즈워스까지 갔고 거기서 말을 친구로 데리고 살았다. 말은 우리 모두의 친구였다.

"사실 나는 그 녀석에게 프린트(메노파 공동체 언어로 '친구')라는 이름도 지어줬어." 내가 말했다.

프린트는 우리를 위해 일을 해주기도 했다. 거기선 모두 돕고 살아야 했기 때문에. 그 녀석은 가끔 나무를 날랐고, 다른 물건들도 날랐다. 훈련이 잘되고, 건강한 말이었다.

오나는 세탁소 지붕 위에 앉아서 어둠 속에서 빙그레 웃었다. "그러다 잡힌 거야?"

"응. 결국, 프린트를 훔친 죄로 체포됐어. 경찰관에게서 훔치는 건 중범죄거든." 내가 말했다.

"그래서 넌 감옥에 갔단 말이지. 오리를 사랑한다는 사실을 인정하는 것이 심각한 범죄인 곳에 말이야."

"응. 원즈워스 감옥에선 그래."

"감옥에서 살 때 힘들었어?"

"응. 면회 오는 사람도 없었고. 그때 나랑 같이 지내던 친구들, 불법 점유자들은 자기 고향으로 쫓겨났어. 그들은 새로운 인생을 살아갔지. 난 프린트를 다시는 만나지 못했고."

"넌 거기서 맞았던 거야?"

"매일 맞았어."

"그때 믿음을 잃었어?"

"수도 없이 그랬지. 감방 동료 중 몇 명은 죽이고 싶었어.

교도관들도 대부분 죽이고 싶었고."

"두려웠어?"

"항상 두려웠어. 항상."

6월 7일

말하는 여성들의 회의록

아주 이른 시간이었고, 밖은 아직 어두웠다. 나는 오나와 지붕에서 이야기를 나눈 후로 잠을 자지 못했다. 지금 내가 쓰고 있는 글을 볼 수 있게 등유 램프를 켰다.

소젖 짜는 일은 마쳤고, 마리케와 아우체를 제외한 여자들 모두 다락에 모였다. 그레타는 다락 안을 서성거리며 주기적으로 창가로 가서 어둠 속을 내다봤다. 그녀의 몸은 균형이 어긋나 있었다. 그레타는 지난 몇 달 동안 몇 번이나 넘어져서 갈비뼈 몇 개와 쇄골이 부러졌다. 마리케는 그레타에게 걸을 때 넘어지지 않도록 발을 질질 끌지 말고 높게 드는 데 집중하라고 했다. 하지만 그레타는 너무나 피곤했고, 몸은 무거운 데다, 누가 봐도 구석구석 안 아픈 데가 없었다.

아가타는 오나의 무릎 위에 자신의 발을 올려놓았고, 오나는 아가타의 발을 주무르면서 혈액순환이 잘되게 하려고 애썼다. 그러면서 조용히 노래를 불렀다. '낡고 거친 십자가'라는 찬송가였는데, 아가타는 두세 단어 정도 같이 따라 불렀지만 금방 숨차했다. 살로메는(미프는 오지 않았고, 살로메의 다른 아이들도 여기 없었다) 멍한 표정으로 나이체의 머리를 땋아주고 있었는데, 머리카락을 어찌나 세게 잡아당겨서 묶는지 나이체가 살살 해달라고 애원하고 있었다.

"너무 아파서 눈물이 나잖아요." 나이체는 엄마이자 이모인 살로메에게 말했다.

살로메는 나이체에게 했던 질문을 또 하고 있었다. "너 정말 다른 사람들한테 우리 회의한다고 말했어?"

나이체는 분명히 했다고 대답했다.

살로메는 알았다는 듯 중얼거리며 여자들이 어떻게 반응했냐고 물었다.

대부분은 오늘 밤 파스파를 먹은 뒤 마구간으로 오기로 했다고 나이체가 대답했다.

"다른 여자들은 뭐라고 했어?" 살로메가 물었다.

다른 여자들은 아무 말도 하지 않았다고, 나이체가 말했다. 어떤 사람들은 아예 나이체가 하는 말을 듣고 싶어 하지도 않았다고, 말하는데 듣지도 않고 가버린 여자들도 있다고 했다. 베티나 크로이거는 상상 속의 해충을 쫓는 것처럼 허공을 때렸다고 했다.

메얄이 끼어들었다. "걱정하지 마, 살로메. 아무것도 하지 않기로 한 여자들의 남편들은 아직 피터스와 같이 시내에 있으니까. 그들이 남편들에게 우리의 계획을 알려줄 수 없어."

"클라스가 알아내면 어떻게 해? 그건 그렇고 마리케는 대체 어디 있는 거야?" 살로메가 물었다.

"클라스는 무슨 말을 들었건 기억 못 할 거야. 설사 무슨 말을 들었다 해도 말이야." 아가타가 말했다.

메얄이 살로메에게 미프를 네티/멜빈한테 맡겼냐고 물었다.

살로메가 그렇다고 대답했다. "미프가 오늘 몸이 좋지 않아. 약도 효과가 없고. 아무래도 그 약은 사람이 아니라 동물에게 쓰는 약인 것 같아."

"하지만 미프는 몸이 작잖아. 효과가 있을 거야." 메얄이 대꾸했다.

"미프가 몸이 작긴 하지만 송아지는 아니잖아." 살로메가 말했다.

"내가 어젯밤에 꾼 꿈 이야기 들어보실래요?" 오나가 아가타에게 물었다.

아가타는 자신의 손에 머리를 기대고 있다가 말했다. "솔직히 말해서, 오나, 아니. 듣고 싶지 않다."

오나는 빙긋 웃었다.

하지만 잠시 후에 아가타가 말했다. "그래, 해봐." 그러고는 딸을 보며 빙긋 웃었다.

"아우구스트, 너 어젯밤에 꿈꿨어?" 오나가 물었다.

"응." 내가 대답했다.

사실, 어젯밤 나는 잠을 자지 않아서 꿈도 꾸지 않았다. 세탁소 지붕에서 오나와 나눈 대화가 꿈이 아니라면 말이다. 오나가 노래를 이어갔다. 그러다 멈췄다. "엄마, 어젯밤에 엄마가 돌아가시는 꿈을 꿨어요. 꿈에서 내가 말했어요. 엄마가 돌아가시면 내가 넘어질 때 누가 날 잡아주나요? 그러자 꿈에서 엄마가 다시 살아 돌아왔어요. 엄마는 지치고, 발이 쑤셨지만, 마지막으로 단 한 번 돌아올 수 있어서 기뻤죠. 엄마는 이렇게 말했어요. 그러니까 넘어지지 마."

다른 여자들이 웃었다.

오나가 넘어지면 내가 잡아주겠다고 말하고 싶은 생각이 간절했다.

아가타가 오나의 손을 토닥였다. "오나, 우리는 누구나 태어나서 살다가 죽어. 그때는 천국에서만 다시 살아날 수 있어. 최고 심판자인 하느님이 계신 곳에서만."

"그곳엔 존중도 있지." 그레타가 말했다. 그녀는 갑자기 마치 터치다운을 선언하는 미식축구 심판처럼 두 팔을 번쩍 들어 올렸다.

"음, 그렇다면 우린 천국에서 같이 있었네요. 내 꿈에서 말이에요." 오나가 말했다.

"하지만 오나, 네가 천국에 있었다면 네가 넘어졌을 때 잡아줄 사람들이 많았을 거야. 하지만 천국에 있으니 넘어질 일도 없지." 메얄이 말했다.

"하지만 발을 헛디딜 순 있지. 언니는 걷는 것도 어설프잖아." 살로메가 말했다. (이 천국이라는 화제 때문에 살로메가 몹시 화가 난 걸 알 수 있었다.)

"천국이 꿈의 일부가 아니라면. 꿈이 비논리적이지 않다면." 오나가 말했다.

"음, 꿈은 비논리적이지." 아가타가 말했다.

"잘 모르겠어요. 어쩌면 꿈은 우리가 살면서 체험할 수 있는 가장 논리적인 경험일지도 몰라요." 오나가 말했다.

"천국은 실재해. 꿈은 허상이고." 메얄이 말했다.

"그걸 네가 어떻게 알아? 우리는 천국에 대한 꿈을 꾸잖아? 천국이야말로 꿈꿔온 것이 아닌가? 천국을 꿈꾼다고 해서 천국이 허상이 되는 건 아니잖아." 오나가 반박했다.

아가타가 단호하게 화제를 바꿨다. "마리케는 어디 있어? 그리고 아우체는?" 그러더니 서서히 밝아오는 지평선을 가리키며 덧붙였다. "하늘 좀 봐."

메얄이 테이블 주위에 천 쪼가리와 실패들을 늘어놨다. 여자들이 누비이불을 만들 준비를 하는 것처럼 보이려고 그런 것이다.

"클라스가 돌아올 때를 대비해서 말이야." 메얄이 설명했다. 그 작업을 마치자 메얄은 살로메에게 고개를 돌려 부드럽지만 걱정스러운 목소리로 월경이 멈췄다고 말했다.

살로메는 욕설을 퍼붓더니, 아이 아빠가 누구일지에 대해 농담했다.

메얄은 살로메의 입을 다물게 하려고 황토색 손가락(그녀의 은밀한 사생활!)을 들어 올렸다.

(나는 살로메가 화가 나거나 속이 상할 때면 매번 땋고 있던 나이체의 머리를 잡아당긴다는 걸 알아차렸고, 나이체는 이제 참을 만큼 참은 상태였다. 소녀는 살로메의 팔에서 몸을 홱 빼더니 할머니인 아가타에게 머리를 맡겼다.)

메얄은 살로메에게 그녀의 남편인 안드레아스가 매달 내가 몸에서 피를 흘리면서도 죽진 않는 것을 보며 겁을 집어먹곤 한다고 말했다. 그가 몹시 혼란스러워한다고. 메얄이 킥킥 웃었다.

"그건 터무니없이 과장된 소리야. 당연히 안드레아스는 월경 주기에 대해 알고 있겠지." 그레타가 말했다. (남편에 대한 존중이 부족한 메얄의 태도에 그레타가 못마땅해하는 게 분명했다.)

"안드레아스한테 설명 안 해줬어?" 살로메가 물었다.

메얄이 다시 웃었다. "내가 생리할 때마다 안드레아스가 식겁하는 걸 보는 게 더 재미있거든."

"네가 피를 흘리면서도 죽지 않아서 놀란단 말이지? 안드레아스는 네가 마녀라고 생각하는 거야?" 오나가 물었다.

그때 마리케가 나타나서 사다리를 올라왔다. 아우체가 그녀를 도우면서 뒤에서 따라 올라왔다.

그레타가 마리케에게 달려가 그녀를 안았다.

오나와 아가타는 고개를 돌렸다.

살로메가 벌떡 일어났다. "무슨 일이야? 무슨 일이 있었어?" 그녀가 물었다.

마리케의 얼굴은 멍투성이에 여기저기 상처가 나 있었다. 팔에는 사료 봉투로 만든 팔걸이 붕대를 차고 있었다. 아우체의 뺨에도 멍 자국이 손바닥 모양으로 선명하게 남아 있었다. 두 사람이 자리에 앉았다.

그레타가 물었다. "클라스는 갔어?"

언제나 반항적인 마리케가 대답했다. "그이가 집에 있었으면 내가 여기 나왔겠어요?"

드디어 머리를 다 땋은 나이체가 자신의 단짝 아우체 옆으로 가서 앉았다. 나이체는 아무 말도 하지 않았다. 친구에게 해줄 말도 줄 수 있는 것도 없었기에 그저 친구가 호흡하는 리듬에 자신의 리듬을 맞추고 있었다. 소녀들은 앞쪽을,

내가 알아볼 수 없는 곳을 향해, 허공은 아닌 무언가를 바라
봤다. 그리고 입을 다물었다.

"그럼 시작하기로 하지. 어제는 말하는 날이었지만 오늘
은 행동하는 날이야. 내일 남자들이 돌아올 거야. 그 전에
우리 모두, 그러니까 거의 모두가 떠나기로 한 게 확실한 거
지? 남아서 싸운다는 선택은 버린 게 맞겠지. 우리는 평화
주의자이고 또—"

아가타가 말하고 있는데 살로메가 갑자기 끼어들었다.
"떠나지 않으면 이길 수 없으니까."

"아니야." 살로메의 엄마인 아가타가 말했다. "우리가 남
아서 싸우는 선택을 배제한 이유는 우리의 믿음을 이루는
핵심 가치 중 하나가 평화주의이기 때문이야. 우리는 조국
은 없지만 믿음이 있고, 그 믿음에 봉사하니까 분명 천국에
서 영원한 평화를 누리게 될 거야."

살로메가 마치 침을 뱉듯이 말했다. "그런 평화는 씨발 몰
로치나에선 결코 일어나지 않을 테니까."

"살로메, 제발 욕 좀 하지 마." 아가타가 말했다. 그녀는 딸
에게 욕하는 대신 팔 벌려 뛰기를 열두 번 하라고 제안했다.

나이체가 깔깔 웃었다.

"그렇게 하면 몰로치나에 평화가 돌아오나요?" 살로메가
물었다.

얼굴이 엉망이 된 마리케가 말했다. "오늘은 말하는 날이 아니라 행동하는 날인 줄 알았는데."

다른 여자들은 조용히 웃으면서, 오늘 아침만은 마리케가 하는 말을 다 받아주기로 했는지, 그녀의 용감한 유머 감각을 인정했다.

아가타가 말을 이었다. "그래, 우리가 아무것도 하지 않는 선택을 없애버린 이유는 그렇게 하면 우리 아이들을 보호할 수 없기 때문이야. 우리가 보호하고 지키라고 하느님이 보내주신—"

마리케가 끼어들었다. "하지만 우리가 몰로치나를 떠나면 아이들이 해를 입지 않을 거라는 걸 어떻게 확신할 수 있죠?"

"확신할 수 없어. 하지만 우리가 여기 계속 있으면 아이들이 해를 입을 거라는 건 확신할 수 있어." 오나가 말했다. 오나와 마리케는 눈을 마주쳤다.

"그렇지 않니?" 오나가 물었다.

마리케는 말이 없었다. 그녀의 눈은 젖어 있었다. 그녀는 천 조각 하나를 더 작게 접으면서, 실 끄트머리를 잡아당기고 있었다.

다른 여자들은 그런 그녀를 외면한 채, 지평선에서 떠오르며 유리창을 통해 다락으로 들어오는 햇살을 바라보고 있었다.

*

　나는 입김으로 등유 램프를 껐다. 이제 다락은 불을 켜지 않아도 될 정도로 환했고, 여자들은 연약하고, 엄숙하고, 다 쳤고, 불안해하고 있었다. 나는 그 누구의 질문도 받지 않은 채 그늘 속에 남아 있길 바라는 마리케의 마음을 감지했다. 동물들의 소리가 밖에서 요란했고, 열려 있는 창문으로 들어온 바람이 원칙적으로는 금지된 오나의 느슨하게 틀어 올린 머리에서 삐져나온 머리카락을 들썩였다.

　"우리는 앞으로 몇 번이나 더 짐을 싸서 밤의 어둠 속으로 사라지게 될까?" 그레타가 물었다.

　아우체와 나이체가 눈빛을 주고받았다. (소녀들은 모든 말을 곧이곧대로 받아들이는 성격이라 지금 무슨 생각을 하고 있는지 알 수 있었다. '우린 그렇게 해본 적이 단 한 번도 없는데. 안 그래?')

　"그레타, 지금 또 무슨 소리를 하려는 거야?" 아가타가 물었다.

　"지금 역사 교육할 시간 없어요. 내가 이해하기로, 우리 여자들이 결정한 건 우리가 원하는 세 가지 것과 그걸 가질 자격이 있다고 믿고 있다는 거예요." 마리케가 말했다.

　"그게 뭔데?" 그레타가 물었다.

마리케가 대답했다. "우리는 아이들이 안전하길 원해요." 그녀는 울음이 터지는 바람에 말을 이어가기 힘들었지만 계속해서 말했다. "우리는 우리의 믿음이 변함없길 바라고. 우리는 생각하고 싶어요."

아가타는 손뼉을 짝 친 후에 공중에서 두 손을 그대로 맞잡고 말했다. "하느님을 찬양하라." 그레타는 다시 미식축구 심판이 된 것처럼 두 손을 번쩍 들어 올렸다.

나이가 지긋한 두 여인은 환희에 차 있었다. 살로메와 메얄은 미소를 지었다.

살로메가 말했다. "맞아. 바로 그거야."

"정확해." 메얄이 말했다.

"음, 그건 정확하다고 표현하는 게 아니야. 하지만 완벽하게 들리긴 하네. 완벽한 시작이야." 살로메가 말했다.

"살로메, 넌 죽는 마지막 순간까지도 지적만 할 거니?" 메얄이 물었다.

"응, 그래야 한다면 말이지." 살로메가 대답했다.

오나의 눈이 커졌다. 그녀는 몽상이나 황홀경에 빠진 것처럼 보였다. "이건 새 시대의 시작이야. 이것이 우리의 매니페스토야." 오나가 말했다. (오나는 매니페스토라고 영어로 말했지만 메노파 특유의 억양 때문에 '메노파스토'처럼 들렸다.)

"그게 뭐예요?" 아우체가 물었다.

"제발 모든 질문은 살로메에게 하도록 해. 살로메는 죽는 순간까지도 자신의 어리석은 친구들을 위해 그 시간을 쓸 용의가 있는 사람이니까." 메얄이 말했다.

살로메가 웃으면서 반박했다. "난 네가 어리석다고 말한 적 없어, 메얄. 그저 네가 '정확히'라는 말을 정확하지 못하게 썼다고 말했을 뿐이야."

메얄은 담배를 말며 그걸 틀렸으니 죽도록 고문받아야겠다고 말했다.

"매니페스토가 뭐냐니까요?" 아우체가 다시 물었다.

다른 여자들이 얼굴을 찡그리며 오나를 보자, 그녀는 생긋 웃었다. "나도 확실히는 모르겠지만, 그건 일종의 성명서 같은 거야. 지침이라고나 할까." 오나가 말했다.

그리고 나를 보며 물었다. "어때?"

"응, 그건 성명서야. 확실한 의도를 담은 성명서지. 가끔은 혁명적인 내용이 들어갈 때도 있고." 내가 오나의 말에 동의하면서 설명했다.

아가타와 그레타가 불안해하는 눈빛을 주고받았다.

"아니, 안 돼, 아우구스트. 혁명적인 내용은 안 돼. 우린 혁명가가 아니야. 우린 그저 여자들이라고. 우린 엄마들이고, 할머니들이야." 아가타가 말했다.

"혁명가들은 군인들이지. 종종 돌격용 자동 소총이나 폭탄이나 뭐 그런 거로 무장한 군인들 말이야. 그건 우리와는 전혀 달라." 그레타가 말했다. (몰로치나 공동체에서 혁명을 언급하면 다들 러시아 혁명을 연상한다. 그러니 그것은 러시아에서 이주해 온 메노파 신자들에겐 좋은 것으로 보일 수 없다.)

"하지만 우리는 대의를 위해 기꺼이 죽을 수 있을까요?" 오나가 물었다.

나이체와 아우체는 고개를 저었다.

"그래, 물론이지." 살로메가 말했다.

나이체와 아우체는 좀 전에 그들의 할머니들이 그랬던 것과 비슷하게 두려워하는 눈빛을 주고받았다. 그걸 보니 내 마음이 아팠다.

"넌 우리의 대의를 위해 기꺼이 사람을 **죽일** 수 있어?" 오나가 물었다.

"아니." 살로메가 대답했다.

"하지만 우리 대의를 위해 네가 **죽는** 건 받아들이고?" 오나가 물었다.

"음, 아니야. 이상적으로는 그렇지 않아." 살로메가 말했다.

"다른 사람을 살인자로 만들고 싶지 않으니까? 아니면 그 대의보다 너의 개인적 삶의 가치를 더 우위에 두고 있으니까?" 오나가 다시 물었다.

"나도 몰라." 살로메가 초조하게 말했다. "그리고, 시간이 가고 있어."

"오나는 그저 이 상황을 정확하게 이해하려고 애쓰고 있는 거야. 정확성은 너의 전문 아니야? 마지막 죽는 순간까지?" 메얄이 말했다.

"모두 잘 들어. 논쟁은 그걸로 충분해." 아가타가 말했다.

당황한 내가 떨면서 손을 들자 아가타가 말했다. "그래, 아우구스트?"

나는 경솔한 단어를 써서 불필요한 논쟁을 일으킨 것을 용서해달라고 말했다.

오나는 옆에 있는 사료통에 한차례 토하고 난 뒤, 사과했다. 그리고 날 보며 말했다. "난 '혁명가'라는 말이 좋아." 그녀의 턱에는 토사물 얼룩이 묻어 있었다.

살로메는 지푸라기를 하나 집어서 오나의 턱을 닦아줬다. 그리고 오나에게 뭔가를 사납게 속삭였다.

오나는 고개를 끄덕이고 창문을 바라봤다. 그리고 한번 더 고개를 끄덕였다. (큰 혁명 안에 작은 혁명?)

"어서 다음 안건으로 넘어가자고. 우리는 그저 아이들을 보호하고, 우리의 믿음을 지키고, 스스로 생각하고 싶다는 것에 다들 동의하는 거야? 우리는 혁명가도 동물도 아니라는 것에도? 그리고 우리가 대의를 위해 죽어야 하는가, 라는 문제는 이 시점에선 질문할 필요가 없어. 지금 관심을 기울여야 할 더 절박한 문제들이 있다는 점에 다들 동의해?" 아가타가 물었다.

"그래요. 하지만 질문을 하나 추가하고 싶어요. 여자들이 남편에게 복종하고 그들의 말을 따라야 한다는 성경의 권고에 관한 거예요. 만약 우리가 착한 아내로 남아 있으려면, 어떻게 남편을 떠날 수 있죠? 그건 성경 말씀을 거역하는 거 아닌가요?" 메얄이 말했다.

"우리가 가장 먼저 따라야 할 시급한 의무는 우리 아이들을 보호하고 그들의 안전을 지키는 거야." 살로메가 말했다.

"하지만 성경 말씀은 그게 아니잖아." 메얄이 대꾸했다.

"우리는 글을 읽지 못해. 그러니 성경에 무슨 말씀이 나와 있는지 우리가 어떻게 알겠어?" 살로메가 말했다.

"넌 지금 굉장히 비협조적으로 나오고 있어. 우린 성경에 무슨 말씀이 나왔는지 들어왔어요." 메얄이 말했다.

"그래, 피터스와 원로들과 남편들이 말한 걸 들었지." 살로메가 말했다.

"맞아. 그리고 우리 아들들이 말한 걸 들었지." 메얄이 말했다.

"우리의 아들들! 피터스와 원로들과 우리 아들들과 남편들의 공통점이 뭔지 알아?" 살로메가 물었다.

"그것도 물론 네가 우리에게 알려주겠지." 메얄이 빈정거렸다.

"전부 남자들이야!" 살로메가 말했다.

"물론 그렇지. 나도 그 정도는 알아. 하지만 남자들 말고 누가 우리를 위해 성경을 해석해주겠냐고?" 메얄이 대꾸했다.

"내가 하고자 하는 말의 요지는, 우리가 이곳을 떠난다고 해서 성경 말씀에 따라 우리가 남자들에게 거역한 거라고 단정할 수만은 없다는 거야. 우리 여자들은 성경에 정확히 뭐라고 나와 있는지 몰라. 글을 읽을 수 없으니까. 게다가, 우리가 남편에게 복종해야 한다고 느끼는 유일한 이유는 그들이 성경에서 그렇게 명령했다고 말했기 때문이야." 살로메가 말했다.

그러고는 메얄에게 물었다. "만약 네 남편이 너에게 하느님이 성경에서 다양한 남자 예언자들과 예수의 제자들이 한 말을 통해, 혹은 예수 그리스도의 말을 통해 네가 남편의 행동에 이의를 제기했을 때 그가 네 얼굴을 세게 한 방 때려도 된다고 했다면, 아이들이 우연히 헛간 문을 열어두고 잊어버렸을 때 말 채찍으로 아이들을 후려쳐야 하고, 너도 그래야 한다고 말한다면, 그 말에 동의할 거야?"

메얄은 살로메의 말에 눈동자를 굴리고, 담배도 굴렸다.

"넌 남편이 신의 법칙을 알고 그렇게 하는 말이라고 생각할 거야?" 살로메가 집요하게 물었다.

오나가 전도서의 한 구절을 인용했다. "사랑할 때가 있고 증오할 때가 있으며, 전쟁할 때가 있고 평화로울 때가 있다."

아가타가 눈썹을 추켜세우며 물었다. "왜 굳이 이 토론에 참여하려고 하는 거니?"

"성경에는 증오할 때가 있고, 전쟁할 때가 있다고 했어요. 그 말을 믿으세요?" 오나가 물었다.

여자들은 침묵을 지켰다.

"아니. 그렇지 않아." 아가타가 대답했다.

"우리는 전쟁을 증오해요." 나이체가 말했다.

아우체가 웃었다.

아가타는 미소를 지으며 소녀들의 뜻을 알아들었다는 표시를 했다. 그녀는 상체를 왼쪽으로 움직였다가 오른쪽으로, 다시 왼쪽으로 움직였다. 그것은 그녀가 좋은 농담을 들었을 때, 그것을 이해했다는 걸 보여주기 위해 추는 묘한 춤이다.

마리케가 말했다. "성경에 대한 우리의 이해에 약간의 틈이 있다고 말해도 무방하겠군. 다음 안건으로 넘어가야 해." 그녀는 재빨리 턱을 들어 창문 너머를, 태양을 가리켰다.

"틈이 있다는 말에는 동의해. 하지만 문제는 단순한 틈보다 더 구체적인 거야." 살로메가 말했다.

"그럼 아주 깊은 틈요?" 나이체가 물었다. 아우체가 킥킥
웃었다.

"문제는 성경에 대한 남자들의 해석과 그것이 어떻게 우
리에게 '전수됐냐는' 거야." 살로메는 나이체의 말을 대놓고
무시하며 말했다.

오나가 간단하게 말했다. "맞아. 읽거나 쓸 줄 모르기 때
문에 우리는 성경 해석에 대해 어떤 토론을 하든 아주 불리
한 처지에 있어."

아가타가 합판 테이블을 손으로 탁탁 쳤다. "이거 참 흥미
롭군. 하지만 마리케 말이 맞아. 우린 시간이 없어. 우리가
죄책감을 느끼지 않을 거라는 데 모두 동의할 수—"

"하지만 우리가 어떻게 스스로 감정을 조절할 수 있겠어
요?" 마리케가 다시 끼어들었다.

아가타가 계속해서 말했다. "몰로치나를 떠남으로써 남편
을 거역하는 것에 대해 죄책감을 느끼지 않을 거라는 거 말
이야. 모두 동의하지? 우리는 그게 남편을 거역하는 거라고
생각하지도 않고, 불복종이라는 게 있기나 한 건지도 의심
스러우니까."

"그럼요." 마리케가 말했다.

"그래, 존재하지. 하나의 단어로, 개념으로, 그리고 행동

으로. 하지만 불복종이라는 말이 우리가 몰로치나를 떠나는 걸 규정하는 정확한 단어는 아닐 거야." 살로메가 말했다.

"그게 우리의 떠남을 규정하는 **하나의** 단어일지도 몰라." 마리케가 말했다.

"맞아. 아주 많은 단어 중 하나지. 하지만 그것은 몰로치나 남자들이 사용할 말이지, 신이 쓰실 단어는 아니야." 살로메가 말했다.

"그건 사실이야. 신이라면 우리가 떠나는 것을 다른 말로 정의하실 거야." 메얄이 말했다.

"그럼 넌 신이 우리의 떠남을 어떤 말로 정의할 것 같은데?" 오나가 물었다.

"사랑과 평화를 위한 시간." 메얄이 말했다.

"아하!" 오나가 기쁨에 넘쳐 손뼉을 짝짝 쳤다.

살로메는 미소를 지었다.

메얄의 얼굴에선 환하게 빛이 나고 있었다. 아가타는 상체를 좌우로 움직였다.

(나는 몹시 놀랐고 감명받았다. 몰로치나의 여자들이 하느님의 말을 스스로 해석한 것은 아마도 지금 이 순간이 처음일 것이다.)

"우리는 고통과 슬픔과 불안을 느끼고 괴로움을 느끼겠지만 죄책감은 아니야." 아가타가 말했다.

마리케가 그 말을 수정했다. "우리는 죄책감을 **느낄지도 모르지만**, 우리가 죄를 지은 건 아니라는 걸 알게 될 거예요."

다른 여자들이 열성적으로 고개를 끄덕였다. 메얄이 말했다. "우리는 살의를 **느낄지도 모르지만**, 우리가 살인자가 아니라는 사실을 알고 있어."

"우리는 복수심을 **느낄지도 모르지만**, 우리가 너구리가 아닌란 사실을 알게 될 거야." 오나가 말했다.

살로메가 웃고 있었다. "우리는 길을 잃은 것처럼 느낄지 모르지만, 우리가 실패한 건 아니란 걸 알게 될 거야."

"그건 네 생각이지." 메얄이 말했다.

"난 항상 내 생각을 말해. 너도 그렇게 해봐." 살로메가 대꾸했다.

메얄은 개구리처럼 쉰 목소리로 도도하게 살로메 흉내를 내면서 그녀가 했던 말을 따라했다.

"다음 안건으로 넘어가기 전에 마지막으로 짚고 넘어가야 할 문제가 하나 있어. 소년들과 남자들을 재교육하는 일 말이야. 그것도 우리가 하고 싶은 일 아닌가?" 그레타가 말했다.

"**하고 싶은** 일이라고 표현하는 건 무리죠." 살로메가 대답했다. (살로메가 이렇게 정정하자, 소녀들은 다시 자기를 죽이는 시늉을 했다.) "소년들과 남자들을 재교육하는 일은 평화주의라는 교리와 우리 신앙의 중심가치인 비폭력을 고수하려면 반드시 **해야 하는** 일이죠. 우리가 천국에서 영원한 평화를 누리게 되리란 걸 알려면 지켜야 하는 가치이기도 하고요."

"그래." 그레타가 대답했다(어마어마하게 지친 표정으로).

"그리고 우리 아이들을 보호하고자 한다면." 오나가 말했다.

"그래, 그것도 그렇지. 그러니까 그것도 우리 계획의 일부가 되어야 하는 거 아닐까?" 그레타가 말했다.

"매니페스토요." 나이체가 이렇게 말하자 아우체가 킬킬 웃었다.

"그래. 매니페스토의 일부." 그레타가 말했다.

나이체와 아우체 둘 다 웃음을 터트렸다. 이 소녀들은 '매니페스토'라는 말이 참을 수 없이 웃긴 모양이었다.

살로메가 말했다. "우리는 아들들이 타인을 연민하고 존중하는 사람이 되도록 키우는 과정에서 재교육을 유기적으로 하게 될 거야." 그러자 메얄이 말했다. "**유기적**이라니, 우라질."

살로메가 메얄에게 돌돌 만 천 쪼가리 하나를 획 던졌다. 그러자 메얄은 담뱃불로 그 천의 한가운데에 구멍을 뚫어서 한쪽 눈에 그 구멍을 대고 살로메를 바라봤다.

살로메가 웃었다. "그것도 네 누비이불에 넣어라. 아주 개성 있는 작품이 되겠어."

"우리가 만드는 그 상상의 이불 말이지?" 메얄이 대꾸했다.

"하지만 남겨지는 사내아이들은 어쩌지?" 그레타가 말했다.

살로메는 갑자기 심각해졌다. 그녀는 손을 들고 확실히 말해달라고 요구했다. "우리가 여자들을 따라갈 수 있는 소년들의 나이를 이미 결정했던가요?" 살로메가 물었다.

여자들은 한동안 아무 말도 하지 않았다. 그러다 아가타가 말을 꺼내, 이 문제를 생각해봤는데 제안을 하나 하고 싶다고 했다. "공동체의 소년들과 남자들이란 주제는 아주 복잡한 문제야. 우리는 우리 아들을 사랑하고, 어느 정도 미심쩍긴 하지만 남편도 사랑해. 다만 그렇게 해야 한다고 배워서 그런지도 모르겠지만 말이야."

"그건 사랑과 복종을 혼동하는 거겠죠." 마리케가 말했다.

"네 경우엔 맞는 말일지도 모르지, 마리케. 하지만 공동체의 다른 여자들은 그렇지 않을 수도 있어. 어쨌든, 우리는 모든 사람을 반드시 사랑하거나, 그들에게 애정을 보여야해. 하느님이 우리를 사랑하시는 것처럼 서로 사랑하라는 하느님의 탁월한 말씀이 있잖아(이것도 남자들의 해석이기는 하지만). 그리고 이웃이 우리를 사랑하길 바라는 것처럼 우리도 이웃을 사랑하라고 하셨지." 아가타가 말했다.

(살로메가 길게 숨을 들이쉬는 소리가 들렸다.)

아우체와 나이체는 다시 테이블에 머리를 댔다. 나이체가 회의가 시작된 후부터 줄곧 씹고 있던 소시지를 아우체에게 한 입 먹으라고 권했다.

아우체는 얼굴을 찡그리면서 눈을 감았다.

나이체가 아우체의 뺨에 부드럽게 손을 올려서 아우체의 아버지가 남긴 멍 자국을 가렸다.

아가타가 자신의 제안을 말했다. 모든 15세 미만 소년들은 반드시 여자들을 따라간다는 것이었다.

"우리를 따라 어디로 간다는 거죠?" 마리케가 물었다.

"마리케, 너도 우리가 정확히 어디로 가는지 모르고 있다는 거 알고 있잖아?" 그레타가 말했다.

메얄이 덧붙였다. "우리가 어떻게 알 수 있겠어? 우린 몰로치나를 떠난 적이 단 한 번도 없고 지도도 없는 데다, 지도가 있다고 해도 읽는 법도 모르잖아."

살로메가 물었다. "반드시, 라니 무슨 뜻이에요? 지금 남자아이들을 억지로 데리고 가자는 말이에요?"

아가타는 그 모든 질문에도 흔들림 없이 꿋꿋하게 계속 말했다. "15세는 세례를 받는 나이야. 그 아이들은 세례를 받아 교회에 들어가게 되고 완전한 공동체의 일원이자 남자로 여겨지지. 그래서 개들은 지금 시내에 남자 어른들과 같이 있잖아. 15세 미만 남자들, 그리고 코르넬리우스와 그랜트는 마을에 남아 있고. 이 두 남자는 특별한 보살핌을 받아야 하는 아이 같은 사람들이야. 물론 이들도 우리와 같이 가야지. 우리가 분명히 밝혔듯이 우리의 의무이자 본능이자 소망은 아이들을 보호하는 거야. 우리의 딸들뿐만이 아니라."

여자들이 다시 한꺼번에 말하기 시작했고, 나는 또다시 그들의 개별적인 목소리를 해독할 수 없었다.

"제발, 한 번에 하나씩만 말해." 아가타가 말했다.

"만약 그 남자아이들이 떠나고 싶지 않다면 어떻게 해요? 우리랑 가길 거부하면? 우리가 열네 살짜리 남자아이들을 업고 갈 수도 없잖아요?" 마리케가 물었다.

"그건 맞는 말이야. 그들을 강제로 데려갈 순 없지만, 지금까지 여기 다락에서 우리가 토론했던 모든 이야기를 설명해줘야지. 왜 그들이 우리와 같이 떠나는 방법이 최선인지 말이야. 우리는 아들들에게 **영향을 미칠 수 있게** 시도해봐야 해." 아가타가 말했다.

아우체와 나이체가 테이블에서 머리를 들었다.

나이체가 말했다. "남자아이들은 지도를 읽을 수 있을 거예요."

"우리에게 지도가 있다면 말이지." 아우체가 말했다.

나는 손을 들었다.

아우체가 미소를 지었다. "네, 에프 씨?"

나는 여자들에게 호르티차 공동체에 있는 세계지도를 지금 구하는 중이라고 말했다.

여자들이 웃었다. (왜 웃는지는 나도 모르겠다.)

오나는 엄마가 했던 말로 돌아갔다. "몰로치나 여자들이 남자아이들에게 영향을 미치려고 시도하는 데 동의하는 것이야말로 진정 혁명적이네요." 그녀가 말했다.

"아니야. 그건 본능적인 거야." 아가타가 말했다. "우린 그들의 엄마고. 그들은 우리의 자식들이야. 우리는 다 같이 믿음의 교리와 우리가 아는 사랑과 평화의 정의에 따라, 그리고 천국에서 영생을 얻기 위한 기준에 따라, 아이들에게 무엇이 최선인지 판단했어. 그러니 그걸 철저하게 따를 거야. 우리의 동물적 본능이 오랫동안 어둠 속에 숨어 시들어가던 우리의 지적 능력과 손을 잡은 거야. 거기다 신의 현현인 영혼도 동참했고. 이것이 어떻게 혁명적일 수 있어?" (아가타는 이제 숨이 받아졌다.)

"우리랑 같이 떠나길 거부하는 아이들은 공동체에 남게 할 건가요?" 마리케가 물었다.

"물론이지. 그 아이들은 아무것도 안 하기로 한 여자들과 그 아이들의 아빠들에게 맡겨야지. 어쨌든 그 아빠들은 금방, 그러니까 내일 돌아오잖아." 아가타가 말했다.

하지만 그렇게 되면 아주 슬프겠다고 메얄이 말했다.

"맞아! 아주 슬프겠지. 하지만 그런 슬픔은 피할 수 없어. 우린 그 슬픔을 견뎌낼 거고." 아가타가 말했다.

"살로메. 네 아들 아론은 어떻게 할 거야? 아론이 같이 떠난다고 할까?" 마리케가 물었다.

살로메는 그 질문을 무시했다. 대신 아가타에게 물었다. "우리가 새 공동체를 설립하면 남아 있는 소년들과 남자들에게 오라고 초대할 건가요?"

"그건 잘 모르겠어. 우리 모두 알다시피, 몰로치나 청년들은 종종 열여섯 살에 결혼하잖아. 남은 사내아이들은 호르티차나 그 너머에 있는 공동체들, 아마 히아케케 같은 곳의 아가씨들과 결혼하겠지. (번역자 노트: 히아케케란 호르티차 북쪽에 있는 공동체로, 우리의 언어로는 '여기야, 봐봐'라는 뜻이다. '여기가 어디지?'라는 질문에 대한 답도 될 수 있다.) 일단 가정을 꾸리면 떠나고 싶지 않을 가능성이 커."

"하지만 소년들이 우리에게 합류하고 싶어 하면, 그럴 수는 있고요?" 메얄이 물었다.

아가타는 아무 말도 하지 않았다. 그녀는 눈을 사정없이 깜박이면서 서까래를 바라봤다.

"아마도. 그들이 우리 매니페스토에 서명하고 그걸 철저히 지키면 합류할 수도 있겠지." 오나가 말했다.

살로메는 그러다 남자들이 그 성명서를 바꾸거나 그것을 서서히 질적으로 퇴보시킬까 두렵다고 했다. 남자들은 여자들과 다시 함께하기 위해 서명은 할지 몰라도 그 후에는 거기 나온 조건들을 따르지 않을 것이라고.

메얄도 그 말에 동의했다. "그러면 처음으로 다시 돌아가는 거나 마찬가지잖아." 그녀가 말했다.

"모두 잘 들어. 우리는 여행을 떠날 거야. 지난 이틀 동안 우리가 해석하고 이해한 변화를 주도할 거야. 그것은 하느님의 의지이자 우리 믿음에 대한 증거이며, 엄마로서 그리고 영혼이 있는 인간의 책임이자 자연스러운 본능이야. 우린 반드시 그것이 가치 있는 일이란 걸 믿어야 해." 아가타가 말했다.

그레타가 더 자세히 설명했다. "우리는 앞으로 무슨 일이 일어날지 몰라. 그건 두고 봐야겠지. 우선은 계획을 세웠잖아."

오나가 내게 고개를 돌렸다. "아우구스트, 그 미켈란젤로라는 예술가가 그림을 그리기 전에 자기 그림이 어떤 모습일지 알고 있었을까?"

나는 모르겠다고 대답했다.

마리케가 그럴 것 같진 않다고 대꾸했다.

"아니면 사진은 어때? 사진을 찍는 사람은 자신이 찍고 있는 사진이 어떻게 나올지 알고 있을까?" 오나가 물었다.

"사진이라면, 예술가인 미켈란젤로보다는 사진작가가 자기 작품의 최종 결과물이 어떻게 나올지 더 잘 알겠지." 내가 말했다.

오나는 내게 설명해줘서 고맙다고 했다. 그리고 말했다. "우리 여자들은 예술가들이야."

마리케가 코웃음을 쳤다. "근심의 예술가지." 그녀가 말했다.

오나가 나를 보며 미소 지었다. 나도 거기에 화답해 미소 지었다.

아가타는 오나의 손을 잡고, 오나는 살로메의 손을 잡고, 살로메는 메얄의 손을 잡고, 메얄은 나이체의 손을 잡고, 나이체는 아우체의 손을 잡고, 아우체는 마리케의 손을 잡고, 마리케는 그레타의 손을 잡고, 그레타는 아가타의 손을 잡았다.

여자들이 나를 바라보았다.

아가타가 그레타를 잡은 손을 놓고 내 손을 잡았다. 나는 펜을 내려놓고 그레타의 손을 잡았다. 그녀의 통통 부은 관절이 아프지 않도록 살살 잡으려고 애쓰며.

우리는 노래를 불렀다. 아가타가 먼저 부르자, 모두 함께 부르기 시작했다. 나이 든 두 여자는 열정적으로 불렀고, 두 소녀는 이 상황을 굴욕스러워하면서 중얼중얼 따라 불렀다. 나머지 사람들은 마지못해 불렀지만 근사했다.

우리는 티셴의 다락방, 하늘과 땅 사이의 공간에서 노래했다. 이번이 아마도 내가 오나의 노래를 듣는 마지막이 될 것이다. 우리가 부른 노래는 '아름다운 대지'였다.

지상의 아름다움에 대하여,

하늘의 아름다움에 대하여,

태어날 때부터의 사랑에 대하여,

우리를 둘러싼 사랑에 대하여,

우리의 주님이여, 우리가 당신께

찬송의 제물을 올리옵니다.

시간의 아름다움에 대하여

낮과 밤의 아름다움에 대하여,

언덕과 계곡, 나무와 꽃,

태양과 달과 빛나는 별들의 아름다움에 대하여

우리의 주님이여, 우리가 당신께

찬송의 제물을 올리옵니다.

귀와 눈의 기쁨에 대하여,

마음과 두뇌의 기쁨에 대하여,

신비로운 조화에 대하여,

소리와 시각의 연결되는 감각에 대하여,

우리의 주님이여, 우리가 당신께

찬송의 제물을 올리옵니다.

형제, 자매, 부모, 아이,

지상의 친구들, 천상의 친구들,

인간애의 기쁨에 대하여,

모든 인정 있고 온화한 생각에 대하여,

우리의 주님이여, 우리가 당신께

찬송의 제물을 올리옵니다.

우리에게 그토록 자유롭게 주어진

당신의 것인 모든 완벽한 선물에 대하여,

인간의 미덕과 신의 은총,

지상의 꽃과 천국의 꽃봉오리에 대하여,

우리의 주님이여, 우리가 당신께

찬송의 제물을 올리옵니다.

그레타는 노래를 하나 더 부르자고 제안했다. 그녀는 여자들에게 '내 주를 가까이'가 어떻냐고 물었다.

나는 감정이 북받쳐 있었다. 대체 왜 그랬는지 모르겠다.

오나가 나를 보고 있었다. 나는 손을 들었다.

"말하고 싶을 때는 언제든 말해도 돼, 아우구스트. 그때마다 일일이 손을 들 필요 없어. 넌 선생님이잖아!" 아가타가 웃으며 말했다.

다른 여자들이 나를 물끄러미 보고 있었다.

눈물이 내 뺨에 흘러내렸다. 시야가 흐려져서 이 말들을 종이에 옮겨 적기 힘들 지경이었다. 마리케가 입술을 오므리면서 외면하는 모습이 보였다. 이 반편이 같은 사내. 출신도 의심스러운 사내. 아우체와 나이체는 나만큼이나 내 눈물에 당황한 것 같았다.

내가 궁금한 건 이거였다. 한때는 엄마도 피터스를 사랑했을까? 피터스가 그때는 지금과 달랐을까? 친절했을까? 이런 가혹한 실험이 일어나는 곳에 갇히지 않았더라면 그는 다른 인간이 됐을까? 그러길 바라는 건 죄일까? 그가 내 두려움을 이해할까? 날 위로해줄까? 나는 경계 공간이라는 정의에 정신을 집중함으로써 눈물을 멈추려 했다. 이 정의를 오나에게 들려주고 싶다. 하지만 이제는 그런 기회가 오지 않을 것이다.

대신 나는 여자들에게 그레타가 제안한 찬송가 '내 주를 가까이'에 관련된 사실을 하나 말해도 되냐고 물었다.

살로메는 얼굴을 찡그렸지만 이렇게 말했다. "물론이지, 아우구스트, 하지만 서둘러. 밖을 봐." 그녀는 창문을, 햇빛을 가리켰다. 갑자기 우리 이야기의 주인공이자 무시무시한 기폭제가 된 햇빛을.

"'내 주를 가까이'는 **타이타닉호**가 가라앉을 때 그곳에 있었던 승객들이 부른 노래예요." 나는 그렇게 이야기를 시작했다. 그리고 오나를 바라봤다.

오나는 그 배를 모르지만, 그녀가 불안한 배를 타고 있었다면 그녀 또한 이 찬송가를 불렀을 것이라고 말했다.

마리케가 덧붙였다. "달리할 수 있는 것도 없으니까."

"그래, 만약 달리할 수 있는 게 없다면 말이야." 오나가 말했다.

다락에 있는 여자 중 그 누구도 **타이타닉호**는 들어본 적이 없다. 다락에 있는 여자 중 바다를 본 사람도 없었다. 내가 말한 사실에 대해 보여준 그들의 신중하고 공손한 관심은 당혹스러울 정도였다. 그들은 조용히 고개를 끄덕이면서 내 말을 들었다. 내 마음은 너무나 괴롭고 고통스러웠다. 이 사실은 오나에게 해주려던 말이었다. 하지만 여자들에게 그런 말을 하다니. 마치 여자들의 계획이 파멸할 것이라고 암시라도 하는 것처럼. 난 얼마나 이기적인 인간인가.

고맙게도, 그레타가 이제 노래를 부르자고 제안했다.

*

우리는 노래를 마쳤다. 함께 노래를 부르는 동안 아가타와 그레타의 손이 아닌 오나의 손을 잡을 수 있기를 얼마나 간절히 바랐는지 모른다. 하느님, 저를 용서해주세요.

이제 해야 할 일이 있다.

아가타가 이제 우리는 '꽃을 통해 말하는' 건 멈춰야 한다고 했다(앞서 언급했듯, 그녀가 사용한 저지대 독일어 표현의 느슨한 번역이다). 여자들이 출발을 준비할 시간이 거의 없다고.

여자들은 대부분 고개를 끄덕였다. 마리케는 얼굴을 찌푸렸지만 아무 말도 하지 않았다.

"어젯밤 일이 있었어. 회의가 끝난 후에 말이야." 아가타가 말했다.

그리고 이야기를 이어갔다. "파스파를 먹은 후에 변소에 갔는데, 우리 집 옆에 있는 북서쪽 들판에서 끔찍한 신음이 들렸지. 내 부종 때문에(아가타는 잠시 말을 멈추고 숨을 들이마시면서, 다른 여자들이 그녀의 정확한 병명을 천천히 음미할 수 있는 시간을 줬다) 아우체가 오래전에 썼던 아기

침대 위에 발을 올려놓고 쉬고 있었거든. 옅은 파란색에 각이 진 침대 말이야. 쿠르트가 척추에 금이 가기 전에 만든 거였지."

아가타는 일어나서 무슨 일인지 알아보러 갈 수 없었지만, 그 신음이 점점 더 자기 집에 가까워지다가 자갈길 위를 밟는 마차 소리를 들을 수 있었다고 했다. 마침내 그녀의 집 문을 두드리는 소리가 들렸다.

오나는 헛기침으로 목을 가다듬고 고개를 열성적으로 끄덕이며 눈을 크게 뜨는 식으로 아가타가 계속 이야기할 수 있도록 격려했다.

아가타가 말했다. "그건 클라스였어."

아가타는 여자들에게 클라스가 썩은 어금니 때문에 고통받고 있었다고 말했다. (아가타는 아버지의 대를 이어 이 공동체의 치과 의사로 일하고 있다. 그녀의 아버지는 죽으면서 그의 도구들을 아가타에게 물려줬다.)

마리케가 고개를 끄덕였다. "그래요. 난 이미 알고 있었어요. 그이의 입에서 썩은 내가 났다니까." 그녀는 자신의 코 밑에 손을 대고 흔들면서 얼굴을 사정없이 찡그렸다.

살로메가 물었다. "그게 클라스가 너와 마리케의 얼굴에 멍을 남기기 전이야, 아니면 그 후야?"

마리케는 그 질문에 손을 휘휘 내둘러서 무시해버리고,

물려 뜯겨나간 손가락을 까딱거리며 아가타에게 계속하라고 했다.

아가타는 클라스의 썩은 이를 뽑기로 했지만, 그러려면 먼저 마취를 해야 했다고 설명했다. 그는 마취에 동의했고, 아가타는 에테르*에 적신 천으로 클라스의 얼굴을 덮기 전에 다른 남자 둘, 그와 함께 시내로 갔다가 마을로 돌아온 안톤과 야코보가 어디 있는지 아느냐고 물었다.

클라스는 두 사람이 겨우살이 보드카를 마시고 망아지들이 있는 마굿간 근처 휴경지에 뻗어 있다고 대답했다.

"내가 클라스와 남자들이 술을 너무 많이 마신다고 말하니, 클라스는 부루퉁해져서는 모두 자기가 얼마나 많이 마시는지만 말하지, 얼마나 갈증이 심한지는 말하지 않는다고 하더군." 아가타가 말했다.

마리케가 비웃었다. "그 소리는 전에도 들어봤어요."

아가타는 클라스를 마취하고 작업을 시작했다. 그녀는 재빨리 그의 이를 뽑고, 의식을 잃은 클라스를 놔두고, 그의 마차를 타고 별채 주방으로 갔다. 거기서 치즈, 소시지, 빵, 밀가루, 소금, 달걀과 물을 마차에 실었다.

살로메가 물었다. "빵은 브라카인가요?"

---

* 마취제로 쓰이는 알코올 추출물.

(번역자 노트: 브라카란 긴 여행에 필요한 말린 빵이다. 물에 담그거나 적시면 부드러워지고 아주 오랫동안 보관할 수 있다. 두 번째 노트: 그렇다면 아가타는 세탁소 지붕 위에 나와 오나가 있었다는 사실을 눈치챘을까?)

아가타는 집으로 돌아와서, 마차에 실은 물건들을 자신의 침실에 숨기고 클라스가 깨어나길 기다렸다. 클라스는 갈 준비를 하면서 아가타에게 왜 자기 말들이 땀에 흠뻑 젖어 있느냐고 물었다.

오나가 끼어들었다. "어금니를 뺀 직후인데도 클라스가 말을 할 수 있었어요?"

"응. 클라스는 말도 하고 손짓도 하고 그랬어." 아가타가 말했다.

아가타는 클라스에게 그가 항상 그렇듯이 여기까지 오면서 마차를 너무 세게 몰았고(그레타가 그건 맞는 말이라고 중얼거렸다), 수술이 빨리 끝났기 때문에 말들이 회복할 시간이 없었다고 설명했다.

살로메가 끼어들었다. "음, 이젠 그 이를 뺐으니 기분이 좀 더 나아졌겠군."

마리케가 고개를 외로 꼬면서 살로메를 죽일 듯 노려봤다.

"미안해. 하지만 난 진짜로 그의 기분이 나아지길 빈 거야." 살로메가 말했다.

"살로메의 말이 맞을 거야." 그레타가 두 사람을 모두 달래면서 말했다. "아픈 이가 빠지면 너에게 시비를 덜 걸겠지. 살로메의 말이 맞아."

"살로메의 말이 맞는 건 상관없어요. 다만 살로메가 자기 말이 맞는다고 **생각하는** 게 싫은 거지." 마리케가 대꾸했다.

마리케의 말에 다락에 있는 여자들도 공감했다. 그들은 서로에게 고개를 끄덕이며, 옳은 것과 자신이 옳다고 생각하는 것의 중요한 차이에 대해 잠시 동안 곱씹어봤다.

아우체가 침묵을 깼다. "우리는 (아우체는 자신과 엄마를 가리켰다) 그럼 다시는 아빠를 보지 못할 수도 있나요?"

다른 여자들은 그 문제도 곰곰이 생각하느라 입을 열지 않았다.

"여기 다락에 있는 우리 모두 가족을 여기 두고 떠나. 남편들, 남자 형제들, 아버지들, 자매들, 이모와 삼촌들." 아가타가 아우체에게 부드럽게 일깨워줬다.

"하지만 아이들은 아니죠." 오나가 말했다.

"어떤 아이들은 남지." 살로메가 언니의 말을 정정했다.

"다 큰 아이들은." 오나가 말했다. 그녀도 살로메처럼 시내에 남자 형제들이 몇 명 나가 있었다.

"하지만 그 아이들을 다 두고 가는 건 아니야." 아가타가 말했다.

"그건 맞는 말이야." 그레타가 동의했다.

그레타는 마리케가 머리에 쓰고 있는 스카프를 벗기고 그녀의 머리를 쓰다듬었다. 마리케는 엄마의 부드러운 품에 몸을 기댔다.

"우리의 계획을 전부 이루어낸 후에 우리의 슬픔에 대해 이야기하도록 하자." 아가타가 제안했다.

여자들의 표정은 엄숙하고, 암울하고, 쓸쓸하고, 긴장해서 굳어 있었지만, 모두 그에 대한 동의의 표시로 고개를 끄덕였다.

아가타는 자기가 여행을 위해 식량을 많이 챙겨놓았으니, 이따 밤에 여자들이 그녀의 마차에 그걸 실어야 한다는 점을 일깨워줬다. (아가타는 과부다. 그녀의 남편인 쿠르트는 오래전에 죽었다. 피터스의 말에 따르면 놀라서 죽었다고 했다. 피터스는 쿠르트가 망아지 마구간의 서쪽에 있는 도로 너머의 빈터에서 악마를 봤다고 했다. 그가 키우는 옥수수를 망가뜨리는 까마귀들에게 총을 쏘다가 악마를 보고 놀라서 그 자리에서 죽었다고.

아가타의 이야기는 달랐다. 그 이야기는 오나도 맞는다고 했지만, 살로메나 지금 도시에 나가 있는 성년을 넘긴 아들들은 그 이야기에 전적으로 동의하진 않았다. 아가타의 말에 따르면 쿠르트는 22구경 권총을 자기 머리 옆에 대고 뇌를 날려버렸다. 공동체 사람들은 오나의 나르파가 아버지가 죽기 전까지는 잠복기에 있었다고, 그녀의 머릿속에서 부글부글 끓고 있긴 했지만 관리하지 못할 정도는 아니었다고 말했다. 하지만 쿠르트가 죽은 후에 오나는 마치 꿈을 꾸는 사람처럼 기행을 일삼았고, 특이한 사실에 집착했으며, 버림받은 사람, 악마의 딸, 신이 공동체에 내린 짐이라는 자신의 처지를 좋아하는 것처럼 보였다. 나는 그녀의 증세가 그렇게 심각하지 않으며, 공동체에 있는 그 누구보다 거슬리지 않는 존재라고 본다.)

아가타는 여자들에게 어젯밤에 또 무슨 준비를 했는지 물었다.

그러자 여자들이 한꺼번에 말하기 시작했다. 그레타는 웃을 수밖에 없었다. 그녀는 아우체와 나이체가 해낸 일을 말할 수 있도록 다른 사람들에게 모두 조용히 해달라고 부탁했다.

빙긋빙긋 웃고 있는 아우체와 나이체는 흥분한 동시에 수줍어하며 어서 자기들이 한 일을 전하고 싶어 안달이었다.

아우체가 말하기 시작했다가 멈추고 신음했다. 얼굴에 든 멍 때문에 말을 하면 아파서였다.

살로메가 테이블 너머로 손을 뻗어서 아우체의 손을 토닥였다.

오나가 말했다. "아, 아우체, 말하지 마. 나이체가 설명할 거야."

나이체가 한 말을 요약하면 이렇다. 어젯밤 클라스가 아가타에게 썩은 이를 뽑으러 갔을 때, 아우체는 집에서 몰래 빠져나와 나이체를 만나러 달려갔다. (나이체의 아빠/이모부이자 살로메의 남편은 다른 남자들과 시내에 있다.) 두 소녀는 그레타의 헛간으로 달려가, 칠흑 같은 어둠 속에서 서둘러 루스와 셰릴에 안장을 얹은 후 그 말들을 타고 호르티차 공동체로 달려갔다. 소녀들은 호르티차 교회 뒤에서 코프 형제와 만났다. 그곳은 동물의 사체를 태우는 데 쓰는 큰 구덩이 근처로, 두 공동체의 젊은이들이 수요일과 일요일 저녁에 만나 한가한 시간을 같이 보내는 곳이기도 하다.

소녀들은 코프 형제가 그들의 헛간에 루스와 셰릴을 하룻밤 맡아주도록 설득했다. 오늘 아침 일찍, 클라스가 시내로 간 후에(루스와 셰릴이 없어져서 화를 내긴 했지만, 썩은 이를 뽑아서 흡족해하며), 코프 형제는 루스와 셰릴을 그레타의 헛간에 데려다 놓기로 했다. 그레타가 사랑하는 이 말들은 안전하게 있다가 여자들과 같이 여행을 떠날 준비를 하게 될 것이다.

나이체가 이야기를 끝냈을 때, 여자들 대부분은 미소를 지었고, 고개를 끄덕이며 고마워했다.

하지만 살로메는 오만상을 찌푸리고 있었다. "너희들은 어떻게 코프 형제에게 루스와 셰릴을 걔네들 아빠 마구간에 감춰달라고 설득한 거야?" 살로메가 물었다.

"그건 쉬웠어요. 코프 형제는 우리를 좋아하니까요." 나이체가 재빨리 대답했다. 그리고 아우체와 눈빛을 주고받았다.

"그럼 루스와 셰릴은 코프 형제의 마구간에 남겨두고 너희는 어떻게 몰로치나로 돌아왔어?" 살로메가 물었다.

"코프 형제가 데려다줬어요. 우린 그들 말을 같이 타고 그들의 허리를 잡고 왔죠." 나이체가 아주 조금 반항적인 목소리로 말했다.

"걔네들 허리를 잡고 왔다고? 허리를 잡아?" 살로메가 물었다.

나이체는 고개를 끄덕이면서 살로메의 시선을 피하지 않았다.

"코프 형제에게 무슨 짓을 해준 거니? 루스와 셰릴을 감춰주는 대가로 말이야." 살로메가 말했다.

소녀들은 아무 말도 하지 않았다.

"뭘 했냐고?" 살로메가 다시 물었다.

아가타가 살로메를 나무랐다. "그건 네가 상관할 일이 아니야. 이미 다 끝난 일이고, 그레타가 사랑하는 말들은 안전하고, 그렇다고 아이들이 닮은 것도 아니잖아."

살로메는 집요하게 계속 물었다. 그녀는 나이체에게 화가
나 있었고, 짐작건대 아우체에게도 화가 나 있었다. 살로메
는 언성을 높였다. "늙은 암말 두 마리에 너희의 품위를 훼
손할 만한 가치는 없어." 살로메가 말했다.

나이체가 뭐라고 중얼거렸다.

"다시 말해봐. 잘 안 들려." 살로메가 말했다.

나이체는 자기 엄마이자 이모를 노려봤다. 그러더니 조용
히 말했다. "엄마는 그 훌륭한 말 두 마리보다 더 별일 아닌
것에도 여러 번 품위를 훼손했잖아요."

"지금 대체 무슨 소리를 하는 거야?" 살로메가 따지고 들
었다.

나이체는 아무 말도 하지 않았다.

살로메가 같은 질문을 반복했다.

나이체는 입을 열려고 하지 않았다.

살로메는 다시 나이체에게 말하라고 다그쳤다.

나이체는 싫다고 고개를 흔들었다.

이제 한껏 언성을 높인 살로메가 말했다. 그녀는 그저 평
화를 지키기 위해 해야 할 일을 했을 뿐이고, 나이체는 아내
이자 엄마로서 살로메가 한 일을 비판할 권리가 없으며, 그
녀의 행동, 그녀의 복종, 그녀의 고통 덕분에 나이체의 아버

지가 나이체를 강간하는 걸 막을 수 있었던 것이고—

아가타가 손을 들었다.

마침내 나이체는 입을 열어 살로메에게 말했다. "그래서 제가 고맙다고 해야 하나요?"

아가타가 조용히 말했다. "살로메, 그 정도면 충분해. 이런 논쟁을 벌일 시간이 없다."

살로메의 눈빛은 총검처럼 날카로웠다. 그녀는 외설적인 말을 중얼거리고, 주먹으로 허공을 찔러대며, 드레스 앞부분에 달린 직사각형의 천, 관례상 가슴을 감추기 위해 덧댄 그 부분을 잡아당겼다. "순결하지 않은 처녀들은 결혼할 수 없어." 살로메가 말했다. 그녀는 화가 나서 펄펄 뛰고 있었다.

오나가 부드럽게 살로메의 소매를 잡아당기면서 내가 알아들을 수 없는 말을 중얼거리고 있었다. (그녀는 살로메에게 몰로치나의 법은 바깥세상의 법과 다르며, 이 소녀들이 순결한지 아닌지는 중요하지 않다고 말한 것 같았다.)

"언니가 세상에 대해 뭘 아는데?" 살로메가 오나에게 물었다.

"아무것도 모르지." 오나가 대답했다.

오나는 살로메를 진정시키는 데 성공했다. 두 사람의 얼굴은 닿을 듯 가까이 있었다. 마치 오나가 화난 동생의 마음에 평화와 다정함을 불어넣고 있는 것 같았다.

"알겠어. 하지만 말해봐, 나이체. 코프 형제에게 우리가 떠날 계획이란 말을 한 건 아니지?" 살로메가 말했다.

소녀들은 고개를 흔들었다.

"확실해?" 살로메가 말했다.

소녀들은 고개를 끄덕였다. 확실하다고 했다.

"우린 바보가 아니라고요." 나이체가 말했다.

"그건 잘 모르겠는데." 살로메가 말했다. "거의 죽어가는 말 두 마리 때문에 코프 형제가 너희들을 마음대로 하게 내버려뒀잖아."

아가타가 끼어들었다. "살로메, 그만하면 충분하다니까." 그녀가 말했다.

살로메는 입을 다물고 거칠게 숨을 몰아쉬었다.

그레타는 소녀들에게 고개를 돌려 말했다. "루스와 셰릴이 경매에 나가지 않도록 구해줘서 고마워. 항상 고마울 거야. 하지만 그러느라 너희의 정조를 깨뜨리는 일을 원하지는 않았을 거야."

마리케가 입을 열었다. "아, 엄마. 대체 무슨 정조를 말하는 거예요?" (마리케는 '정조'라는 말을 할 때 쉭쉭 소리를 냈다. 마치 욕하는 것처럼.) "정조 따위 엿이나 먹으라지. 엄마는 이제 엄마 말들을 지키게 됐잖아요. 우리 모두 나이체와 아우체가 이미 몇 년 전에 순결을 빼앗긴 사실을 알고 있잖아요. 우리 좀 현대적으로 굴자고요. (이건 예상치 못한 일이었고 흥미롭기도 했다. 현대적인 사람이 되는 건 이전까지 우리 공동체에서는 한 번도 사람들이 열망하지 않은 것이었다.) 그리고 살로메, 너는 독실한 신자인 척하면서, 가식적으로 굴고 있어. 넌 지금 몰로치나 남자들로부터 '자유를 찾아 달아나자'고 한창 열변을 토해놓고 여기를 떠난다는 우리의 목표를 달성할 수 있게 노력하는 소녀들의 혁명적인 행동에 불쾌한 척하잖아. (**혁명적**이 아니라니까! 그레타가 반박했다.) 나이체와 아우체는 루스와 셰릴이 경매에 나가지 않도록 지키기 위해 자기들이 가진 걸 활용해서 할 수 있는 일을 했어. 그게 너의 개인적 재앙은 아니잖아."

"지금 대체 무슨 소리를 하는 거냐?" 그레타가 물었다.

마리케는 그레타의 말을 무시하고 계속 살로메에게 말했다.

"너, 내 얼굴과 아우체의 얼굴에 멍이 어떻게 생기게 됐다고 생각하는 거야? 그래, 내가 말해주지. 클라스가 루스와 셰릴을 가지러 갔다가 사라진 걸 알고 어마어마하게 화를 냈어. 내게 말들이 어디 있는지 말하라고 다그쳤지. 그이가 이를 뽑느라 정신이 없을 때, 말들이 마구간에서 뛰쳐나갔다고 내가 말했어. 누군가 마구간 문을 닫아놓는 걸 깜박한 거 같다고. 그랬더니 클라스가 내 얼굴을 주먹으로 치면서 그건 거짓말이고 터무니없는 소리라고 했어. 그들은 몰로치나에서 가장 게으른 말이라고. (그렇지 않아! 그레타가 소리쳤다.) 그러더니 날 다시 때렸어. 아우체가 막으려고 하니까 클라스가 아우체 얼굴도 때린 거야. 그래서 뭐, 어쩔래? 인제 그만 다음 안건으로 넘어가도 돼?" 마리케가 말했다.

아가타가 살로메의 손을 토닥였다.

살로메는 그 손을 홱 빼버리더니 팔짱을 끼었다.

마리케가 살로메의 자존심을 다치게 했다. 나이체는 이중성을 드러냈고. 그러니 살로메를 달랠 길은 없는 것이다.

"지금 우린 시간 낭비를 하고 있어. 우리가 진 짐, 돌멩이가 가득 든 이 자루를 다른 사람에게 넘기면서 우리의 고통을 쫓으려 하고 있다고. 이래선 안 돼. 우리의 고통을 뜨거운 감자를 돌리듯 서로에게 넘겨선 안 된다고. 우리의 고통은 각자 자신의 몫으로 받아들이자. 어서, 숨을 들이마시고, 고통을 흡수하고 처리해서 연료로 만드는 거야." 그레타가 호소했다.

(이것은 아주 느슨한 번역이라는 것을 반드시 고백해두어야겠다. 나는 여자들이 하는 말을 다 적을 시간이 없었고, 세상을 떠난 그레타의 남편이 예전에 밀주를 사러 남쪽으로 20킬로미터 가까이 갔다가 고주망태가 되면 누군가 그를 담요에 싼 후에 마차에 실어주곤 했던 일이 떠올라 기록에

집중할 수 없었다. 사람들은 루스와 셰릴이 알아서 집으로 찾아갈 거라고 믿었고, 말들은 항상 그 기대에 부응했다. 그러면 그레타는 남편을 돌돌 말고 있는 담요를 벗기고 침대에 눕혔다. 나는 루스와 셰릴에 대한 그레타의 깊은 애정을 전보다 더 많이 이해할 수 있었고, 프린트가 떠올랐다. 그의 큰 눈과 긴 속눈썹과 벨벳처럼 부드러운 코.)

누군가 사다리를 오르고 있었다. 티센이었다! 그는 사다리를 올라오기는커녕 걷는 것도 시원치 않은 노인인데, 무리하게 힘을 쓰느라, 입술을 핥으며 끙끙 앓는 소리를 내고 있었다.

오나가 재빨리 가서 노인이 끝까지 잘 올라오도록 도왔다.

티센은 자기 다락에서 뭘 하는 거냐고 물었다. "당신들은 천사야? 길을 잃었는가? 내가 목욕하는 걸 도와주겠나?" 그는 숨을 몰아쉬는 한편 발작적으로 웃음을 터트리고 있었다.

오나가 그를 도와 짚 더미 위에 앉게 했다.

"너희 계집들은 무슨 음모를 꾸미고 있는 게냐?" 그가 여자들에게 물었다. (그는 우리가 쓰는 고어에서도 좀 더 원시적인 방언으로 말하고 있었다.)

치매를 앓게 된 후 티센은 자주 입에 담지 못할 욕을 했지만, 여자들은 놀라지 않았다. 이전의 그는 공손하고 말수가 적은 남자였고, 밭에서 종일 일한 후 해가 저물어갈 때면 자식들과 이제는 세상을 떠난 아내 애니와 함께 유채 꽃밭에서 등유 램프를 들고 술래잡기 놀이를 하곤 했다.

티센처럼 아가타도 숨을 쉬려고 애쓰면서 일어나 그에게 다가가 짚 더미 옆에 같이 앉았다. (이들은 동갑내기 친척이다.)

"아, 에른스트. 우리도 나이를 먹어가네, 안 그래?" 그녀가 말했다.

티센이 그녀의 어깨에 손을 올리자 그녀는 그의 사방으로 뻗친 흰머리를 쓰다듬었다. 그는 이 여자들이 악마냐고 물었다.

"아니야. 우린 너의 친구들이야." 아가타가 대답했다.

그는 여자들이 자기 다락을 불태우려고 음모를 꾸미고 있느냐고 물었다.

"아니야, 음모는 없어. 우리는 그저 말하는 여자들일 뿐이야." 아가타가 대답했다.

그는 그 말을 곰곰이 생각해보는 듯하더니, 아가타에게 자기가 목욕하는 걸 도와주겠냐고 물었다.

메얄이 티센을 그의 집으로 데려가 목욕을 시키겠다고 제안했다. 그리고 별채 주방에서 빵과 소시지를 가져와 티센에게 먹이고, 나머지 음식과 인스턴트커피를 다락에 있는 여자들에게 갖다주겠다고 했다.

"에른스트를 목욕시킬 때 데일 정도로 뜨거운 물 말고 따뜻한 물로 목욕시켜줄래?" 아가타가 물었다.

메얄은 고개를 끄덕였고, 티센과 메얄은 천천히 사다리를 내려갔다.

아가타는 사다리 끝에 서서, 엉덩이에 두 손을 얹은 채, 그들을 지켜봤다. 그러더니 그들에게 소리를 질렀다. "에른스트의 앞쪽 현관에 박하가 자라고 있어. 그거 몇 잎 따서 따뜻한 목욕물에 넣어줘. 에른스트가 좋아할 거야."

아가타는 창가로 가서 메얄과 티센이 그의 집으로 가는 모습을 오랫동안 지켜봤다. (문득 그녀가 티센에게 작별 인사를 하는 것처럼 보인다는 사실을 깨달았다. 다시는 그를 보지 못할 테니까.)

마침내 그녀는 돌아서서 다른 여자들에게 말했다. "그럼 오늘 밤 호르티차와 히아케케 공동체를 지날 때 들키지 않을 수 있을 만큼 어두워진 후에 떠나는 데 전부 동의한 거야?"

여자들은 고개를 끄덕였다.

오나가 아가타에게 물었다. "하지만 호르티차와 히아케케 공동체 다음에 있는 공동체들은 어쩌죠?"

아가타가 얼굴을 찌푸렸다. "무슨 공동체들?" 그녀가 물었다.

"그게 바로 제가 한 질문이에요. 거기에 무슨 공동체들이 있을까요?" 오나가 물었다.

"흠, 우리는 그 공동체들 너머에 뭐가 있는지 몰라. 거길 지나가본 적이 없으니까." 아가타가 말했다.

마리케가 말했다. "그러니까 우리가 떠나는 모습을 들킬지 어떨지 모른다는 거네요. 다른 누가 우릴 볼 수 있을지 그것도 모르니까."

"맞아. 하지만 어두울 때 최대한 멀리 가야 해. 낮에는 숨어서 쉬고." 아가타가 말했다.

"어디에 숨을 건데? 우리 말들과 가축들과 꼬맹이들과 닭들이 끝도 없이 꽥꽥거릴 거고 그랜트는 끝도 없이 숫자를 셀 텐데?" 그레타가 말했다.

"그레타, 자네도 그런 질문들에 대해 우리가 답이 없다는 거 알잖아. 어디에 숨게 될지, 몰로치나를 떠나면 누구를, 무엇을 마주치게 될지 우리는 전혀 알 수 없어. 그렇게 알 수 없는 문제를 고민하느라 시간 낭비하지 말자고." 아가타가 초조하게 말했다.

"하지만 그게 바로 생각인걸요. 그리고 생각은 우리가 자유롭게 하고 싶어 하는 일 중 하나잖아요. 우리가 존재하는 걸 알거나 사실이라고 알고 있는 것들은 생각할 필요가 없어요." 오나가 말했다.

아가타는 오나의 말을 무시했다. "여행을 위해 우리에게 필요한 게 또 뭐가 있을까?" 그녀가 물었다.

"흠, 동물들을 반드시 데려가야 해요. 돼지들과 소들과 닭들. 가는 도중에 음식을 마련해야 하니까. 루스와 셰릴도 데려가야 하고(물론 루스와 셰릴을 데려가야지! 다른 여자들이 익살맞게 오나의 말을 따라 했다) 다른 여자들의 말들도 데려가야죠." 오나가 말했다.

그레타가 덧붙였다. "동물들에게 줄 사료와 깨끗한 짚도 필요할 거야."

"하지만 그 동물들은 누구 거죠?" 마리케가 물었다.

"그게 뭐가 중요해? 살아남으려면 동물들이 있어야 하는데." 살로메가 비웃었다.

마리케가 더 큰 소리로 말했다. "그러니까, 너는 우리가 살아남기 위해 해야 하는 일이라면 설사 도둑질이라고 해도 윤리적으로 반대하지 않겠다는 뜻이야?"

(오나와 나는 눈빛을 교환했다. 프린트.)

"응, 안 해. 게다가 동물들은 남자들뿐 아니라 우리에게도 소유권이 있어." 살로메가 말했다.

"나도 동의해. 하지만 그렇다면 다른 여자들이 살아남기 위해 특정 상황에서 그들이 해야 한다고 느끼는 일을 할 때, 네가 위선자처럼 굴면 안 되지." 마리케가 말했다.

"늙은 암말 두 마리가 경매에 끌려가는 걸 구하기 위해 반밖에 진화하지 않은(살로메는 진화론을 믿는 걸까? 문득 궁금해졌다) 코프 형제들에게 몸을 주는 것은 생존이 달린 문제가 아니야." 살로메가 열띤 목소리로 반박했다. "반면 목적지도 모르는 곳으로 긴 여행을 떠날 때 동물들을 구해가는 건 분명 생존이 달린 문제지. 넌 노아의 방주에 대해 들어본 적 있어?"

"그럼 넌 막달라 마리아와 그녀의 친구 예수 그리스도에 대해 들어본 적 있어?" 마리케가 받아쳤다.

이제 아가타는 다시 힘들게 일어나고 있었다. 그녀는 독기 어린 목소리로 한 마디 한 마디를 또렷하게 말했다. "이제. 그만하면. 충분히. 들었어! 너희들은 우리가 오늘 밤에 도망칠 계획이란 걸 의식하지 못하고 있는 거니? 우리가 함께 가야 할 사람들은 엄청 많고, 실행 계획은 복잡하기 그지 없고, 다양한 변수들이 늘어나고 있는 데다 시간은 획획 달려가고 있어! 제발이지 부탁이니 둘 다 그 입 좀 다물어!"

오나가 속삭였다. "우린 **도망치는** 게 아니야. 우린 불타는 헛간에서 탈출하는 쥐들이 아니라고요. 우린 떠나기로 한 거고—"

아가타가 테이블을 손으로 쾅 내리쳤다. 또 다른 손은 자기 가슴에 대고 있었다. 아가타는 그동안 앉아 있던 사료통에 주저앉아 아무 말도 하지 않았다.

오나가 허겁지겁 엄마에게 달려갔다. "죄송해요. 이제부턴 조용히 있겠다고 약속할게요." 오나는 스카프를 벗어서 물통에 담갔다가 아가타의 이마에 올려놨다. (오나의 머리카락이 얼굴과 어깨로 폭포수처럼 흘러내렸다. 이 말은 감옥에 있을 때 읽었던 책에서 떠올린 표현이다. 사과한다.)

다른 여자들도 아가타 주위에 몰려들었다. 아가타는 눈을 크게 뜬 채, 미소를 지었고, 고개를 끄덕이며, 자신의 호흡에 집중했다.

우리는 모두(여자들과 나) 기다렸다.

(번역자 노트: 이곳에는 아가타에게 필요한 약이 없다. 여기 있는 것이라곤 마취제로 쓰이는 에테르와 수의사들이 소와 말을 기절시킬 때 쓰는 벨라도나 스프레이뿐이다. 바로 이 스프레이로 성폭행범들이 몰로치나의 소녀들과 여자들이 의식을 잃게 만들었다.)

그레타는 기도했다.

살로메와 오나는 아가타의 손을 하나씩 잡았고, 세 사람은 함께 호흡의 리듬을 맞췄다. 마리케와 소녀들은 조용히 그 광경을 지켜보고 있었다.

아가타는 이제 말을 할 수 있을 정도로 호흡이 돌아왔다. 그녀가 저지대 독일어로 뭐라고 했지만 번역할 수 없는 말이었다.

여자들이 웃으면서 안도했다.

"아까 어디까지 말했지?" 아가타가 물었다.

여자들은 이제 입을 열기 불안해하는 것 같았다.

내가 손을 들었다.

"제발, 그냥 말해." 아가타가 말했다.

나는 어제 회의가 끝난 후, 조합에서 금고와 다이너마이트 하나와 세계지도 하나를 가까스로 챙겼다고 설명했다. (어젯밤 세탁소 지붕에서 오나와 헤어진 후 나는 대담하고 용감해진 기분이 들었다. 잠을 한숨도 안 자서 흥분하기도 했고, 무엇보다 오나와 그렇게 가까이서 대화를 나눈 달콤한 기억을 간직하게 된 기쁨이 너무나 컸기 때문이다.)

그리고 육분의*도 챙겼다고 덧붙였다. 하지만 그게 쓸모가 있을지는 잘 모르겠다고.

"육분의라니! 각도를 재려고?" 오나가 싱긋 웃으며 물었다.

나는 어깨를 으쓱했다.

살로메를 제외한 다른 여자들은 깜짝 놀란 것처럼 보였다. 그들이 나를 바라봤다.

그레타가 두 팔을 머리 위로 번쩍 들었다. "아멘." 그녀가 말했다.

---

* 각도와 거리를 정확하게 재는 데 쓰이는 광학 기계.

마리케가 물었다. "다이너마이트를 갖고 있다니 무슨 뜻이야?"

"금고를 폭파하려고. 우리 돈을 꺼내야지." 살로메가 대답했다.

오나가 남자들이 돌아와서 금고가 사라진 걸 보면 어떻게 되느냐고 물었다.

"코프 형제 짓이라고 하면 돼." 살로메가 말했다.

다른 여자들은 그녀의 말을 무시했다.

"그 돈의 10분의 1을 십일조로 교회에 남겨두고 갈 수 있지 않을까요?" 아우체가 제안했다.

살로메가 콧방귀를 뀌었다.

"진지한 제안이었는데." 아우체가 말했다.

"다이너마이트는 어디서 찾아냈어?" 마리케가 말했다. 그녀는 다친 얼굴로 눈을 가늘게 뜬 채 나를 보고 있었다.

그것은 북쪽 석호에 있는 악어들을 겁줘서 쫓아버리기 위해 공동체 남자들이 쓰는 거라고 나는 여자들에게 설명했다. 마치 소시지처럼 보이도록 돼지가죽에 쌌으니까, 사람들에게 들킬 염려는 없을 거라고 했다.

"하지만 다이너마이트를 터트렸다가 금고 안에 있는 돈도 산산조각이 나는 거 아니야?" 마리케가 물었다.

"그 점은 생각해보지 않았어." 나는 인정했다. 아무래도 다른 사람을 시켜서 자물쇠의 번호를 알아내게 하는 게 더 쉬울 것 같았다.

"그래, 하지만 누구? 우린 길가에 자물쇠 따주는 가게들이 즐비한 시내를 활보하는 게 아니라 시골 같은 곳에 숨어 있을 텐데." 살로메가 말했다.

"그거 좋은 지적이네. 어느 황량한 비포장도로에서 금고 문을 열어준다고 광고하는 업자와 마주치는 건 도저히 상상이 안 되니 말이야." 아가타가 말했다.

"맞아. 그런 사람이 있다면 실패한 업자겠지." 그레타가 말했다.

"하지만 실패한 암호 해독가는 아닐지도 모르죠." 오나가 덧붙였다.

"그래. 그럴 수 있지." 아가타가 말했다. 그녀는 미소를 지으면서 상체를 좌우로 천천히 흔들었다. 그러더니 다시 말했다. "우리 마을에서 남쪽으로 말 두 마리가 끄는 마차로 빨리 달리면 시내까지 일곱 시간이 걸린다는 건 알고 있어. 봄에는 하류에 물이 불어나서 시간이 더 오래 걸려."

"그걸 어떻게 알아요?" 오나가 물었다.

"그건 시내에 다녀와본 적이 있는 남자들이 전해준 일반적인 지혜야." 아가타가 설명했다. (살로메는 작은 목소리로 말했다. 아, 네, 지혜죠.) 하지만 우리는 시내로 가지 않을 것이라고 아가타가 이어서 말했다.

"맞아. 확실히 시내로는 가면 안 돼." 그레타가 말했다. 그레타는 곧바로 시내에서 써본 수세식 변기에 관한 이야기를 들려줘서 여자들을 즐겁게 해줬다. (이야기를 들어보니, 놀랍게도 그레타는 살면서 적어도 한 번은 시내에 가본 적이 있는 듯했다. 하지만 어떤 상황에서 갔는지는 알 수 없었다.) 그레타는 변기 손잡이를 눌렀다가, 요란하게 물이 빠져나가는 소리가 나는 바람에 마치 수류탄 핀을 뽑아버린 것처럼 변기에서 벌떡 일어났다고 했다.

"그레타, 자네 왜 이렇게 시간을 끄는 거야?" 아가타가 말했다.

"나도 모르겠어." 그레타는 인정했다. 그러다 말했다. "난 불안해."

"우리 모두 불안해. 불안을 피할 순 없어." 아가타가 말했다.

(나는 오나를 흘끗 올려다봤다. 오나는 머리를 다시 스카프 속에 집어넣으면서 입 가장자리에 검은 머리핀 하나를 물고 있었다. 그녀가 머리를 정리하려고 팔을 위로 뻗는 순간 팔의 아래쪽이 보였다. 마치 새 카누의 용골처럼 아주 부드럽고 하얀 팔.)

아가타가 이야기를 이어갔다. "우리는 물도 찾아야 할 거고, 가축들을 위해 목초지도 찾아야 할 거야. 그리고 국경을 넘어야 하고."

"하지만 어느 국경 말이에요?" 마리케가 물었다.

여자들이 조용해졌다.

나는 다시 말했다. "커다란 치즈 한 덩어리를 지도로 싸서 평범한 갈색 종이로 포장해놨어요. 금고는 그레타의 마차 뒤쪽에 놔뒀고. 뒤쪽 좌석 밑에 뒀으니 언제든 출발할 수 있을 거예요. 그리고 양파와 비누와 마차 바퀴가 진창에 빠졌을 때 끌어내거나 불을 피울 때 불쏘시개로 쓸 수 있게 나무토막도 몇 개 넣었어요." (나는 오나를 흘끗 봤다. 내가 한 일을 기뻐하고 있다고 믿는다.)

"그 다이너마이트와 지도는? 그 특별한 소시지와 치즈는?" 오나가 물었다.

"그것도 그레타의 마차에 있어. 마차 앞쪽 모자 상자 속에." 내가 대답했다.

"루스와 셰릴은 그레타의 마구간에 다시 데려다 놨니?" 아가타가 물었다.

나이체가 답했다. "네. 우리가 오늘 아침 일찍 받았어요, 코프 형제—"

"좋아. 알았어. 알았어. 그 이야긴 다시 하지 말자." 아가타가 나이체의 말을 잘랐다.

오나는 내가 곤경에 처하게 될 거라고, 여자들에게 협력했으니 유죄로 판결될 거라고 걱정했다. "클라스는 네가 여자들과 다락에 있었던 사실을 알고 있잖아. 표면적으로는 바느질을 배운다는 이유로 말이야. 여자들과 금고가 사라지면, 아우구스트가 책임을 지게 될 거야. 조합 열쇠가 어디 있는지 아는 사람이 아우구스트 말고 또 누가 있겠어? 당연히 여자들은 몰랐잖아. 남자들은 아우구스트가 우리를 선동했다고 판단할 거야. 아우구스트가 유죄 판결이 나서 피터스에게 처벌받거나 파문당하지 않게 하려면 어떻게 해야 할까?"

(오나의 걱정에 나는 감동했다. 하지만 오나가 말한 것들에는 하나도 관심 없었다. 유죄 판결이든(나는 유죄니까) 공동체에서 추방되든 어떻게 되든. 오나가 여기 없다면 내가 여기 왜 있어야 하겠는가?)

"그런데 지도 말인데, 우리는 지도를 읽을 수 없잖아." 다행히 살로메가 화제를 바꿔서 나는 안도했다.

나이체가 엄마에게 그 소식을 들었냐고 물었다.

"무슨 소식?" 살로메가 대답했다.

"북쪽. 동쪽. 서쪽. 남쪽." 나이체가 말했다.

아가타는 빙긋 웃으며 나이체가 하는 말에 찬성하는 것처럼 고개를 끄덕였다. 그러면서도 다시 몸을 좌우로 천천히 흔들었다. 다른 여자들은 입술을 오므린 채 고개를 절레절레 흔들었다.

나는 조심스럽게 다시 말을 꺼냈다. "내가 설명표를 만들었어요."

여자들은 정중하게 미소를 지은 채, 내 설명을 기다렸다.

"지도를 위한 설명표요." 그렇게 말하고, 지도에다가 설명표에 나오는 그림들과 일치하는 곳마다 별표를 그려넣었다고 설명했다.

침묵이 흘렀다.

"내가 그렸어요." 나는 바보처럼 다시 말했다.

"미켈란젤로처럼 말이지." 오나는 반쯤 미소를 지으며 내게 말했다.

"숫자는 셀 줄 알아요?" 나는 여자들에게 물었다. 그런 질문을 하다니 너무나 부끄러웠지만 어쩔 수 없었다.

"그럼, 셀 줄 알지. 물론 셀 줄 알지." 그레타가 말했다.

"우리가요?" 마리케가 물었다.

"여자아이들은 셀 수 있잖아." 그레타가 덧붙였다.

아우체와 나이체는 그 말이 맞는다고 고개를 끄덕였다.

아가타가 설명했다. "아우구스트, 우리는 스스로 이름은 쓸 줄 알아. 그게 다야. 난 내 이름을 쓰는 것보다 유채를 심는 게 더 빠를 거야."

그레타가 웃었다. "가을에 유채 수확까지 마쳐도 그게 더 빠를걸."

마리케가 자기는 사실 스스로 이름을 쓸 줄 모른다고, 그동안 너무 바빠서 배울 틈이 없었다고 말했다.

"내가 나중에 도와줄게. 우리에게 좀 더 시간이 생기면 말이야." 오나가 제안했다.

마리케는 잠시 입을 다물고 그 제안을 생각해보더니 위엄 있게 머리를 숙였다. "그 제안을 수락하지." 마리케가 말했다.

"그래서 그 그림들은 뭘 보여주는데?" 오나가 내게 물었다.

"강들, 크고 작은 도로들, 마을들과 도시들, 경계들, 철로 같은 것들. 그건 단지 이쪽 세계만을 보여주는, 이쪽 천구만 나온 지도야." 내가 말했다.

"그건 천국의 지도야?" 마리케가 물었다.

"아메리카 대륙의 지도야." 내가 대답했다.

마리케가 경멸하는 투로 말했다. "그럼 왜 '천구'라고 한 거야?"

오나가 내게 물었다. "넌 우리가 어느 방향으로 가야 한다고 생각해?"

내가 대답하기도 전에 사다리에서 소란이 일었다.

메얄이 음식을 가지고 돌아왔지만, 심각하게 동요하고 있었다. 그녀는 공동체 북쪽에서 지금 불이 엄청난 기세로 타오르고 있으며 시내로 간 남자들이 가축들을 구하기 위해 일찍 돌아올 거란 말을 들었다고 했다.

"남자들이 우리도 구해줄 거로 생각해도 될까?" 오나가 말했다.

나이 든 여자들은 그 말을 듣고 잠시 동안 소란스럽게 웃었다. 아가타는 숨을 돌리려고 웃음을 그쳤다.

"그렇다면 우리는 출발해야지. 가야 해." 마리케가 그렇게 말하고 갑자기 벌떡 일어났다.

이제 다른 여자들도 앉아 있던 들통에서 일어나고 있었다.

"어두워지면 떠나기로 했잖아." 그레타가 반대했다.

"기다릴 시간이 없어요." 마리케는 그렇게 말하고 메얄에게 돌아섰다. "불이 났다는 말은 누구에게 들었어?"

메얄은 누구에게 들었는지 말하길 망설였다.

"코프 형제들이에요?" 아우체가 물었다.

메얄이 고개를 끄덕였다.

"코프 형제가 몰로치나에서 뭐 하고 있는 거야?" 살로메가 물었다.

메얄은 어깨를 으쓱했다.

"흠, 코프 형제가 한 말이라면 믿지 못하겠어." 살로메가 말했다. "내 생각에 그 자식들은 우리에게 엄포를 놓고 있는 거야. 지금 뭔가 일어나고 있다는 걸 알고, 우리가 어쩔 수 없이 행동하게 만들고 있는 거지. 우리가 일찍 출발했다간 잡힐 거야. 그 자식들은 영웅이 되고 싶은 거야. 왕이 되고 싶어 한다고. 넌 연기 냄새가 나? 하늘이 연기로 어두워졌어? 동물들이 펄쩍펄쩍 뛰어다녀? 파리들이 가만히 있어? 새들이 난리 치고 있어? 메얄의 알레르기가 걷잡을 수 없이 나빠졌어?" 살로메는 자신이 한 질문에 아니, 라고 대답했다. "다 아니잖아. 불은 나지 않았어."

마리케가 아우체를 돌아보며 물었다. "너랑 나이체는 코프 형제가 몰로치나에 있는 걸 알았어?"

아우체와 나이체는 대답하려 하지 않았다. 그들은 겁에 질려 고개를 돌려버렸다.

"걔네한테 우리가 떠날 계획이란 말을 한 건 아니겠지? 대체 너희들 무슨 짓을 한 거야?" 살로메가 말했다.

아우체가 울기 시작했다.

"그건 실수였어요. 코프 형제가 겨우살이 보드카를 가져왔고, 우리는 신이 나 있었죠. 스스로가 아주 용감하게 느껴졌어요. 정말 죄송해요. 진짜, 진짜 죄송해요." 나이체가 말했다.

아우체가 울면서 말했다. "코프 형제가 우리를 밀고하는 건 불가능해요. 그들이 시내에 있는 남자들을 제때 만날 방법이 없잖아요. 아무리 빨리 말을 타고 달려도 시내까지 일곱 시간이나 걸리는데."

"호르티차에 사는 남자 중에 전화가 있는 사람도 몇 명 있다는 말을 들었는데." 메얄이 말했다.

"하지만 코프 형제는 아니에요. 있었다면 우리에게 보여 줬을 거예요." 나이체가 말했다.

나는 헛기침을 했다. "코프 형제에게 전화가 있다고 해도, 여기서는 신호가 안 잡혀요. 전화하려면 츠바이바흐산 정상에 올라가야 해요." 내가 말했다.

"지금 무슨 말을 하는 거야, 아우구스트? 무슨 종류의 신호를 말하는 거지?" 아가타가 물었다.

내가 대답하기 전에 메얄은 어쨌든 그건 문제가 되지 않는다고, 몰로치나 남자들은 그 전화를 받을 전화 자체가 없다는 점을 지적했다.

나는 다시 손을 들어서 말했다. "피터스에게 있어요."

"뭐라고? 안 돼!" 그레타가 말했다.

피터스에게 전화가 생긴 지는 몇 년 됐다고 나는 설명했다. 그는 다른 남자들이 밭에서 일하는 동안 그걸로 게임을 한다고.

"하지만 네가 그랬잖아. 코프 형제에게 전화기가 있다면, 츠바이바흐산 정상으로 올라가야 한다고?" 아가타가 말했다.

오나는 창백한 얼굴로 자신의 배를 잡고 있었다.

그레타는 기도했다. 아가타는 생각했다.

나이체가 목소리를 높여서 주장했다. "걔들에게 전화는 없어요! 있었다면 우리에게 자랑했을 거예요."

여자들은 고개를 끄덕이며, 그 말을 믿었다.

아가타가 말했다. "그러니까, 코프 형제들은 우리가 움직이길 기다렸다가 시내로 말을 타고 가서 우리가 떠난 사실을 그들에게 알리려고 한 거야. 아니면 우리가 떠나는 걸 자기들이 직접 막으려는 것이거나. 몰로치나 북쪽에서 불이 났다고 주장해서 남자들이 있는 시내 방향인 남쪽으로 몰려고 한 거지. 덫이야."

"음, 그렇게 되면 우리의 운명도 끝장이겠군요." 오나가 말했다.

"확실히 그렇지. 불이 났다는 그 헛소리는 무시하자고. 정말 불이 난 거라면 동물들이 알려줄 거야. 우리는 남자들을 피해 북쪽으로 가자." 마리케가 말했다.

"하지만 코프 형제들이 처음부터 우리가 떠나는 걸 막을지도 몰라." 그레타가 말했다.

"그건 불가능해요. 어떻게 그 비쩍 말라빠진 자식들 둘이서 우리들이 떠나는 걸 막을 수 있겠어요?" 살로메가 말했다.

"그들에겐 총이 있어. 말 채찍도 있고." 메얄이 말했다.

"흠, 우리도 있어." 살로메가 말했다.

"아니, 우리에겐 없어. 우리는 총도 없고 채찍도 없어. 뭐,

마차에서 말에게 쓰는 채찍이 있긴 하지만, 그걸로 사람들을 때리진 않겠어." 아가타가 말했다.

그레타는 루스나 셰릴도 때려본 적이 없으며, 게다가 그 녀석들은 말이라고 언급했다.

아가타는 그레타에게 질려 얼굴을 찡그리며 그녀를 봤다. "루스와 셰릴의 안전을 위해서가 아니었다면, 아우체와 나 이체는 코프 형제의 쾌락을 위해 자신의 품위를 손상하는 짓은 애초에 하지도 않았을 거야. 코프 형제가 두 사람에게 보드카를 마시게 하지도 않았을 거고, 취해서 우리 여자들이 몰로치나를 떠날 계획이라고 말실수할 일도 없었겠지."

살로메는 자기가 총을 몇 자루 구해올 수 있다고 말했다. "아니면 그보다 더 좋은 방법으로 아우구스트가 우리를 위해 총을 구해올 수도 있어. 다이너마이트도 몰래 구해왔으니. 할 수 있어?" 살로메가 날 보며 물었다.

나는 말문이 막혔다. 내가 머리를 잡아 뜯자 머리카락이 뽑혔다.

"아니, 우리는 총도, 채찍도 가져가지 않을 거야." 아가타가 다시 말했다.

"또 다른 걱정이 있어요. 코프 형제가 호르티차와 히아케케 남자들을 모아서 우리가 떠나는 걸 막으려고 할지도 몰라요." 마리케가 말했다.

그레타가 그 말을 듣고 비웃었다. "호르티차 남자들과 히아케케 남자들은 몰로치나 여자들에게 관심 없어. 자기 마을 여자들에게만 관심이 있지. 그들은 우리가 떠나면 몰로치나 남자들을 상대로 승리했다고 생각할걸. 그러면서 몇 세대에 걸쳐 고소해하겠지."

여자들은 엄숙한 표정으로 같이 고개를 끄덕였다.

"애초에 왜 호르티차 출신의 코프 형제들이 몰로치나 여자들이 떠나는 걸 막는 데 관심을 가지겠어? 대체 무슨 상관이 있다고?" 살로메가 그렇게 묻더니 나이체와 아우체를 바라봤다.

나이체가 말했다. "그들은 우리와 결혼하고 싶어 하니까요."

살로메가 들통에서 벌떡 일어나 나이체에게 말했다. "넌 코프 형제와도, 호르티차 남자와도 절대 결혼하지 않아. 더는 말하지 마!"

아우체가 방어적으로 말했다. "호르티차 사람들은 기형아가 나올 싹을 자르기 위해 앞으로 5년 동안 같은 공동체 사람들끼리는 결혼하지 못하게 됐어요. 그래서 호르티차 남자아이들이 몰로치나와 히아케케에 신붓감을 찾으러 다니는 거예요. 코프 형제가 우리한테 그렇게 말했어요."

"난 누구든 내가 원하는 사람과 결혼할 거야." 나이체가 말했다.

살로메가 콧구멍을 벌름거렸다. "그러니까, 결국 호르티차와 히아케케 남자들이 몰로치나 여자들에게 관심이 있다는 말이네. 우리가 떠나는 걸 그들에게 들켜선 안 돼. 시내는 몰로치나 남쪽에 있어. 호르티차는 서쪽에 있고, 히아케케는 동쪽에 있어. 우리는 북쪽으로 가자."

*

네티/멜빈이 사다리를 올라 다락으로 왔다. 그녀는 말없이 여자들 앞에 서 있었다. 아가타는 그녀에게 제발 말 좀 하라고, 우리한테 사다리 밑에서 벌어지는 일에 대한 소식을 전해달라고 말했다.

네티는 창문을 물끄러미 보며 말했다. "꼬마들(그녀는 '키냐'라는 단어를 썼다)은 준비가 됐어요. 아이들은 전부 깨끗해요. 여벌 옷은 통에 들어 있어요. 아이들 이부자리도 통에 들어 있고. 아이들 부츠도 통에 있어요. 모자는 다 상자에 넣었고. 밥도 먹였어요."

"고마워, 멜빈." 아가타가 말했다. 그 말에 멜빈은 100년 만에 처음으로 미소를 지었다. 처음으로 자기가 지은 새 이름으로 불렸기 때문이다. 멜빈은 열려 있는 창문을 바라보고 빙긋 웃으며, 몰로치나의 햇살, 지금 그녀의 얼굴에 쏟아지는 햇살과 조용히 교감을 나눴다.

그레타가 멜빈에게 코르넬리우스가 준비됐는지, 또 그의 휠체어를 포장해서 마차에 넣었는지 물었다. "코르넬리우스는 우리랑 가지 않을 거예요. 그의 엄마가 아무것도 안 하는 파라서, 어쩔 수 없이 자기 엄마와 같이 있어야 해요." 멜빈이 창문을 보며 대답했다.

아우체와 나이체는 얼굴을 찡그리며 투덜거렸다. 몰로치나의 청년들은, 특히 젊은 여자들은 다 코르넬리우스를 좋아한다. 그는 농담도 잘하고, 사람들을 잘 웃기고, 창의력이 번뜩이기 때문이다. 코르넬리우스와 그의 엄마가 마음을 바꿀지도 모르는 일이라고 아가타가 소녀들을 다독였다. 어쩌면 나중에 다른 곳에서 우리와 합류할지도 모른다고 아가타는 말했다.

"아니, 그건 틀린 말이에요. 그런 일은 일어날 수 없어요. 남자들이 돌아오면, 그 어떤 여자도 떠나지 못하게 할 테니까." 마리케가 말했다.

그녀는 아우체와 나이체에게 돌아서서 말했다. "언젠가 너희들은 천국에서 코르넬리우스를 만나게 될 거야. 그는 거기서 걸을 수 있게 될 거고, 너희들 품으로 뛰어올 거야."

소녀들은 머뭇머뭇 고개를 끄덕였다. (내 짐작에 이들은 코르넬리우스를 품에 안는 걸 바라진 않는 것 같았다.)

아가타가 쓰러지지 않도록 테이블에 두 손을 올렸다. "멜빈, 너도 여행을 떠날 준비가 됐니?" 그녀가 물었다.

멜빈은 대답하지 않았다. 여자들은 기다렸다.

"아뇨, 준비되지 않았어요." 멜빈이 마침내 말했다.

여자들이 놀라서 소란스러워졌고, 입을 열려고 하는 여자들도 있었다.

그때 멜빈이 말했다. "하지만 저도 같이 갈게요."

여자들은 미소를 지으며 안도의 한숨을 쉬었다. 그레타가 말했다. "그래, 어쨌든 여기서 준비됐다고 말할 수 있는 사람이 누가 있겠어?"

"난 그렇게 말할 수 있어요." 살로메가 말했다.

"멜빈, 아이들에게 돌아가서 학교 옆에 있는 휴경지에서 같이 기다려." 아가타가 말했다. 그녀는 멜빈에게 유령선 같은 놀이로 아이들의 관심을 끌면서, 그 휴경지 옆에 소가 지나다니는 길을 잘 지켜보라고 지시했다. 여자들이 그곳을 통해 몰로치나를 빠져나갈 거니까. 적어도 마차 열 대와 말 열 팀이 가게 될 거라고 아가타가 말했다.

루스와 셰릴도 포함하라고 그레타가 덧붙였다.

"빌어먹을, 엄마. 제발 좀 그만해요." 마리케가 말했다. (오나와 나는 슬쩍 눈빛을 주고받았다. 오나도 나만큼이나 마리케의 이런 감정 폭발에 놀란 것 같았다. 하지만 그레타는 그저 잠시 눈을 감고 고개를 살짝 숙였을 뿐 아무 대꾸도 하지 않았다.)

"우리 중에서 제일 건강한 사람들은 다른 동물들과 같이 마차 옆을 걸어갈 거야. 짐을 나르게 될 한 살짜리 망아지들도 그렇고, 어서 빨리 앞으로 나아가고 싶어서 초조해하는 아이들도 같이 걷게 될 거고." 아가타가 말했다.

오나는 아가타의 말에 생긋 웃으며, 그 말을 따라했다. "앞으로 나아가다."

멜빈이 고개를 끄덕였다. 그리고 살로메에게 말했다. "아론, 너의 아들이 사라졌어."

살로메는 멜빈을 보고 나서 다른 여자들을 둘러봤다. 그리고 일어났다. "뭐라고? 대체 그게 무슨 뜻이야?" 살로메가 물었다.

"아론은 다른 아이들과 같이 별채 주방에 점심을 먹으러 오지 않았어." 멜빈이 말했다.

"하지만 그렇다고 해서 아론이 사라진 건 아니잖아." 살로메가 창가로 걸어갔다. "난 아론에게 말들을 준비시키라고 했어. 말들에게 물을 주고, 안장 깔개에 있는 가시들을 뽑아내고, 발굽을 청소하라고 했어. 그러니까 아론은 마구간에 있을 거야. 사라진 게 아니야."

멜빈이 창문에 대고 말했다.

"뭐라고 하는지 알아들을 수가 없네."

살로메가 멜빈의 팔을 잡았다. "날 보면서 말해. 창문에다 하지 말고. 제발. 난 너를 해치지 않을 거야. 난 네 적이 아니라고!" 살로메가 강조했다.

하지만 멜빈은 살로메에게 겁을 집어먹고 뒤로 물러났다.

"진정해라." 아가타가 살로메에게 말했다. 그리고 멜빈에게 돌아섰다. "넌 안전해. 아론은 찾을 수 있을 거야."

"하지만 우린 곧 떠나야 해요. 난 아론을 두고 가지 않을 거고." 살로메가 말했다.

그러자 마리케가 더는 두고 볼 수 없었는지 좀 전까지만 해도, 살로메 너는 갈 준비가 됐다고 주장하지 않았느냐고 지적했다.

"우린 모두 가족을 두고 떠나. 그건 슬프고 힘든 일이지. 그런데 살로메가 그것 때문에 이렇게 성질을 부리게 놔둬야 하는 거야?" 마리케가 말했다.

살로메는 사다리를 내려가고 있었다.

멜빈은 다시 창문에 대고 속삭였다. "아이들 몇 명이 내게 말해줬는데. 아론은 가고 싶지 않다고 했대요. 꼬맹이들과 여자들과 떠나는 게 어리석게 느껴졌다고."

살로메는 사다리 밑에 도착해서 바닥으로 뛰어내렸다. 쿵

소리가 들렸다.

"살로메, 돌아와!" 아가타가 불렀다.

오나는 사다리 밑에 대고 살로메를 불렀다. "아론은 찾게 될 거야. 분명 아론은 우리랑 같이 떠날 거야." 오나가 말했다.

멜빈은 여전히 창가에 서서 말하고 있었다. 그녀는 우리에게 살로메가 지금 달려가고 있고, 그녀의 스커트가 뒤로 펄럭이고 있으며, 바람을 향해 몸을 구부린 채 먼지를 휘날리며 가고 있다고 말했다.

"우린 침착해야 해. 살로메는 돌아올 거야. 살로메는 아론을 찾아서 같이 떠나자고 설득할 거야." 아가타가 여자들에게 애원했다. 이어서 멜빈에게 다른 아이들을 들판으로 데려가 게임을 하라고 했다.

"하지만 살로메가 아론을 설득하지 못하면요? 아론이 가지 않으려 하면 살로메도 우리와 같이 떠나지 않을 거예요. 그럼 미프는 어떻게 되는 거죠?" 오나가 물었다.

아가타가 고개를 끄덕이며 인정했다. "우리에겐 문제가 생겼어. 내가 생각 좀 해볼게."

오나가 말했다. "어쩌면 살로메는 내가 미프를 데려가게 허락할지 몰라요. 임시 후견인으로 말이죠."

나는 점점 글씨를 갈겨쓰고 있었다.

여자들은 말을 너무 빨리하는 바람에 제대로 받아적을 수 없었다. 그들은 계획을 세우고 있었다. "목록은 우리에게 소용이 없어. 하지만 난 여전히 할 수 있는 한 많은 목록을 계속 만들고 유지해야 해. 그리고 다른 소년들, 아론 같은 아이들이 여자들과 같이 간다면, 그 아이들이 여자들에게 그 목록들을 읽어줄 거야." 아가타가 내게 말했다.

"어떤 목록 말이에요?" 나는 아가타에게 물었다.

"좋은 것들, 기억들, 계획들에 대한 목록. 뭐든 좋은 목록이라고 생각되면, 그걸 다 적어둬." 아가타가 웃었다. (그녀의 웃음 아래, 그녀의 호흡이 거칠고 짧아진 걸 나는 눈치챘다.)

"우리를 위해 애써줘서 고마워, 아우구스트. 존과 모니카가(나의 부모님의 이름으로, 오래전 파문당해서 한 사람은 죽고, 한 사람은 실종됐다. 이야기하자면 길지만, 몰로치나 사람들에겐 익숙한 이야기이기도 하다) 널 아주 자랑스러워할 거야. 하느님이 널 축복하시길." 아가타가 말했다.

내 뺨으로 눈물이 흘러내렸다. "네, 제가 목록을 만들게요."

여자들은 일어서서 다락을 떠날 준비를 했다.

아가타는 거칠게 숨을 몰아쉬고 있었고, 오나는 걱정스러운 표정으로 엄마를 보고 있었다. "엄마, 이건 아주 힘들고 위험한 여행이 될 거예요." 오나가 말했다.

아가타가 웃었다. "나도 알고 있단다."

"오늘이 바로 하느님이 정하신 바로 그날이야. 우리 모두 기뻐하며 그 속에서 감사해야지!"

아가타는 그렇게 덧붙이더니 오나에게 조용히 말했다. "난 몰로치나에선 묻히지 않을 거다. 이제 나를 마차에 태워 다오. 난 길에서 죽을 거야."

오나는 웃었지만, 그녀의 눈에 눈물이 차올랐다.

나는 글을 쓸 수 없었다.

여자들은 줄줄이 서서 서로 도와가며 사다리를 내려갔다.

"아우구스트는 어쩌고요?" 오나가 말했다. (노트: 이것이 내가 들은 오나의 마지막 말이었다.)

나는 미소를 지으며, 말을 더듬으면서, 손을 흔들었다. 난 우스꽝스러운 짓을 하고 있었다.

아가타가 마지막으로 사다리를 내려갔다. 나는 일어섰다.

아가타가 내게 돌아서서 빙긋 웃었다. "아우구스트, 너 내 딸 오나랑 결혼하지 않을래?"

나는 아가타의 미소에 화답해 미소 지었다. "평생 다른 건 바란 적이 없어요. 지난 몇 년 동안 오나에게 여러 번 청혼 했어요." 내가 말했다.

"그런데 오나가 항상 거절한 거야?" 아가타가 물었다.

나는 다시 미소를 지으며 오나에게 소리쳤다. "마지막으로 한 번 더 말할게……. 오나, 난 항상 널 사랑할거야!"

오나의 웃음소리가 들렸지만 이제 그녀는 보이지 않았다. 그녀는 떠나고 있었다.

아가타는 사다리를 내려가 거의 바닥에 이르렀다.

"오나도 널 사랑해, 아우구스트." 그리고 숨을 돌리고 다시 말했다. "오나는 모두를 사랑해."

*

이 여자들 없이 내가 어떻게 살아갈까?

내 심장은 멈출 것이다.

나는 소년들에게 오나에 대해 가르치려고 노력할 것이다. 오나는 나의 북극성, 나의 가장 중요한 부분, 나의 북쪽이자 남쪽이자 동쪽이자 서쪽이며, 나의 소식이고, 나의 방향이고, 나의 지도이며, 나의 폭약이고, 나의 소총이다. 나는 모든 수업 가이드 위쪽에 오나의 이름을 적을 것이다. 나는 전 세계 모든 메노파 공동체에 있는 학교들을 상상한다. 저 멀리로 사라져가는 태양은 그 온기와 빛을 세상의 나머지 반쪽에게 나눠주기 위해 몰래 달아날 것이고, 모든 것이 모든 사람의 것이니, 집안일을 하고 저녁을 먹고 기도하고 잠을 잘 시간이 올 것이고, 아이들은 교사에게 오나에 대한 이야기를 하나만 더 해달라고 조를 것이다. 악마의 딸로 시작해서 신의 가장 소중한 아이가 된 오나. 몰로치나의 영혼인 오나에 대한 이야기를.

그리고 지옥문은 그녀에게 열리지 않을 것이다.

메노파 공동체의 원로들과 주교들이 사도 바울과 그의 개종에 대해 설교할 때, 그들은 동시에 오나의 이야기를 반복해서 말하고, 그녀를 부르고, 그녀에 대한 주문을 외울 것이다. 오나, 그녀의 부스스한 머리와 지저분한 치맛자락과 쉽게 터져 나오는 웃음과 그녀가 사랑했던 사실들, 오나와 모든 몰로치나 주민들에게는 꿈만 같았던 사실들(잠자리는 다리가 여섯 개지만 걷지 못한대!)에 관해 이야기할 것이다. 한 사람의 꿈이 우리를 위해 진실이 될 때, 메노 시몬스*의 열띤 비전이 사실이 될 때, 피터스의 분노로 가득 찬 성경 해석이 우리에게 좁은 길이 되어버렸을 때. 그리고 사실들은 세상에 존재하지만, 우리는 그 세상에 속하지 않고, 아니 그곳에 속할 수 없고, 혹은 어쩌면 이미 속해 있는지도 모른다. 그 사실들은 우리가 닿을 수 없는 곳에 있고, 진정한 사실들은 신화적 중요성, 위엄을 띤다. 그것들은 선물이자, 지하 출판이고, 통화이며, 성체이고, 피이며, 금지된 것이다. 상상해보라. 태아가 엄마의 망가진 심장이나 모든 장기를, 심지어 뇌

---

*   네덜란드의 종교개혁자이자 메노파 교회의 창시자.

까지도 나을 수 있도록 도와준다고. 실제로 태아들은 줄기 세포들을 손상된 장기에 보내는 식으로 그렇게 한다. 이 이 야기를 한번 떠올려보자. 심장이 약해서 고통받았던 두 여 자의 심장에 그들이 몇 년 전에 출산한 아들들의 태아 세포 가 남아 있었다는……. 그러므로 나는 정확함에 대한 오나 의 애정을 사람들에게 상기시키겠지만, 마찬가지로 신비로 운 강들과 은밀한 놀이에 대한 애정에 대해, 그녀의 포옹과 그녀의 친절과 그녀의 아직 태어나지 않은 아이와 회복과 심란한 꿈들에 대해, 신화에 대한, 광기에 대한, 앞으로 나 아가는 것에 대한, 듣는 것에 대한 그녀의 애정에 대해, 고 독과 별자리를 향해 들어 올린 주먹과 옥상과 세탁소와 빛 나는 눈동자들을 상기시킬 것이다. 그 눈동자들이 반짝이는 동안, 이야기는 계속해서 생겨나고, 잔인함은 천천히 사그 라지다가 사라진다.

사다리로 내려간 아가타가 손을 뻗어 올려 내 무릎을 톡 톡 쳤다. 나는 이제 그녀를 내려다보며 서 있었고, 그녀의 어깨에 닿기 위해 무릎을 구부렸다. 그녀는 사다리를 내려 가면서, 남은 한 손으로 내 손을 잡았다. 나는 그녀에게 사 다리 단을 두 손으로 잡아야 한다는 점을 일깨워줬다.

그녀는 내게 다락에 남아서 살로메를 기다려달라고, 살로 메는 여자들을 찾아 여기로 돌아올 거라고 말했다.

"살로메에게 말해줘. 우리는 학교 뒤에서 모일 거라고."
아가타가 말했다.

"아론은요?" 내가 말했다.

대답이 없었다. 여자들은 다락을 떠났다.

*

아가타가 부탁한 좋은 것들의 목록.

태양.

별들.

들통들.

탄생.

수확.

숫자들.

소리들.

창문.

지푸라기.

프린트.

들보들.

허무함.

나의 엄마.

나의 아버지.

언어.

연조직. (경조직을 보호하면서도 탄력성을 갖추고 계속 다시 형태를 잡으며 회복될 수 있는 능력. 인간 육체의 단단한 내골격. 공동체. 종종 무언가가 아니라는 방식으로 정의

되는 것. 마리케의 비웃는 목소리가 들렸다. 넌 왜 그런 식으로 말하는 거야, 아우구스트?)

꿈. (돌로 만들어진 작은 집들. 하룻밤 사이 쉽게 해체되어 마차에 실려 간 다음 다른 곳에 다시 지어졌다가, 또 해체되고, 그렇게 해체될 때마다 회백색 물질이 조금씩 침식되어, 마침내 집은 너무나 작아져서 더는 집이 아니게 된다. 내 꿈에서 오나는 그런 집들을 관리하고 있었고 항상 그 집들을 복원해서 보존해야 하는지, 아니면 원래 그 자연적인 본성에 따라 침식돼서 먼지로 돌아가게 두어야 하는지에 대해 공개적인 토론을 하는 것처럼 보였다. 만약 집들이 해체되도록, 영원하지 않도록 만들어졌다면, 집들이 먼지가 될 때까지 해체가 계속된다면, 우리는 그것들이 먼지가 되도록 내버려두어야 하지 않을까? 그 집들은 원래 그렇게 되도록 만들어진 것이다. 만약 우리가 집이 침식되길 원하지 않는다면, 우리는 일단 다른 방식으로 집을 지어야 한다. 하지만 물론 사라지도록 지어진 집을 보존할 수는 없을 것이다. 내 꿈에서 이 토론에 참여한 어떤 사람들이 오나의 의견에 반대했다. 그들은 말했다. "하지만 이건 유산이나 유적, 인공물이자 한때 존재했던 것을 일깨워주는 물질에 관한 문제에요." 그러자 내 꿈에서 오나가 싱긋 웃으며 말했다. "아, 그렇지만 그건 또 다른 문제죠!"

파리들.

거름.

바람.

여자들.

　내 목록은 이미 여기에 포함되어 있었다. 목록, 즉 리스트라는 말은 중세 영어인 리스테(liste)에서 유래한 것으로 욕망이란 뜻이다. 또한 리스테는 듣다(listen)의 어원이기도 하다.

　사다리를 올라오는 목소리들이 들렸다.

　다락에 소녀들, 아우체와 나이체가 나타났다. 그들은 날 보더니 놀랐다. "빨리 숨어요."

6월 7일

아우구스트 에프, 회의가 끝난 후

내가 짚 더미에 숨어 있는 동안.

코프 형제가 다락으로 올라왔다. 그들의 목소리는 낮고, 남성적이고, 긴장하고 있었고, 놀란 것처럼 들렸다. 아우체와 나이체가 그 소년들과 부드럽게 이야기를 나누며 웃는 소리가 들렸고, 가끔 숨소리도 들렸다. 나는 짚단 속에 숨어 있었고 지푸라기가 내 양쪽 귀에 들어가서 잘 들을 수도 없었다. 소년들과 소녀들은 다락 한쪽 구석에 상대와 누웠다. 그곳은 내가 누워 있는 곳 맞은편으로 가장 낮은 서까래 밑이었다. 그들은 키스했다. 소녀들은 웃었다. 그들은 중얼거렸다. 소녀들은 소년들에게 눈을 감으라고 했다. 그리고 조용해졌다. 아무 소리도 들을 수 없었다. 볼 수도 없었다. 그러다 익숙한 목소리가 들렸다. 살로메의 목소리였다.

나를 향해 다가오는 발소리가 들렸다. 누군가 내 얼굴에서 지푸라기를 손으로 쓸어냈다. 살로메였다!

그녀는 나에게 짚 더미에서 나오라고 했다.

나는 앞으로 보게 될 광경을 두려워하며 엎드려서 바닥에 손과 무릎을 짚은 채 짚 더미에서 빠져나왔다.

아우체와 나이체가 살로메 옆에 서서 나를 지켜보고 있었다. 그들은 자기 머리에서 지푸라기를 떼어냈다. 그들의 머리는 풀린 채 사정없이 헝클어져 있었다. 그들이 썼던 스카프는 맵시 있게 손목에 매어져 있었고, 하얀 양말은 발목까지 돌돌 말려 내려가 있었다. 그들 뒤에는 코프 형제가 있었다. 형제는 잠들었거나 죽은 것 같았다. 움직이지 않았다. 나는 살로메가 대답해주길 바라며 그녀를 보았다.

살로메는 자신이 벨라도나 스프레이로 소년들을 기절시켰다고 말했다. 그녀는 아우체와 나이체에게 코프 형제들한테 은밀한 시간을 갖겠다고 약속해서 다락으로 유혹하라고 지시했다. 그리고 그 소년들과 있을 때 크게 소리를 내서 살로메가 들키지 않고 올라올 수 있게 하라고 했다. 이제 코프 형제는 여자들을 밀고하러 시내에 갈 수 없을 거라고, 살로메가 말했다.

그녀는 소녀들에게 학교 뒤에서 기다리고 있는 마차 무리로 가라고 말했다. 이제 떠날 때가 되었다.

소녀들은 조심스럽게 내게 손을 흔들어 작별을 고했다. 안녕, 에프 씨. 그들은 나가며 어깨너머로 말했다. 아이들은 사다리를 내려간 후에, 생기에 가득 찬 웃음을 지으며 헛간을 나가, 몰로치나를 떠나기 위해 달려갔다.

"하지만 아론은 어디 있어?" 나는 살로메에게 물었다.

살로메는 자기가 아론을 찾아내서 이미 마차에서 기다리고 있다고 말했다.

"아론이 떠나도록 네가 설득했다고?" 내가 살로메에게 물었다.

"아니, 설득 안 했어. 그 스프레이를 아론에게도 뿌렸지." 살로메가 대답했다.

내 눈이 휘둥그레졌다.

"어쩔 수 없었어. 아론은 여기 놔두고 갈 수 없어. 이건 마치 밤에 자는 아이를 안아서 불난 집에서 빠져나가는 것과 같은 이치야." 살로메가 말했다.

"그래? 아론이 마음을 바꾸면?" 내가 물었다.

살로메는 고개를 흔들었다. "그땐 이미 너무 늦었겠지. 우리는 이미 길을 떠났을 테니까. 아론은 나와 같이 가. 걔는 내 아들이야."

나는 고개를 끄덕였다. 살로메는 스카페이스 얀츠에게도 그 스프레이를 썼다고 말했다.

"어쩔 수 없었어. 스카페이스가 시내로 가서 남자들에게 일러바치려고 했거든." 살로메는 다시 그렇게 말했다.

"하지만 스카페이스가 시내로 가는 법을 알긴 알아?" 내가 물었다.

"아니. 물론 모르겠지." 살로메가 대답했다.

"그럼 그건 무의미한 협박이었잖아. 굳이 스프레이를 쓸 필요도 없었는데." 내가 말했다.

"하지만 난 두려웠어." 살로메, 우리의 전사, 우리의 대장이 그렇게 말했다.

나는 살로메에게 아론이 다시 살로메에게서 도망친다면, 그래서 몰로치나로 돌아온다면, 내가 잘 지켜보겠다고 말하고 싶었다. 우리가 배운 표현처럼, 내가 그의 옆에서 걸어갈 것이라고.

하지만 살로메는 이미 떠나고 있었다. 그녀는 내게 코프 형제를 감시해달라고 부탁했다. 그들이 일고여덟 시간 정도, 여자들이 몰로치나에서 충분히 멀어질 때까지 계속 의식을 잃은 상태로 남아 있을 수 있도록 말이다. 살로메는 내게 벨라도나 스프레이를 건넸다.

"얘들이 너무 빨리 깨어나려고 하면 다시 뿌려. 하지만 그걸 들고 있다가 원로들에게 발각되진 말고." 살로메는 그렇게 말하며 웃었다.

"그건 어디서 찾아낸 거야?" 내가 살로메에게 물었다.

이건 항상 피터스의 낙농 창고에 보관돼 있었다고 살로메가 대답했다.

"피터스의 창고라고?" 내가 물었다. (피터스가 벨라도나 스프레이의 관리인이라는 건 이 상황을 호전시키는 걸까, 아니면 악화시키는 걸까?)

살로메는 돌아서서 사다리를 향해 걸어가고 있었다.

"잘 있어, 아우구스트." 살로메가 말했다.

나는 그녀에게 잠깐 기다리라고 했다. 그리고 그녀에게 가서 그녀의 팔꿈치 위쪽, 살집이 있는 부분에 손을 올렸다. 살로메는 움찔하지 않고 내 눈을 똑바로 바라봤다.

"부디 오나와 오나의 아기를 잘 돌봐줘." 내가 말했다.

살로메는 고개를 끄덕이며 그러겠다고 약속했다. 오나는 그녀의 언니이자, 혈육이고, 그 아기도 마찬가지이니까.

살로메는 사다리를 내려가기 시작했다. "이제 진짜 서둘러야 해." 그녀가 말했다.

"하지만 넌 도망치는 게 아니잖아. 넌 불이 난 건물에서 달려 나오는 쥐새끼들이 아니니까." 내가 그렇게 말하자 살로메가 웃었다.

"그건 맞아. 우리가 떠나기로 선택한 거지." 그녀가 말했다.

하지만 아론은 아니잖아. 나는 이렇게 말하고 싶었다. "살로메." 내가 말했다.

"또 왜, 아우구스트? 설마 날 잡으려는 건 아니지?" 그녀가 웃으며 말했다.

"돌아오지 마. 절대 돌아오지 마. 단 한 사람도 돌아오지 마."

살로메가 다시 웃었다. 그녀는 고개를 끄덕이더니 내가 그리울 거라고, 나는 좋은 교사였고, 지금 내 머리에 지푸라기가 붙어 있다고 말했다.

"아! 잠깐만!" 내가 말했다.

"아우구스트!" 살로메가 짜증을 내며 말했다.

나는 테이블로 달려가 내가 쓴 노트들, 즉 회의록들을 가지고 사다리로 달려갔다.

"이 노트들을 오나에게 전해줘." 내가 말했다.

"하지만 너도 오나 언니가 글을 못 읽는 거 알잖아. 언니가 이 노트들을 가지고 뭘 하겠어? 불쏘시개로 쓰라고?" 살로메가 말했다.

"오나의 아이가 읽을 거야. 이 노트들은 불쏘시개로 쓰지 말고 잘 간직해달라고 말해줘."

살로메는 다시 웃음을 터트렸다. 나는 지금까지 살로메가 그녀의 엄마처럼, 몰로치나의 모든 여자들처럼 웃는다는 사실을 깨닫지 못하고 있었다. 숨이 찰 때까지 웃는 여자들.

"우리한테 불 피울 게 떨어지지 않는 한 잘 보관할게." 살로메가 말했다.

"그래, 그런 상황이 되지 않는 한 그렇게 해줘." 나는 그렇게 대꾸하고 생각했다. '불쏘시개로 써서 몸을 데우는 데 쓰일 이 회의록들은 여자들에게 생명을 주겠구나. 여자들이 내게 생명을 준 것처럼. 말은 허무한 것이지. 기록이란 게 그래. 생명만이 유일한 것이지. 이주, 이동, 자유. 우리는 우리의 아이들을 보호하고 싶고 우리는 생각하고 싶어. 우리는 우리의 신앙을 지키고 싶고. 우리는 세상을 원해. 우리가 세상을 원할까? 내가 세상 밖에 있다면, 내 삶이 세상 밖에 있고, 세상이 내 삶의 밖이라면, 내 삶이 세상 속에 없다면, 그게 무슨 소용이 있겠어? 가르치는 것? 세상이 아니라면 뭘 가르치겠어?'

잠시 나는 코프 형제가 사실을 말하고 있었던 게 아닌지, 정말 몰로치나 북쪽에서 불길이 퍼져가고 있는 게 아닌가 하는 생각이 들었다. 어쩌면 이 형제가 동물들보다 먼저 낌새를 알아차린 것일 수도 있지 않을까. 동물들은 아직 감지하지 못한 뭔가를 알고 있는 게 아닐까. 만약 불이 북쪽에서 났고 남자들은 남쪽 시내에 있고, 호르티차와 히아케케의 호기심 어린 시선이 서쪽과 동쪽에 있다면, 여자들은 어디로 가게 될까?

하지만 북쪽에서 불이 났을 리가 없다. 이제 나는 코프 형제가 의식을 되찾길 기다려야 한다. 그들이 한 말이 사실인지 아닌지 알아내기 위해.

"우린 다시 만날 거야." 나는 살로메에게 말했다. 이것이 우리의 전통적인 작별 인사니까.

"우린 다시 만날 거야." 살로메는 내게 말했다.

그리고 노트들을 챙겨서 사다리를 내려갔다.

나는 창가로 가서 그녀가 달려서 헛간에서 멀어지는 모습을 지켜봤다. 마차 무리가 학교 뒤로 줄 서 있는 모습을 힐끗 볼 수 있었다.

*

코프 형제가 깨어나길 기다리는 동안.

여자들이 떠난 후 원래 나도 떠날 계획이었다. 마침내 자살할 계획을 세웠었지만. 대신, 이렇게 코프 형제를 감시하면서, 여자들이 충분히 멀리 갈 때까지 이들이 의식을 되찾지 못하도록 지켜보고 있게 됐다.

조금 전 나는 벨라도나 스프레이를 코프 형제 중 하나의 얼굴에 살짝 뿌렸다. 요렌이라는 이름의 체격이 조금 더 큰 소년이었다. 아니, 지베였던가? 둘 중 몸집이 더 큰 이 소년은 자면서 소리를 지르며 마치 일어나려고 하는 것처럼 다리를 움직이고 있었다. 하지만 이제 조용해졌다.

소년들은 둘 다 숨을 규칙적으로 깊게 쉬고 있었고, 혈색이 좋았고, 몸은 튼튼했으며, 맥박은 규칙적이었다. 나는 혹시 자다가 토해서 질식하지 않도록 둘 다 몸을 옆으로 눕혔다. 그리고 지푸라기 더미를 뭉쳐 머리 밑에 베개처럼 받쳐서 머리가 살짝 올라가게 했다. 못이 박이고 힘이 센 그들의 두 손을 기도하는 것처럼 맞잡게 해서 손가락 끝이 그들의 턱에 살짝 닿게 해놨다. 이 소년들은 한 번도 면도기를 써본 적이 없는 게 분명했다. 소년들은 서로를 마주 보고 있었다. 물론 그들은 의식하지 못하지만, 이렇게 가까이 있으니 두 형제는 놀랄 정도로 닮아 보였다. 어쩌면 쌍둥이인가? 다만 요렌인지 지베인지가 다른 소년보다 확실히 몸집도 크고, 키도 더 크고 근육질이었다. 신고 있는 카우보이 부츠만 봐도 발도 확실히 더 컸다. 이 소년을 요렌이라고 치자. 그는 벨트 버클을 풀어놓고, 바지 단추도 몇 개 풀려 있었다. 나는 그 바지 단추들을 잠그고 벨트도 다시 제대로 매두었다. 지베의 셔츠 자락이 바지 밖으로 삐져나와 있었는데 그것도 내가 다시 집어넣었다.

다락은 이제 고요해졌다. 여자들은 떠났다. 나는 창가에 서서 그들이 떠나는 모습을 지켜보며 생각했다. 나는 평화와 삶의 목적을 찾기 위한 마지막 수단으로 몰로치나에 돌아왔다. 그런데 저 여자들은 똑같은 이유로 몰로치나를 떠나고 있구나.

그들이 움직이기 시작했을 때 마차 행렬 앞쪽에서 약간의 소란이 있었다. 말 한 마리가(루스나 셰릴은 너무 늙고 신중해서 저런 행동은 하지 않을 것이다) 뒷발로 서서 마차의 차축을 오른쪽으로 꺾어, 마차가 앞으로 나가지 못하게 하고 있었다. 여자들이 그 차축을 조정하고 말을 진정시켰다. 위급한 순간이 지나갔고 말들과 마차들은 대형을 갖춰 섰다. 적어도 열두 대 혹은 그보다 더 많은 마차가 여자들과 아이들과 물품으로 가득 차 있었다. 최소한 200미터 정도 떨어져 있어서 사람들의 얼굴이나 몸집은 알아볼 수 없었다.

처음에 나는 여자들이 노래 부르는 소리를 들었다고 생각했다가 다시 고쳐 생각했다. 여자들이 이 순간, 그리고 아마도 영원히 남들의 관심을 끄는 행동은 하지 않을 것을 아니까. 그것은 그저 티셴의 헛간 밖에서 자라는 긴 풀을 스치고 지나가는 바람 소리였다. 여자들의 노랫소리도, 더없이 높게 올라가는 오나의 맑은 소프라노 소리도 아니었다. 혹은 그것이 노랫소리이긴 하나 내가 상상하고 있거나 그저 기억 속에 있는 것을 떠올리는 것이었는지도 몰랐다.

나는 창가에 서 있었다. 얼굴 하나가 네 번째 마차의 앞쪽에서 밖으로 삐져나와 있었다. 작별 인사로 손을 흔들고 있는 것일까?

나에겐 총이 하나 있었다. 처음부터 가지고 있던 거다. 살로메가(아니면 마리케였나?) 여자들에게 총이 있냐고 물었을 때, 내 걸 주겠다고 할 수도 있었지만, 시종일관 입을 다물고 있었다. 이기적인 놈. 왜 우리의 죽어가는 언어에는 구원이란 말이 없을까? 여자들에게 총을 줬더라면 좋았을 텐데. 아가타와 그레타와 오나와 소녀들은 총을 받으려 하지 않았겠지만, 살로메나 메얄, 심지어 마리케도 설득해서 받게 할 수 있었을지도 모른다.

이틀 전, 오나의 집과 내가 자는 헛간 사이의 흙길에서 오나와 마주쳤을 때도 나는 총을 들고 있었다. 전에 적어두었던 것처럼 그늘이 점점 길어지고 있었고 우리는 이야기하면서 계속 햇빛을 향해 옆으로 물러났다. 그때 나는 오나에게 내가 악의 상징인 게 아닐까 하고 묻고 싶었지만 결국 묻지 못했다. 오나와 마주치기 전, 나는 울면서 몰로치나 외곽에 있는 들판을 거닐고 있었다. 그때 나는 총으로 자살할 결심이었다. 길에서 오나를 마주쳤을 때, 도망쳐버릴까, 아니면 총을 옥수수밭에 던져버릴까 생각했다. 하지만 실제로는 아무것도 하지 못한 채 그 자리에 얼어붙어서 다가오는 그녀를 빤히 바라보고 있었다.

오나는 빙긋 웃으며 마치 폴짝 뛰는 듯한 걸음걸이로 다가오면서 손을 흔들었다. 우리가 마주 보고 섰을 때 오나는 나에게 어디 가고 있었는지, 뭘 하고 있었는지 물었다. 나는 아무 데도 안 가고, 아무것도 하지 않고 있었다고 말했다. 오나는 나에게 사냥을 하러 가냐고 물었다. 나는 아니라고, 사냥을 하지 않는다고 대답했다. 나는 총을 흘끗 보고 나서 아, 이건 조합에 다시 갖다 놓을 거라고 말했다.

"하지만 네가 총을 왜 가지고 있는데?" 오나가 물었다.

나는 그녀의 눈을 들여다보며 꼼짝도 하지 않았다. 오나의 미소가 사라졌다. 우리는 아무 말도 하지 않았다.

오나는 입을 열어서 말하려다가 멈췄다. 나는 고개를 푹 숙이고 있었다. 내가 우는 모습을 오나가 다시 보는 걸 원치 않았다. 그녀는 내 손을 잡았고 우리는 처음으로 햇빛을 향해, 우리를 둘러싼 그늘을 벗어났다. 오나는 임신한 자신의 배에 내 손을 대게 하고 마치 내 마음을 읽을 수 있는 것처럼, 그동안 나를 위해 기도했다고 말했다. 내가 하느님의 은총을 받기를, 그리고 나는 선함과 희망의 상징이라고, 그리고 폭력 이후의 삶을 상징하기도 한다고 말했다. 오나는 내 어머니와 내 아버지를 언급한 것이다. 아버지, 즉 나를 키워주고 나서 사라진 남자가 아니라 아들 피터스를.

내 아버지는 공동체 사람들에게 미켈란젤로의 그림들을 찍은 사진을 보여줘서 파문된 게 아니고, 엄마가 헛간에서 소젖을 짜는 동안 소녀들에게 비밀 학교를 운영했기 때문에 파문된 것도 아니었다. 우리가 추방된 이유는 내가 열두 살이 되어 성년에 가까워지기 시작했을 때 내 얼굴이 피터스와 놀라울 정도로 닮아갔기 때문이다. 그때 나는 이 공동체 사람들에게, 혹은 적어도 피터스에게는 폭력과 수치와 인정하지 않은 죄악과 메노파 실험의 실패를 가리키는 상징 같은 존재가 됐다.

그게 사실일까? 그럴 수 있을까? 악은 어디에 존재하나? 세상 밖에, 아니면 세상 안에? 아니면 흑해의 잔잔한 수면에? 아니면 흑해 밑에 흐르면서 모든 걸 간직하는 그 신비로운 강에? 하지만 그 강엔 공기가 통하지 않아서 숨을 쉴 수 없고, 움직임도 없고 삶도 없는데.

영국에서 사는 동안 내가 아직 어렸을 때, 엄마는 도서관에 취직했다. 우리는 단둘뿐이었다. 아버지는 떠났다. 그는 차를 몰고 공항으로 가서 공항 주차장에 차를 놔두고 떠나버렸다. 그는 아주 오랫동안 잠을 자지 못했다. 그는 비행기를 탔다.

엄마는 도서관에서 책을 여러 권 빌려왔다. 책들이 집으로 오고 또 왔고, 아버지들은 날아가버렸다. 엄마는 프랑스 작가 플로베르가 열다섯 살 때 '격노와 무력감'이라는 이야기를 썼다고 설명했다. 엄마는 내게 그 이야기를 처음에는 프랑스어로 읽어줬고, 그다음엔 영어로 읽어줬다. 두 개의 언어 모두 유창하지 못해서 읽다가 종종 잠시 멈추곤 했다. 마치 침묵으로 그 자리를 메울 수 있는 것처럼. 왜냐하면 두 언어 모두 엄마의 모국어가 아니었기 때문에, 나와 비밀을 공유할 때 사용하던 죽은 언어가 아니었기 때문이다……. 플로베르는 무덤에서 하는 사랑을 꿈꿨다. 하지만 꿈은 사라지고 무덤은 남았다. 그것이 플로베르의 이야기였고, 그것은 아마도 몰로치나의 메노파 신자들의 이야기일 것이다.

지금 생각해보니 웃기지만, 아니면 그때도 웃겼던가 싶지만, 나는 그걸 알지 못했다. 내가 그 이야기를 어떻게 암송했는지(아, 내가 왜 '암송하다'라는 단어를 쓸까. 지극히 묵직하면서도 우스꽝스러운 단어인데), 내가 어떻게 그 말들을 내 감방 동료들에게 계속 말하길 **반복**했는지 지금 생각해보면 웃기다(아니면 그때도 웃겼겠다 싶지만, 그때의 나는 알지 못했다). 엄마의 기억으로 둘러싸인 사랑과 죽음, 꿈의 죽음, 혹은 죽음이 아닌 것에 대한 플로베르의 말들을. 암송을 마쳤을 때, 내 두피의 일부는 아주 잔인하게 제거되었다. 나는 그 후로 당혹스러운 상황에 처할 때마다 그 부분을 사정없이 긁는다. 마치 무언가의 근원을 찾는 것처럼, 마치 내가 잃어버린 것을 찾는 것처럼. 마치 광란의 고통을 찾는 것처럼. 왜 사랑에 대한 언급, 사랑의 기억, 잃어버린 사랑의 기억, 사랑의 약속, 사랑의 끝, 사랑의 부재, 사랑을 향한 불타는, 불타는 욕망, 사랑하고 싶은 욕망은 그토록 잔인한 폭력들로 이어지는가?

오나는 내가 그녀의 배 속에 있는 생명을 느낄 때까지 내 손을 놓지 않았고, 나는 빙긋 웃었다. 왜 피터스는 내가 다시 공동체로 돌아오도록 허락했을까? 왜 그 사서는 나에게 몰로치나로 돌아가라고 제안했을까? 다락에 있는 여자들은 자각이 저항이며, 믿음이 행동이고, 시간이 계속 달아나고 있다는 것을 가르쳐줬다. 하지만 돌아와 머물러 도움을 주는 것도 믿음일 수 있을까?

쟁기를 들어 산등성이를 십자형으로 부수고 나아가는 이의 노동은 큰 도움이 되리라.

어쩌면 피터스 안에 활활 타오르는 작은 조각이 평화를 되찾으려 노력하고 있는 걸까? 그렇다면 내가 그것을 인정해야 하지 않나? 아니면, 설사 그것이 피터스 안에서 활활 타오르는 조각이 아니라 간신히 희미하게 빛나는 잉걸불일지라도, 그 불길이 커지길 내가 바라야 하는 거 아닐까? 어떤 경우에든 나는 여기 몰로치나에서 악의 상징이 아니라 신이 내린 은총의 상징이 되어야 하는 게 아닐까?

모르겠다. 내가 알고 있는 것은 오직 이것뿐이다. 내가 머리에 총알이 박힌 채 들판에 시체로 누워 있는 것보다는 살아서 학생들에게 기초 독해와 글쓰기와 산수를 가르치고 게임을 하도록 도와주는 것이 훨씬 더 쓸모가 있을 거라는 사실. 오나는 그 사실을 처음부터 알고 있었다. 그녀는 내게 부탁할 게 하나 있다고 말했고, 여자들의 회의에 참석해 회의록을 작성해달라고 부탁했다. 처음에는 망설였지만, 내가 무슨 핑계를 댈 수 있겠는가? 내가 뭐라고 말할 수 있겠는가? 안타깝게도 나는 그 회의록을 작성할 수 없다고? 내가 곧 내 머리에 대고 쏠 총 때문에 치명상을 입을 거라서?

이제 나는 그때 오나에게 정확히 그렇게 말했다는 걸 이해했다. 내 눈으로, 침묵으로, 총으로. (특히 총이 가장 그랬다.)

나는 오나에게 그들이 읽을 수 없는 회의록이 그녀와 다른 여자들에게 무슨 소용이 있겠느냐고 물었다. (하지만 그랬다면 그녀는 대신 이렇게 물어봤을 것이다. 네가 세상에 없다면 살아 있는 게 무슨 소용이 있겠어?)

바로 그때 오나는 내게 다람쥐와 토끼와 그들의 비밀 놀이에 관한 이야기를 들려주며, 아마도 그녀는 그들이 노는 모습을 봐선 안 되는 거였을 거라고 말했다. 하지만 그녀는 그 장면을 이미 보았다. 어쩌면 여자들이 읽을 수도 없는 회의록을 작성하는 데는 아무 이유가 없었을 것이다. 처음부터 그 목적은 내가 그걸 작성하는 데 있었다.

그 목적은 내가 그 회의록을 받아 적는 것, 그러니까 살아 있는 것이었다.

나는 빙긋 웃었다. 세상이 마치 파도처럼, 그 물결을 담을 바다나 해변도 없이, 자기 속으로 파고드는 게 보였다. 회의록엔 아무 의미도 없었다. 나는 웃어야 했다.

나는 창가에 서서 연기 냄새가 나는지 맡아봤지만, 아무런 낌새도 느껴지지 않았다. 아니면 연기 냄새가 나고 있지만 내가 감지하지 못하는 것일 수도 있고.

여자들은 지금 타오르는 불길 속으로 돌진하고 있을까?

나는 잠든 소년들, 정확히는 의식을 잃은 소년들을 바라보았다. 그리고 조용히, 그들에게 진실을 말해달라고 애원했다.

감사의 글

세 여성에게 감사하는 마음을 보냅니다. 이들이 없었다면 이 글을 쓰지 못했을 겁니다. 내 편집자 린 헨리, 내 에이전트 사라 샬펀트, 그리고 내 어머니 엘비라 테이브스.

또한, 전 세계에 있는 여러 공동체의 가부장적이고 권위적인 문화에서 살아가는 소녀들과 여성들에게 감사하다는 말을 전하고 싶습니다. 여성들의 사랑과 연대를 바라며.

옮긴이의 말

고백하는데, 이 소설의 내용을 어느 정도 알고 있었더라면 나는 번역 의뢰를 받지 않았을 것 같다. 실화를 바탕으로 한 소설이고, 세라 폴리의 영화로 제작돼서 루니 마라, 벤 위쇼, 클레어 포이, 제시 버클리, 프랜시스 맥도먼드가 주연했다는 사실을 알았을 때 대단한 소설인 건 알았다. 연기력하면 논쟁의 여지가 없는 명배우들이 총출동했으니 심상치 않은 작품이겠지.

그렇게 작품에 대한 기본 정보가 거의 없이 원서를 받아 첫 페이지를 번역하는 순간 헉 소리가 나오고야 말았다.

"2005년에서 2009년 사이에, 볼리비아의 외딴 메노파 신자들의 공동체에(캐나다의 한 지방 이름을 따서 매니토바 공동체라 부른다) 모여 사는 여러 명의 소녀와 성인 여성들은 아침이면 머리가 멍해진 채 고통을 느끼며 잠이 깼다.

그들의 몸 여기저기에 멍이 들고 피가 흐르고 있었다. 간밤에 폭행을 당한 것이다. 그 폭행은 유령과 악마의 소행으로 치부됐다. 여자들이 지은 죄 때문에 신이나 악마가 내리는 벌이라고 생각한 사람들도 있었고, 괜히 사람들의 관심을 끌고 싶어서 혹은 간통 사실을 감추기 위해 여자들이 거짓말을 한다고 비난하는 사람들도 많았다. 그런가 하면 이 모든 일이 여자들의 터무니없는 상상이라고 믿는 사람들도 있었다.

마침내 이 마을에 사는 남자 여덟 명이 동물용 마취제를 써서 여자들의 의식을 잃게 하고 강간했다는 사실이 드러났다. 2011년 이들은 볼리비아 법정에서 유죄 판결이 나서 중형을 선고받았다. 2013년, 유죄를 선고받은 남자들이 여전히 교도소에 갇혀 있는 와중에도 그와 비슷한 폭행과 다른 성범죄들이 그 마을에서 계속 일어났다. 《위민 토킹》은 이 실제 사건들에 대한 소설적 대응이자 여성의 상상력을 바탕으로 한 행동이다."

이것이 내가 번역한 첫 페이지였다. 이 부분을 읽으면서 자판으로 치다가, 정말 사실인가 싶어 구글로 들어가 검색해봤는데. 충격적이고 안타깝게도 정말 사실임을 다시 확인했다. 그때부터 분노로 활활 타오르는 마음을 안고 번역했던 것 같다. 그래, 끔찍한 일은 이미 벌어졌고. 이 소설은 그 후 그 폐쇄적인 매니토바 공동체에서 고통받은 여자들이 어떻게 대응하는지 다루고 있으니. 번역하다 보면 이 답답한 마음을 해소할 수 있겠지.

나의 기대와 예상은 보기 좋게 빗나갔다. 소설 속 공동체에서 할머니부터 손녀에 이르는 3세대에 걸친 두 가문의 여성들(모두 여덟 명)이 공동체 여성들의 대표로 나와 향후 대책을 의논하는 이틀간의 회의록은 나와 같은 세속적 사람들의 생각과는 전혀 다른 방향으로 진행됐다.

이 놀라운 소설을 쓴 작가 미리엄 테이브스가 《위민 토킹》에 관해 나눈 인터뷰에 따르면 작가가 사는 캐나다에서 이 소설이 출간된 후 외국으로 판권을 수출하는 과정에서 한 외국 출판사가 판권 구매를 거부했다고 한다. 그 이유는 바로 이 소설에 '플롯'이란 게 없기 때문이라고. 여덟 명의 여자들이 이틀 동안 열띠게 나누는 대화를 한 남자가 받아 적은 구성이니, 정말 '플롯'이랄 게 없기는 하다. 미리엄 테이브스는 그 말을 듣고, 책 표지에 그 말을 광고 카피로 쓰라고 응수했다고 한다. 과연 이런 놀라운 소설을 쓴 작가다운 답변이라고 생각하고 감탄했다.

사실, 이 회의록은 단순한 대화에 그치지 않는다. 여덟 명의 서로 다른 개성과 성격과 가치관이 있는 여성들이 이야기를 나누고, 화를 내고, 소리를 지르고, 같이 웃고, 서로의 발을 씻겨주고, 위로하면서 남성의 폭력에 대해, 평화에 대해, 사랑에 대해, 용서에 대해, 무엇보다 자신들이 어떤 존재인가란 정체성에 관해 묻고 답한다.

번역가이자 독자로서 나는 이들의 대화를 옮기면서 때로는 분노하고, 때로는 눈물을 흘리고, 때로는 같이 웃기도 했다. 마치 여덟 명의 여자가 모여서 이야기를 나누는 다락방에 나도 슬그머니 들어가 구석 자리에 앉아 엿듣는 기분이랄까. 요즘은 세상 어디를 가나 초고속 인터넷망으로 연결돼 모두가 거의 똑같은 생각을 하고, 똑같은 음악을 듣고, 똑같은 생각을 하고 산다고 믿었는데. 이들의 대화를 통해 세상 어딘가에는 그렇지 않은 사람들도 있다는 점을 알게 됐다.

소설에 등장하는 메노파 신자 공동체는 기독교라는 종교를 토대로 여성들이 열정적으로 싸워온 남성적 가부장주의와 권력을 철저하게 지키는 곳이다. 그래서 끔찍한 폭력의 희생자가 된 여성들이 용서까지 강요당하고. 평화주의자로 키워진 여성들은 고뇌한다. 뼛속 깊이 기독교 신자인 이들이 천국에 들어가려면 너무나 끔찍한 죄를 저지른 죄인들(성폭행범들)을 용서해야 하고, 그렇지 않으면 공동체 밖으로 추방되는 난국에 빠진 것이다. 그깟 천국이 뭐가 대수냐고 할 수 있지만, 평생 기독교적 가치 안에서 그것만 보고 살아온 사람들에겐 하늘이 무너지는 일이 될 수도 있다는 걸 나는 이 소설을 번역하며 알게 됐다.

그런 심리적 환경에서 자신이 사는 나라의 언어도 구사하지 못하고, 실질적인 문맹에 평생 집안일만 하며 자신의 권리란 거의 없이 살아온 여성들이 그 공동체를 자유의지로 나갈 수 있을까. 이 실화를 토대로 할리우드에서 영화를 만들었다면 아마 영화 〈킬빌〉처럼 유혈이 낭자한 복수극이나 액션극이 나왔을지 모르겠다. 그걸 보며 카타르시스를 느끼는 여성들도 많았을 것이고.

그러나 실제로 캐나다의 메노파 공동체에서 성장해 그 문화를 너무나 잘 아는 작가 미리엄 테이브스는 그런 허망한 감정적 쾌락 대신 그 공동체의 여성들이 정말로 했을 법한 반응을 상상하며 그들이 이틀 동안 나누는 대화를 만들어냈다. 분노는 쉽고, 절망도 쉽다. 하지만 자신이 처한 상황을 냉정하게 인지하고, 그에 따른 해법을 자신이 할 수 있는 방법(극히 적더라도) 중에서 선택하는 것은, 그것도 혼자 결정하는 것이 아니라 여러 사람과 토론해서 이끌어내는 것이야말로, 진정한 용기이자 행동이라고 생각한다. 소설 속 여자 주인공들은 결국 공동체를 떠나겠다고 결정했다. 나는 그 결말을 번역하며 기뻤다.

하지만 현실의 매니토바 공동체 여성들은 어떻게 됐을까? 그들이 영화를 통해, 이 소설을 통해 떠날 수 있는 용기를 낼 수 있다면 좋겠다. 아무리 익숙한 지옥이 편하다 해도 지옥은 지옥이니까. 지옥 밖으로 나갈 수 있는 용기를 낸다면 어쩌면 그 너머에 지옥보다는 조금 더 괜찮은 세상이 기다리고 있을지 모른다고 그들에게 전해주고 싶다.

박산호

위민 토킹

1판 1쇄 발행 2023년 5월 19일

지은이 · 미리엄 테이브스
옮긴이 · 박산호
펴낸이 · 주연선

(주)은행나무
04035 서울특별시 마포구 양화로11길 54
전화 · 02)3143-0651~3 | 팩스 · 02)3143-0654
신고번호 · 제 1997—000168호(1997. 12. 12)
www.ehbook.co.kr
ehbook@ehbook.co.kr

ISBN 979-11-6737-304-5 (03840)